中国当代社会群体**新生态**作品书系

为谁活着

韩静慧 陈璐◎著

中国华侨出版社

图书在版编目(CIP)数据

为谁活着 / 韩静慧, 陈璐著. —北京: 中国华侨出版社, 2010.1
ISBN 978-7-5113-0170-3
Ⅰ.为... Ⅱ.①韩... ②陈... Ⅲ.长篇小说—中国—当代 Ⅳ.I247.5
中国版本图书馆 CIP 数据核字(2009)第 226669 号

● 为谁活着

作　　者 /	韩静慧　陈 璐
责任编辑 /	崔卓力
装帧设计 /	郭小军
版式设计 /	岳春河
责任校对 /	高晓华
经　　销 /	全国新华书店
开　　本 /	787×1092 毫米　1/16　印张 /17.5　字数 /256 千字
印　　刷 /	廊坊市华北石油华星印务有限公司
版　　次 /	2010 年 3 月第 1 版　2011 年 3 月第 2 次印刷
书　　号 /	ISBN 978-7-5113-0170-3
定　　价 /	28.80 元

中国华侨出版社　北京市安定路 20 号院 3 号楼　邮编: 100029
法律顾问:陈鹰律师事务所
编辑部: (010) 64443056　64443979
发行部: (010) 64443051　传真: (010) 64439708
网　　址: www.oveaschin.com
e-mail: oveaschin@sina.com

序　言

　　这本书在这么短的时间内就加印，这是在写作的过程中我就预料到的。

　　直到现在，仍然是每翻开书页一次就泪水横流一次，无法控制住自己的眼泪。

　　它是一部小说，但对于我来说，这一次的创作却是一段相当艰难的行程，和历次写作的感觉都不一样。行在途中，更多的似乎不是掌控人物、故事走向的快感，而是自己被一种无法言说的使命感所包裹、所催促而产生的焦虑和痛苦。

　　不管是聆听自己学生的倾诉，开解周围朋友的抱怨，很多时候我都希望那些现在跃在我纸面上的文字不过是故事而已。可就是这些故事，这样的创痛，几乎每天都真真切切地发生在我们的生活当中。

　　我们不仅叩问：为了什么，为了谁，我们才迷失了自我，牺牲了自己？

　　到底是什么原因，造就了现代都市生活中那些看似纷繁复杂实则内核一致的家庭问题。这些问题，又在多大的程度上和多深的范围上对家庭成员尤其是我们的下一代造成影响。这是我和另一位作者陈璐在创作过程中始终思考和争论的问题。

有人评价："这是一本描写亲情真相之书，它让人落泪，也让人感慨活着的意义。"

也有人说："这是一本让所有父母叹惋感怀，让所有儿女唏嘘反省的真情之书。也是一本尽展爱情美好与酸楚，品尽亲情折磨与伤痛之书。"

还有人评论说："书中对于快速的都市生活给人心灵上带来的挤压和扭曲，以及光鲜外表包裹下人们脆弱的心理环境进行了深刻地解读。"

作为小说的作者，在我们创作的时候，不敢说一本书可以彻底地改变什么，但作家的良知在时刻提醒着自己，不能单纯地只做一个自我倾诉者，将内心的垃圾排泄给别人，而对他人一点益处都没有。陈璐虽然是个年轻人，但她却没有现代城市白领所惯有的物质和小资的价值观。她在机关工作，她的社会责任感时时都会令我感动，所以，我们没有回避问题，而是直面了人生中最真实的东西。

直面现实，纵使惨淡，也会给人前行的勇气和信心。

我相信真实的力量是最强大的。

韩静慧

2010年于北京通州书斋

目录 CONTENTS

001 掩饰的痛苦
　　妻子失踪丈夫痛；朋友的口水比sars还致命。

010 离婚协议
　　见协议痛彻心扉，思往事斑斑点点。律师公事公办；程威有悔有愧泪潸然。

017 有苦难言
　　丈母娘满腹怨气摔倒进医院，儿子哭哭叫叫程威苦难言。

028 尴尬搬家
　　尴尬搬家留号码；车走人去父子泪抛洒。

034 你想找个简爱在身边呀？
　　思远瞪眼赶走杂牌军，程威无奈，寻找来的仍是一个简爱。

038 泪落海南
　　千里寻亲下海南，对面相识不相见。

045 活动场里的奇遇
　　飞来的爱情让人心旷神怡，身边有侦探，无能又无力。

057 爱的降临
　　知有家室，子盈生疑，一句再见，两颗泪滴。

067 企图合并到一起的文件夹
　　儿子痛斥父亲的"三大乐"：升官发财死老婆。

075 全面监控
　　程威被监控，哭笑不得破釜沉船。

087 残酷的要挟
　　为胁迫不惜把身体伤，丈母娘耐心谈抚养；心理测试玩你没商量。

093 凄凉的寻觅
　　嘹嘹呖呖声宵碎；儿寻慈母走郊区。

098 绝情儿子
　　儿子绝亲情，跨步扬长去。

109 艰难的抉择
　　无情拒绝只为爱子；狠心的男人，痴情的女人；道是无情泪流不尽。

112 找不到男人痕迹的房间
　　梦魂系千里，海角再寻迹；无情抛家女，到底为谁？

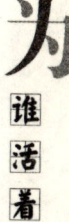

119 | 无动于衷的男人
惹人伤心的往事；斯文儒雅的男人，一架工作的机器；是优秀？是无情？

136 | 被烧掉的日记
思往事泪涟涟，毁日记不知为哪般。

141 | 风雨恋情
狂风暴雨阻挡不了的激情，费尽口舌程威枉费心机。

150 | 暴力家庭
父亲是打手，母亲是帮凶。

157 | 飘落的生命
脱胎换骨判若两人；未成年就犯故意伤害罪。

164 | 谁害了她
一个是自责怀内疚，一个是无理取闹找凶手；一个是挑拨是非嘴不休。

173 | 臭三八，我让你烂嘴
溅血的尖利叫声；飘逝而去的生命。

179 | 他想杀谁
红眼的孩子堵杀老师，真诚的劝慰毫无用处。吞牙签吃安定摸电线，心灰意冷生命抖颤。

190 | 迟来的信件
一个走向深渊，两个走向抑郁；仇恨好解痛难消，迟来的遗书让人震撼。

199 | 你就是罪魁祸首
心理医生的分析，转嫁之后的怒气；疯狂工作的动因；两个男人医院里的抱头哭泣。

208 | 结伴出逃
躲藏的立明给程威下跪；笑脸的背后原来全是泪水；混战的家庭里哭声四起；谁充当叛徒帮邻居？

222 | 破釜沉舟
有希望提升的干部忽然引退，为儿子破釜沉舟做远走他乡的准备。

230 | 远方的朋友呀，请您留下
一路颠簸一路情，草原深处唤人性。

238 | 走出心牢
穷乡僻壤有深情，抑郁的心灵慢慢在阳光中回归。

249 | 隐情大揭秘
出走的隐情终于浮出水面，绝望的女人走进精神病院。

258 | 迟到的人生关怀
迟来的关怀让人心酸，有悔有愧安排身后事。

262 | 肝肠寸断看留言
论生死，心境坦然；给爱子留言，动地感天；哭父亲，肝肠寸断。

掩饰的痛苦

程威始终没有把真话告诉儿子,极力装出一种轻松的姿态。

思远虽然个子已经很高,但心智毕竟不是父亲的对手,他相信了父亲的话,每天还是上学下学,单纯地快乐着。

从那天以后,程威几乎每隔几分钟就看看手机,害怕自己听不见电话的铃声和短信的提示音,从而漏掉了任何一个打过来的电话。

但每一次怀着希望拿起来看,每一次照例都是失望。

他安慰自己:明天会有消息的。

程威四处奔波和打电话求救,但一切都是枉费心机。

当一切努力都没有结果的时候,程威的脑袋里就焦虑地盘旋着一个问题:该怎么和儿子去说这件事情?

现在距离儿子放学还有一段时间,程威光着脚丫子站在浴缸里,把太阳能热水器的温度调到最大,任凭滚烫的热水往自己的头上、脸上长时间地喷洒,头脑在热水的包围中处于一种暂时的空白状态。

程威闭上眼睛一动不动地就那样站着,水喷在身上,也喷在他的心上,眼睛和心一起变得潮湿起来……

忽然,他恍惚中听见客厅里的电话在响,他疯了一样抓起一件衣服,系在自己的腰上就冲了出去。

他抓起电话,激动地喘着粗气问:"是你吗?"

电话里传出了一个男人的声音:"程威,怎么啦?是我,赵思开。"

程威立刻平静下来:"哦,赵所长。"

赵思开问程威:"你今天怎么没来上班呀?班子会议也没打招呼。"他的口气里充满了埋怨。

程威说:"哦,家里有点小事,我明天就去了。"

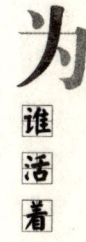

赵思开又说:"怎么啦?家里出了什么事情吗?"

程威支吾着说:"哦,没有,没有。"

赵思开见程威不想细说就没再追问,又说:"明天部里有个会议,今天来的通知,你去吧。"

程威说:"好的。"

赵思开是程威在单位里唯一的上司,已经接近于退休的年龄。

程威是赵思开亲手提拔上来的干部,也是接任他工作的最好人选。程威是个不适合在官场中角逐的那种知识分子,业务是他的长项,当官是他的弱项。如果程威不是在四十岁那年遇到赵思开这样爱才的人,他绝对走不到今天这个位置上,因为他的身边埋伏着太多争权夺利的人!

那个李琛为了竞争赵思开的这个职位正在悄悄地使用着舆论的力量。

李琛恨程威不仅仅是因为程威是赵思开信任的人,他说的话在单位里有举足轻重的作用,也因为程威是工程师出身,专业功底深厚,业务能力无人能比,这就让人心生忌恨。

李琛表面上和程威的关系不错,但在他的心中,早就不止一遍地骂程威的娘了。

李琛想,如果没有程威,他早就升到了第二把手的位置了,那么接班人无可争议地就应该是自己。

其实程威根本没有竞争正所长位置的奢望,他走到今天完全是命运使然,他既不懂得竞争的手段,也不善于周旋。

当了十八年桥梁工程师,单位里的主要业务工作都是他领导着干的,赵思开想说不敢说的话,想讲不便讲的话都由程威的嘴里道出。

于是,程威这位丝毫不懂政治的知识分子,不懂得权力之争而只知道埋头工作,谁有不对就语惊四座,毫不留情地批评那些迂腐领导,自然得罪了不少的人。

程威那天突然脸色苍白地跑出单位,而且一连两天都没去单位,闹得那些竞争者一头雾水,赵思开也竟然不知道原因,这就让那些人心生疑窦。这在程威的工作历史上,是从没有过的事情,这个工作狂人,连老婆生孩子都一天假也没请过,自己身体有了毛病也没利用工作时间去过医院,在工作的责任心上,那些对手不得不承认,他们无法和程威相比。

目前,有多少人在盯着程威的那个位置,巴不得他出点什么事,败下阵来,给自己腾这个窝呢。

最不愿意程威出什么事情的,就是赵思开了。

那天程威慌慌张张地从单位跑出去,是因为看了林叶夹在自己书包里的条子,跑出去找明静了。

在明静的单位里,程威差一点就给明静跪下了,但明静除了嘲讽和怪话,剩下就是赌咒发誓,坚称什么都不知道。

可程威断定明静是阴谋的参与者,固执地第二次又去找了她。

看见程威进屋,明静风姿翩翩地站起来大呼小叫:"啊!什么风把大所长给吹到这里来了,稀罕,稀罕!"

然后她不给程威倒水,也不给程威让座,先推开窗子把脑袋探出窗外,做出一脸迷惑的样子来自言自语:"啊,这么奇怪呀,现在不是半夜,没出月亮呀?今天也没有出现什么厄尔尼诺现象,难道是所长的脑子进水了吗?记错了自己该去什么地方了?这个时间您应该是早就在研究所了。"

程威现在一点都没有和这个女人开玩笑的心思,他黑着脸严肃地问明静:"告诉我,林叶去了哪里?"

明静一脸的惊讶:"啊,什么?林叶丢了?"

程威瞥了一眼明静这张会演戏的脸,一点都不信任地说:"痛快点,告诉我,我正忙着!"

明静仍然调侃着:"程威,你以为我会有闲心管你的那些破事呀?我告诉你,这可不是十几年前了,现在别说我不知道,就是知道了,我也不会告诉你的,更不会傻呼呼地把好朋友再乖乖地交到你的手上受折磨了。"

程威生气地说:"我怎么折磨她了?"

明静呵呵笑:"噢,我说错了,所长怎么会像一般人那样折磨人呢,您已经达到了折磨人的至高境界,看来我也得提高自己说话的品位了哦。"

明静说到这,转身拿过自己那杯泡着人参、枸杞、菊花等乱七八糟东西的水杯"咕咚"一声喝了一口,一收往日的淑女样子,大咧咧地仰倒在靠背大转椅上。

明静在程威面前说话从来不讲究,一贯的霸道、傲慢,喷出来的口水比甲流儿还致命,就像程威欠她多少吊钱似的,不因为别的,就仗着自己是林

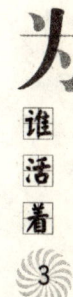

叶的死党。

"这女人。"程威心里狠狠地骂着,嘴上却软了下来。

"明静,别闹了,快告诉我,我着急。"

明静把杯子放在桌子上:"嘿,才知道急呀,之前干什么去了?"

程威听了明静的话,心里立刻一喜,看来林叶真在她这里,她一定是阴谋的参与者,也许就是个设计者。他的脸上有了笑意:"先别说这些了,你先告诉我,她在哪里呀?"

明静急了:"嘿,你这人怎么回事呀?我还问你呐,你怎么问我来了?我还等着你告诉我呢!"

程威也急了:"明静,我希望你别掺和我们的事情,我现在的心情和十几年前一样的急。"

明静冷笑了一声,耸了耸肩膀。程威最讨厌明静这个洋派范儿,一个中国女人,非弄得土不土、洋不洋的。

程威从明静这里一无所获,只好垂头丧气地走出了税务局的大楼。

程威走出大门,打开车门的那一瞬间,抬头看见在四楼的一个窗台后边,明静正撩开窗帘向下看,一脸的幸灾乐祸。

这女人!林叶怎么会和这女人能成为好朋友。

林叶和明静是同学,两个人读财经大学的时候是同一个宿舍又是同桌,毕业以后又同时分在了这个城市里。

对这个明静,程威一直无法说清自己喜欢还是厌恶,多年来,明静一直充当着林叶的狗头军师。

明静大学毕业后,到国外留过几年学,她新潮的小资生活方式和跃动式的对人对事思维常常会把程威这样的共产党员"雷"得外焦里嫩!

连思远这样号称90后的牛A和牛C都喊:I服了YOU!牛人啊!

就算程威的老婆林叶在通往时尚的道路上一路狂奔,可依然是被甩在美国50年前的城市小巷里,看见的只是人家明静忽隐忽现的背影。

尽管儿子和老婆在明静的面前都orz了,但程威这个久经考验的共产党却没有囧gg,而是一直蔑视明静腐朽的资本主义生活方式,为了严防老婆和儿子被明静影响,经常要做一些抵制活动。

更让程威深恶痛绝的是明静严重的女权主义思想和自由主义的论调:

"没有永恒的感情"、"人就爱自己"、"不理他,中华儿女千千万,一个不行接着换。"她还常教育林叶"别那么贱,不能做无私奉献的傻冒"。这令程威这个封建余孽思想还残存的大男人很不能接受。

明静的一句话能影响林叶半个月的情绪。林叶是一个很没有主意、而且很单纯的女人,她对明静的话总是言听计从,在林叶的嘴里每天都会流出这样的话:"明静说……"、"明静说……"。

遇到心烦的时候,程威总是没好气地堵林叶:"老婆,我不想听'明静说',我想听你说!"

林叶和明静是完全不一样的女人。

林叶身上所散发出来的那种文雅恬静的母性气质和明静的傲慢苛刻正好形成鲜明的对比。

程威第一眼见到林叶就被深深地吸引了。

林叶不是那种长得很鲜艳很惹人注目的女人,但程威见到林叶的第一眼就很自私地想,这样的女孩,肯定能成为一个好女人、好妻子。

结婚以后,林叶果真是那种安安静静相夫教子的好女人,在生活上程威几乎不用操任何的心,即使在林叶生孩子坐月子的那一个月里,程威也没下过厨房,而是由同样温和善良的林叶的母亲代劳。

在程威和林叶热恋的那一个阶段,明静就充当了林叶的参谋,经常用一些小手腕来折磨痴心的程威,还美其名曰"爱的艺术"。

所以,从那时候起,程威就不喜欢这个鬼怪精灵的明静。也许明静生来就是他命中的敌人,老天爷派明静这样的女人给林叶做朋友,就是为了折磨自己来了。在程威的心里,明静太聪明,太反叛,也太乖戾。但在林叶的心里,明静是天底下最优秀的人,没人能跟明静能比,包括自己也比不上明静,说自己一到明静的面前就自卑。但在程威的心里,林叶比明静文静,比明静更具女人味,林叶会把家收拾得温馨又艺术,连橱橱柜柜都安置得有条有理,厨房更是擦拭得反射着光亮。明静这种女人在男人的面前可以没有眼泪,而林叶却不一样,她像小猫一样蜷曲在你的怀里,稍不顺心就委屈得落泪。她虽然遇到事情有些优柔寡断,没有主意,但程威倒不在乎林叶有没有主意,女人可以没有主意,只要男人有主意就可以了。

那时候的程威还不知道,一个平日没有主意的女人,一旦有了主意就像

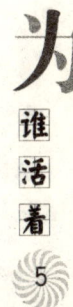

一头就要向悬崖上狂奔的烈马一样,想拉都拉不回来。

程威冲完澡从浴室出来,《动了情伤了心》的旋律飘进了耳朵。原来儿子思远回来了,正在电脑前听歌曲,嘴巴也没闲着,正在嚼着薯片。

"你怎么总听这样的歌?"

"得得,得,您老人家是不是也想让我听你喜欢的什么党啊,亲爱的妈妈呀?"

程威说:"那才养耳朵。"

思远撇了撇嘴巴:"老爸,我发现你特政治家!你说你是六十年代的,我是九十年代的,也没差十万八千里,怎么我们的欣赏水平就远隔千山万水呢。我妈呢?怎么还没回来,我都快饿死了。"

程威一下子愣住了,他急昏了头,他的脑子里完全被一件事占满了,也就是说,自己这一天没有吃饭,儿子中午在学校吃,回到家后,晚饭肯定也没吃。

程威没有回答思远的话,迅速地走进了厨房。

程威知道,自己再不能像以前一样了,进屋就上书房里工作了。

程威的表情很难看,其实他很想做出和以前一样的表情,但他实在做不出来,他虽然是个成熟的男人,但让他像演员一样装出一副什么都没发生的样子恐怕也很难。

程威进了厨房,扎煞着两只手不知道该从什么地方下手。十几年来家务事都是林叶来安排,他每天走进这个家的任务,就是吃饭、睡觉、坐在书房里看书学习工作。

从林叶离开家,程威就没去超市采购什么东西,他也没有这个概念,这几天林叶临走时留在冰箱里的快餐食品早已经被他和思远扫荡一空。

程威在厨房里转悠了半天才在一个橱子里找到几个鸡蛋和一袋挂面,于是他用一个铁锅在水龙头下接点水,然后就打开煤气,把面和鸡蛋放在锅里煮起来。

思远追进了厨房,问爸爸:"我妈怎么还不回来?"

程威说:"咱们先吃饭。"

林叶走后,程威一直是这样回避儿子的问题。

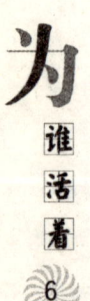

程威相信自己能把林叶找回来。但多长时间能找回来,他也无法确定,也许是几天,或许是几个月,也许要几年。

思远在客厅上给妈妈拨电话,拨了半天也没拨通,急躁地问:"妈妈到底干什么去了,怎么一直不开手机?"

程威转过身来:"过些日子就回来。"

"岂有此理,也不打电话告诉家里一声,这样的妈妈真是难找,还真是放心自己的儿子。"

"别急,她心里肯定比我们还着急,有可能开会地点是盲区。"

程威说着就从锅里盛了一碗挂面,递给思远说:"给你,咱们吃饭吧。"

思远瞟了一眼挂面,抬脸像看出土文物一样盯着程威,就像不认识自己的爸爸一样,好像程威在犯罪一样:

"倒,ft,你想 sm(虐待)未成年人呀?你 12825(你爱不爱我呀),就让我吃这东西呀?"

"不许说网络语,那你想吃什么?"

"算了,我看你也做不出来什么好吃的东西,你给我钱,我去门口吃 KFC。"

程威正没心思伺候这小祖宗,就抽出 100 元钱给了他,思远转身走了。

程威自己胡乱地吃了口刚煮好的面就去卧室和书房里翻腾起来,他翻完了写字台里的抽屉就翻书架上的东西,轰轰隆隆的声音很大。

他找到了林叶的手机充电器,他手里掂着这个充电器,非常吃惊,林叶走竟然连充电器都没拿,这是一个人出远门必带的东西,但林叶没带。

难怪林叶没开手机,肯定是没电了。林叶的手机是新买的,她不可能再买新的手机,也许她过两天就能回来,无论走到哪都得需要通讯设备呀。

这样想着,程威的心里重新升起了希望。他把充电器放在原来的地方,又开始接着翻。

程威就一直这样的翻,这样的找,最后终于在书架的最底层找到了一个黑皮笔记本。

程威有点激动,拿着日记的手都颤抖起来,日记本上的灰尘随着手指的抖动扑簌簌地往下落。

程威转身从写字台上抽出一张纸巾认真地擦起来,擦得很认真,很

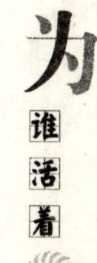

仔细。

　　林叶过去有写日记的习惯,但程威从不关心林叶想什么,写一些什么,甚至林叶有时候让他看,他都懒得抬眼皮,只是应付地说:"天天忙忙碌碌的,有什么可记的。你呀,怎么还像中学生一样天真。"

　　程威坐在写字台前把台灯拧亮,刚要开始看,门"吱"的一声响了。

　　程威回头,看见思远站在了门口,他慌忙把日记合上,并且速度很快地把它压在了一堆书的下边,他虽然慌张,但动作却从容不迫。

　　"爸,妈妈怎么还不开手机呀?"

　　程威说:"思远,你别担心,快去学习吧,你妈妈忘记带手机充电器了,手机肯定没电了,所以咱们都联系不上。"

　　思远瞪大眼睛说:"真的?"

　　程威说:"可不是真的,你看,就在书架上。"

　　程威站起来走到书架上,把充电器拿下来给思远看。

　　思远接过充电器看了看笑了:"我这个糊涂的老妈呀,看来真是老了。"

　　思远说着把充电器递给程威,伸了个懒腰说:"我得睡觉去了。"

　　思远走了以后,程威轻轻地把门掩上。

　　他刚要看那本黑皮日记,门又被推开了,思远的脑袋探了进来:"我很奇怪你这几天回家为什么这么早。过去我妈妈出差你也没回来这么早过。"思远说完就缩回了脑袋。

　　思远的话让程威忽然内疚起来。是呀,多少年来自己从来没有按时回过家,做业务的时候是业务忙,当上副所长以后,是应酬忙,每天在外边陪吃陪喝,谈这个业务,签那个合同……就是林叶走的前一天晚上,自己还在外边喝酒!没办法呀,现在有几个单位领导没有酒桌应酬?没有应酬的领导倒是奇怪的领导了,开会忙,喝酒忙是中国领导的一大特色。

　　那天喝酒中间,林叶曾经两次来电话催他回家,但都被他不耐烦地掐断了。当时旁边的人还问程威:"这肯定是嫂子。"

　　程威说:"就是。"

　　旁边的一个人跟程威开玩笑:"唉,哥们儿,你还活得真累。"

　　程威笑笑不吭声。

　　另一个人说:"中国男人过得这么糟糕,账都应该算在毛主席的身上,他把妇女解放出来让中国男人过得他妈的男不男女不女的,让女人骑在男人的脖子上拉屎。"

旁边的一个立刻表示赞同,他说女人就是潘多拉盒子里的魔鬼,毛把这个盒子打开的,女人不能放出来,一放出来就不得了啦。

他的话引来了在座两个女同胞的齐声唾骂,唾沫星子差点没把他淹死。

但男人们却齐声呼应,一齐支持他们同性的理论,这就让两个女人更加义愤填膺,于是两派开始唇枪舌战。两个女人虽然势单力薄,但嘴巴却比男人的利索,言辞也激烈苛刻,损得男人们个个心虚得直缩脖子。

程威就在一边笑,一任两派的攻击和谩骂。和程威喝酒的这些人都是文艺界的,搞文字的人大部分都是性情中人,他们几乎个个都愤世嫉俗。程威在研究所做了副所长后,不仅负责业务,也分管宣传这一部分工作,经常接待一些来考察桥梁工作的记者、作家。他非常了解这一群体人的个性,他们有时候所表现出来的天真行为和他们作品中的那种深刻是截然相反的。

今天就是为了接待这些来这里考察参观的作家吃饭,程威才不能按时回家的。

等他们互相诽谤累了,程威跟大家做解释:"你嫂子不是那种喜欢控制别人的女人,她很贤惠,对我很好,我在家里是油瓶子倒了都不扶一下的人,她是怕我酒喝多了开车危险,总是提醒我。"

男作家们一听完程威的话都齐声说程威的命好,他们说这样的女人真是稀罕物,现在的女人几乎个个都是母老虎,偶尔碰到一只猫,也是个会立着尾巴挠人的猫。

两个女客气得七窍生烟,眼睛一瞪又开始了新一轮的舌战。

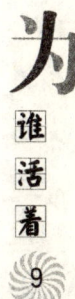

离婚协议

一个月过去以后,思远狐疑的目光开始在程威的脸上扫来扫去。

程威回避着思远的目光,但内心却一天比一天焦虑。

尽管程威铁嘴钢牙,但思远早已从父亲掩饰不住的憔悴样子中,从父亲颓废地窝在沙发上一支接一支吞云吐雾中猜测到家里肯定出了非正常事件。

思远也开始变得焦躁不安,疑虑重重,不停地追逼着程威。

正在这个时候,程威接到了林叶的离婚协议。

离婚协议是林叶找一个私人律师送到程威办公室的。

程威看到协议,慌乱得手都哆嗦了,离婚协议在他的手上发出了哗啦声,他两腿打颤,无法自持。为了在律师面前不至于失态,他顺势坐在了椅子上,抽出一支烟自己点燃了自顾自地抽起来。

律师好像很理解程威的情绪,耐心地站在旁边等待。

程威不是因为见到协议激动,而是确定了林叶还活着而激动。

是的,林叶还活着,还好好地活在这个世界上,协议的下边就有林叶的亲笔签字。

只留下一张纸条就消失得无影无踪的林叶;让程威心力憔悴寻找了一个多月的林叶;让思远百般惦念万般牵挂的林叶如今又以一个签名的形式出现在了程威的生活中。

看见那熟悉的字体,程威的眼睛湿润了!

但激动是暂时的,马上他又迷惑和心痛起来:林叶为什么会这样?为什么要出走?为什么有离婚的想法?他们之间有什么事情不能坐下来好好谈,非要采取这样离家出走的方法。当然在他们吵架的时候,林叶好几次都提到过离婚,但程威只认为林叶那是一时的气话,说过之后在程威的劝说下也就不提了。

过去,程威一直认为自己各方面都应该算是个优秀的男人,他爱自己的孩子和老婆,虽然在他接触女性的过程中,林叶也怀疑过、闹过,但天地良心,他心里明白那不是爱,他很快就会扭转自己的行为,对家庭,他是有责任心和爱心的,但是男女之间为什么就不能互相理解呢。

林叶走了以后,从混乱的家庭秩序中,程威才开始意识到自己并不是优秀的,而且这么多年自己亏欠林叶很多。在过去那么多年的婚姻中,自己总以为家里本来就是一尘不染的,柜子里永远就该有干净的内衣,手纸本来就应该放在那个地方,饭是老婆份内的事情,抚养孩子是母亲的天职。程威认为自己在婚姻中所享受的一切,是所有的丈夫都能够享受到的东西,它本来就应该是那个样子的,当时,他没有意识到在井然有序的家庭生活背后,是林叶默默的奉献和自我牺牲的结果。

程威想到这里感慨万千,眼睛有点潮湿,他哆嗦着点上了第二支烟,半低着头又狠命地抽起来。

多少年来,他已经习惯了林叶在身边的日子。即使是在现在,有时候吃完饭就扔下筷子走进书房去看工程图纸,等他再次走出来时,看见了桌子上杯盘狼藉才忽然想到林叶已经走了,再也没有人悄悄地在他吃完饭后给他洗碗了,他已经是个单身汉,这个家已经不完整了。

过去,都是林叶做好了饭等他回家吃饭,即使在双休日,程威到厨房搭把手的时候,林叶也会把他给轰出来,她一边往外赶他一边说你和孩子玩一会儿去吧,你一个星期每天早晨早早就走,不到半夜不回家,孩子都不认你这个爸爸了,时间长了他都跟你没感情了,好不容易你在家,去跟孩子拢一下感情。

孩子也是林叶一手带大的。程威想,自己在事业上的成绩都是因为有了林叶。

每次做饭,林叶都考虑到程威的口味,看到程威爱吃的菜,她就尽着程威吃,并说自己不爱吃那菜。即使是在自己出差的时候,她也不会让程威下厨房动手,而是包下几百个饺子,在冰箱里冻好,然后按着程威和思远的食量分好,装进N个塑料袋里。等她走了以后,程威在做饭的时候就拿出一袋来煮。

程威和思远都爱吃林叶包的大馅饺子。

每一次吃饭的时候都是林叶忙里忙外的端菜拿东西,程威脱下来的脏衣服都由她给洗出来并熨好叠整齐放到柜子里,程威一年四季随时可以换上干净的衣服;每天她还把程威的皮鞋擦出来,临睡前给程威调好了洗澡水,水温总是调到恰到好处,不用程威再费劲调。不管程威晚上是否回家吃饭,锅里总是给程威留着可口的饭菜;一听到程威打喷嚏或者咳嗽,就慌张地过来摸他的头,问程威是否有不舒服的地方,并翻箱倒柜地找药;每当季节换季的时候,她都会为程威买衣服,自己却舍不得买一件贵重的衣服。在程威的印象中,只要她在家里,她就不停地忙碌着,不是拖地就是擦家具,不是在厨房里忙,就是辅导孩子的作业,每个星期她都会带着孩子去看程威的父母,每次去都会买一大包东西,并向程威的父母解释程威的工作太忙,让父母别抱怨程威回家的次数少……

程威看见律师自己坐在了椅子上,忽然醒过神来,歉意地冲他点点头,然后机械地站起来弯腰从写字台下边的抽屉里拿出一个一次性纸杯,走到饮水机面前接水,但他眼睛盯在水杯上,心却不知道飞到了哪里,水杯满了他都不知道,还在哗啦啦地接……

律师瞥了他一眼,站起来走到他身边,关了饮水机的开关,接过了他手中的杯子。并提醒他说:"请您看过以后,在协议上签字!"

程威瞪了律师一眼烦躁地说:"签什么签,我不同意!先告诉我,她现在在哪里。"

律师好像已经料到他会这么说,非常礼貌平静地说:"对不起,我的当事人不允许我把她的地址告诉外人。"

程威生气地说:"什么?我是外人,我一天不签字,一天都是她的丈夫,我有权知道她在什么地方。"

律师的口气也很生硬:"为了我当事人的安全,我不能告诉你。"

程威简直要发疯了:"你把我想成什么人了,我是个知识分子,不是个强盗!"

律师没有接话,转身从沙发的茶几上拿起自己的文件袋说:"不好意思,我先走了,您考虑一下,回头给我打电话,一星期之内,如果接不到您的电话,我就认为您是自动放弃协议离婚,那时候我的当事人就会采取另外一种离婚方式。"

程威知道另一种离婚的方式就是上法院!

律师转身走出了程威的办公室。

程威颓丧地坐在了椅子上,就那样听着律师的脚步声在走廊上渐渐地远去,等他清醒过来,意识到应该跟踪律师了解林叶的住址,拼命地跑到楼下的时候,律师已经不知道钻进了同时开走的哪部车子里了,而他在车子外边是无法知道这同时开走的几部车子,到底哪一部车子是那个律师的。

那天晚上程威一夜没有睡好。他在床上辗转反侧,实在睡不着,就爬起来坐在沙发上一支接一支地吸烟,面前的烟灰缸里堆了一堆烟头。

尽管林叶离家出走已经好长时间了,但程威感觉到,这一夜才是真正的亲人离散。和妻子生活了这么多年,妻子的一颦一笑已经融入到他的血液中了,已经成了他不可分割的一部分,他没想过有一天他的这一部分会分离出去,而且是愣生生地从肉体中活剥开来,那血肉分离的疼痛现在才通彻地感悟出来。他不明白林叶为什么一定要这样的做,即便是双方有一点不和谐的东西但也不是大的问题,完全是思维方式的不一样。

他在心里告诫自己,不能就这么轻易地分开,不能让她任性,她把婚姻当成了儿戏,离婚以后她怎么办?毕竟是个已经四十多岁的女人,还想怎么着?你说我过生日的时候不送鲜花,没时间陪你逛商店,难道离婚后你就能找到一个很浪漫的男人吗?男人都是务实的动物,男人都是以事业为主的……

程威想到这,就给律师拨手机,他想跟律师谈谈,他已经没有耐心等到早晨了,但律师的手机已关机了。

一个星期过去了,程威没有签字,他把律师约了出来,两个人是在一个离程威的家很远的一个小茶馆见面的。

为了给律师一个好的印象,程威早早就到了约定的地方。

茶馆很清净,只在角落里坐着两个老人,程威平日工作忙,他很少走进这些地方。

大概过了一刻钟,那个律师才夹着一个黑色的文件包走进来。程威赶紧站起来把手伸给律师,两个人握了握手,坐下。程威招呼服务员给律师斟上了茶,他今天想给律师一个好的印象,争取拖延签字的时间,套出林叶的

地址,亲自找林叶好好谈谈。程威对律师说无论是分手也好,不分手也好,总要见面谈一谈才好,在一起过了十七年的夫妻,就这样的分开,他心里真不是滋味,他最起码要知道林叶是怎么想的。

他跟律师谈了他们十几年的婚姻,谈了他们夫妻之间的感情,谈到林叶这么多年对家庭的付出。他说自己现在才体谅到妻子的不容易,他过去因为工作忙,忽视了妻子,希望她能够体谅。程威还谈到思远,说到思远的时候,程威的情绪有点激动,眼圈有点发红,他说现在思远非常想念妈妈,学习和心理状态都非常的糟糕。

律师一直在注意听程威说话,等程威说完了,他同情地说,他可以去跟林叶谈谈,争取让林叶见程威一面。这几天就会给他消息,他让程威耐心地等着。

没有几天,律师给程威打电话,说林叶决心离婚,而且已经有了相爱的人,让程威赶紧签字,不要再拖延了。

程威说:"我想知道林叶到底对我有啥意见,她要分手的主要原因是什么?"

律师沉吟了一下说:"虽然说这些没什么用处,也不是我应该说的话,但我想提醒你,应该反思一下自己,我的当事人说起过去的日子来总是泪流满面,一肚子的委屈。"

程威抓住话筒一下子愣在了那里:一肚子委屈?什么委屈?

律师没有解释,但他说自己已经尽了力了,把程威的话都转给了林叶,但林叶听了后并不为所动。

律师说完就放下了电话。

林叶一肚子委屈?

打死程威也不信,自己回忆起婚姻生活来为什么点点滴滴都是幸福,而林叶的心里却满是怨恨?

难道男人和女人真的是思维方式不同,看问题的角度也不同?

程威给明静打电话,说自己真的不想失去林叶,他恳请明静一定要告诉他林叶现在的地址,程威在电话里声泪俱下,把明静也闹得掉下了眼泪。

程威说:"明静,就看在思远的面子上,你告诉我吧。"

明静沉默了一会说:"你先签字吧,签了字我会考虑告诉你的。"

很明显明静是公事公办的口气,把程威的心闹得冰凉冰凉的。人家都说,宁可拆一座庙,也不拆一个婚,这么简单的道理,明静不会不明白,她是个走南闯北受过良好教育的人,但她为什么这样伤害程威的感情,伤害程威的婚姻和家庭?

程威气愤异常,不理智的话冲口而出:"明静,你为什么充当这种角色?你为什么不劝一劝你的朋友?你知道你这样不是在帮她,是在害她。"

明静也很生气:"程威,你还是不是个男人?是你自己把婚姻搞成现在这个样子的,你不但不反思,还想把责任推给别人!你可真够戗,就凭你这几句话,我看林叶是走对了,你这样的男人真是自私透顶。"

程威大喊:"我怎么自私了?"

明静"砰"的一声把电话扣上了。

程威又气又恨也又后悔,几个晚上没有睡觉,他想,如果林叶真找到了自己的幸福,自己这样拖着也真没有什么大的意义,既增加她的痛苦,也增加自己的痛苦。算了,给她自由吧。

程威给律师打了电话,在离婚书上签了字,既然林叶已经找到了自己的幸福,程威就是再舍不得也没有权利再纠缠下去。

律师告诉程威,林叶在一个月之内就会结婚。

程威没有吭声。但律师走了以后,程威把自己关在屋子里抽了一个晚上的烟。

程威想起林叶怀孕的那一个黄昏时分。

夏日的傍晚,程威穿一件纯棉大T恤,一条宽松的休闲短裤,趿着拖鞋,他的臂弯里,是随意搭上的林叶的手。他俩慢慢地踱在林荫小道,时而低语,时而大笑,一路洒下的,尽是家长里短的琐碎闲话。

身边有一对一对的老头老太太走过,缓慢而悠然。岁月在他们的脸上,刻下一道道相似的痕迹。他们神态安详,脚步笃定。

程威指着这些人说:"看见了吗?我们要像他们一样,白头到老。"

他们和老夫妻一起融入在暮色里,远远地留下一对相濡以沫的背影。

在程威的心里,自己的婚姻是世界上最满意的婚姻,是最完美的结合,林叶美丽温柔,儿子可爱,两个人都是他生命中最最重要的东西,他们是联体的,不可分离的。所以回忆中的点点滴滴都是甜蜜……

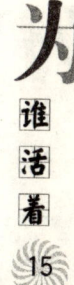

从林叶出走后,程威就不知道完整的睡眠是什么滋味了,但至少他每天还能迷迷糊糊地睡三两个钟头,因为那时还存在着希望,可签字后的这个晚上说什么也睡不着了,他不知道是不是失去了林叶,从此就要失去睡眠。

那时候,他的臂弯里躺着林叶,他搂着她,就能很快地沉沉地睡去,那是一种踏实和宁静,而现在这种踏实完全被破坏了,他即使是睡着,也经常被噩梦惊醒。

他真的希望他这一段的生活仅仅就是一场梦,梦醒来之后一切都会变回原来的样子。但多少个早晨,等他睁开眼睛,手指触摸不到林叶的皮肤,眼睛看不到林叶的笑脸的时候,他才知道他面对的现实比他的梦还要残酷和让他心痛。

这个时刻,他就更思念林叶,思念她的身体,思念她的眼神,思念她端上来的热腾腾的早餐。早晨起床空空的肚子时刻在提醒着他,从此以后没人再给他准备早餐了。

为什么人只有在失去以后才备感失去东西的珍贵呢?在这个问题上程威也不能免俗。林叶在的时候他总觉得一切就应该这样。

他希望时间会治愈创伤,但是好长时间过后,他的心仍在痛苦地挣扎。过去他一直坚信自己很坚强,但这一次,他的意志好像一下子垮下来了。他不明白自己为什么这么脆弱。白天他把笑脸和坚强都贡献给了同事和思远,贡献给了所有的人,夜晚只把脆弱留给了自己。

他每天照常地上班下班,照常接送孩子上学下学,洗衣服做饭,责任让他必须坚强起来,儿子需要他坚强起来。只有夜深人静的时候,他才点燃一只烟,坐在写字台前,品味林叶留给他的那些孤独和忧伤。

他就像一只受伤的猫一样,一到安静的时候就在黑暗中舔着自己疼痛的伤口。

他有时候也鄙视自己不像个男人,大丈夫应该拿得起来,也放得下,怎会这么长久地沉浸在失去女人的痛苦之中,他现在真有点佩服那些扔女人像扔一副破手套一样的男人啦!他们怎么会做得到!

而最让他痛苦,最让他无法面对的是儿子。

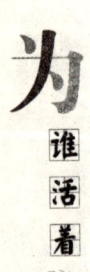

有苦难言

尽管程威认为自己做得天衣无缝,除了林叶的弟弟林子,他没把林叶的出走告诉给任何人,但丈母娘还是知道了。

在知道林叶出走的消息后,老太太一分钟都没有耽误,当天就赶到了程威家。善良的老人从来就没有指责过程威,而这一次,却哭得眼睛红红的,不停嘴地埋怨,先是埋怨林叶好好的家庭不珍惜,没有责任心,怎么就一声不吭地走了呢?到底是因为什么?

以前,如果程威和林叶闹矛盾,老太太总是批评林叶,在老太太的眼睛里,女婿程威要模样有模样,要才干有才干,除了工作忙点,不管家,不干家务之外,几乎是完美的人,更何况,男人在外边闯世界,不忙点怎么行?忙才说明他在单位是扛大梁的,是重要角色。但这一次老太太也埋怨程威了,她跟程威要女儿,怪程威没有保护好自己的女儿。

老太太还不明白女儿为什么要出走,她说她养的女儿,决不会那么不负责任地说走就走,肯定是有原因的,她不停地追问程威林叶为什么要出走。

自从程威和林叶结婚,一开始程威往丈母娘家跑的次数很多,惹得丈母娘一说起自己这个女婿就赞不绝口,可是后来次数就渐渐地少了,问林叶什么原因,林叶总是说程威忙,老头老太太有时候心里也很不痛快,忙,忙什么呀,就是工作再忙,亲情还是应该要的,是不是?两个老人犯了嘀咕,有几次就搞突然袭击,不打招呼就直接闯到女儿家里,他们想看看,程威是不是真的那么忙。

不看不知道,一看还真是吓一跳,程威不但正常的工作时间忙,就是休息时间也那么忙,简直就是没有八小时以外。晚上回到家,匆匆地吃一口饭就坐在写字台前看图纸或者是盯在电脑前看电子版的图纸,有时候半夜两

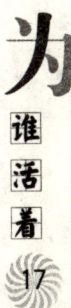

三点才睡觉。因为经常伏案工作,颈椎病很严重,每天脖子上都贴着膏药;他腰椎也不好,晚上睡觉前就让林叶给他按摩。

老爷子对老太太说:"干工作也没有这么个干法呀,把孩子和家务都扔给小叶不说,女人吗,多干点也没什么,但他自己的身体也消受不了呀。"

老太太也很心疼程威:"你看看他瘦的,四十多岁是发胖的年龄,他怎么会这么瘦?都是熬夜熬的!"

老太太和老头到女儿家抽查了几次,都看见程威每天像虱子一样叮在写字台前,而厨房里总是女儿一个人在无怨无悔地忙着,他们看不下去了,他们觉得有必要和程威好好谈一谈了。

但林叶不让父母和程威谈:"妈妈,你别管他了,因为他不珍惜身体,我也经常说他,但他就是不听,他总说自己一工作起来就快乐。"

虽然林叶面对丈夫一个人的时候,也常唠叨,对程威经常早走晚归很不满,担心程威长此下去会毁坏了身体,但她自己唠叨行,别人批评丈夫她不愿意,尽管这种批评是对自己和丈夫都好,但她还是不愿意把自己的家庭矛盾暴露给父母。

林叶和程威一结婚,有着好多好多浪漫的梦想,但这些梦想在工作狂的程威面前都一个接一个地破灭了。最后这几年林叶也开始降低了条件,关闭了自己理想的窗子,只要程威珍惜自己的身体,工作起来知道保护自己就行了。林叶不想让程威因为工作而把自己的身体弄垮。她只希望自己的丈夫健健康康每天回到家里看看电视,和孩子玩一会儿然后快乐地坐在自己的面前吃着自己烧的饭,晚饭后三口人手拉着手去街上散一散步,她生病的时候能给自己做一碗汤端到床前,改掉抽烟和喝酒的毛病,她就会满足地绽开蒙娜丽莎一样平静的微笑。

可是程威不这样想,程威说一个男人如果没有事业叫什么男人,他说一个人不怕身累,就怕心累,他现在是身累,心舒坦。

程威每天这么忙碌着,人累得没了形象,很瘦,林叶就越发地心疼,每天在他的身边唠叨,唠叨时间长了,程威就不耐烦,他对林叶说:"你这样我就更累!"

林叶当然是不想让程威在工作之外更累的,于是林叶从那以后就闭了嘴巴,但她只要一看见程威为了工作加班熬夜,心情就不好,心疼得要命,但又没有任何办法。

对程威的工作状态,林叶的父母也很担心,怕他长此下去会影响健康。

老头子说:"他这样简直就是自残,像他这样干工作,人都得累残废了。"

于是老头子就和程威谈,很郑重其事的,但老头的谈话水平也比林叶高不到哪去,无非是身体是革命的本钱呀,没有了身体就没有了一切呀,等等。

老太太觉得自己高老头一等,煞有介事地给程威说了一串数字,她说10000这个数大吧,前边的1是身体,后边的0是事业家庭孩子金钱等等,前边的1倒了,后边的零就没有任何意义了。

程威听了老头老太太的话不肯定也不否定,但该熬夜还熬夜,该怎么干还怎么干,嘴上说着等忙过这阵儿就好了,但他的这阵儿却怎么也过不完。

那时候,老头老太最担心的就是程威的身体,程威这样不珍惜自己的身体,万一以后有个三长两短让女儿靠谁去。他们从没担心过程威和女儿的感情。两个人是一见钟情,有感情才结的婚,自己的女儿爱人家爱得是神魂颠倒,程威也是个感情很单纯的人,除了林叶,眼睛里好像就不存在其他的女人。

让老太太大吃一惊的是,爱程威爱得都无原则的林叶怎么会抛下程威和孩子悄悄地出走呢,这样的结局打死她,她也无法相信。

程威一直回避和老太太深谈林叶离家出走的原因,他在潜意识里总觉得总有一天他会找到林叶。

因为他的一直回避,老太太对他的成见也就越来越深。往程威这儿跑的次数也勤了,她总怕思远受委屈,也想在程威这守着,能及时地听到女儿的消息。

老太太来的那天正赶上思远和同学去参加一个活动,程威跟丈母娘说尽了好话,让她瞒着思远。老太太看看女婿失魂落魄的样子,点头同意了,条件是他必须找回自己的女儿。

她来了以后,程威在体力上轻松一些,做饭,洗衣服她都包了,但在精神上程威就格外的累,因为她天天追问程威林叶的下落,追着程威去找自己的女儿。但她看见程威先前还出去找林叶,到了后来就只在嘴巴子上应付她,晚上回到家里就一个人到书房里看书,要不就回来得很晚,说是工作忙,电话也不打了。

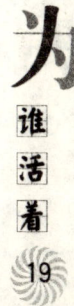

老太太很不高兴,她对程威越来越不满意,心中的怨气也越来越大,她没想到程威是这样一个不负责任的男人,自己的女人不知道是死是活走了快两个月了,他倒好,在那里照样的上班下班,脸上根本看不出什么变化。

老太太白天在思远面前强撑笑脸,晚上躺在床上眼睛却让泪水泡着,身体渐渐不好起来,免疫力下降,非常爱感冒。

有天晚上,程威单位有事情没回来,思远一进家门见姥姥没有做饭,屋里也没有开灯,正一个人躺在床上流眼泪。

思远一进屋,老太太赶忙擦了一把脸,喘息着对思远说:"思远,姥姥做好了饭,你自己盛着吃吧。姥姥身体不好,起不来了。"

思远看看姥姥脸上还挂着泪痕,奇怪地问姥姥为什么眼睛都肿了。姥姥告诉他,自己难受,就眼睛肿了。思远不相信,姥姥红肿的眼睛和哀伤的目光让他觉得其中肯定有什么事情瞒着他。思远盯着姥姥问。老太太先开始还坚持,但她毕竟是个女人,她隐忍不住自己的伤心,隐忍不住对程威的巨大失望和对女儿的想念。在思远不停的追问下,老太太终于没能守住对女婿的承诺。

"你妈妈失踪了,不知道什么原因自己走了,思远,你和爸爸一定要把她找回来呀!"

老太太悲痛欲绝地哭起来,一遍一遍地叮嘱思远要找回妈妈。老太太原以为思远会大哭大闹,但让老太太惊讶的是,思远在得知自己的妈妈出走之后竟然出奇地安静,安静得超出了老太太的想象。思远默默地离开了姥姥睡觉的屋子,默默地走回到自己的房间,轻轻地关上了自己的房门。

晚上,天已经很黑,程威从外面回来,见家里冷冷清清的,老太太面容憔悴地躺在床上看着墙上女儿的照片发呆。

程威在屋里转了一圈,和丈母娘说话,丈母娘不搭理,和思远说话,思远也不吭气,电视里正演老太太平日爱看的家庭生活剧,程威招呼老太太出来看电视,老太太哼唧了一声也没起来看。

思远的房间从里边锁着,程威推不开,喊了几声思远,屋里也没动静,但程威知道思远回来了,客厅里有他换下来的鞋子和衣服。

程威自从在离婚协议上签了字以后,就不再寻找林叶,而是按时上班。把心思加倍地用在了工作上,比过去还用力,好像是要用工作来忘记自己的痛苦。这些日子,研究所正在和一个知名的企业谈合作,如果谈成,那么这个企业将每年向研究所投资1千万。这是件非常好的事情。

另外一件事情就是在他的引荐下,从某工程学院调来一个女老师,这个女老师在业内资历很浅,但程威认定她是个在工程设计上非常有潜力的人,程威很看好她设计的项目图纸。

他的这个举措除了赵思开支持,遭到了研究所大部分人的反对,尤其是那个李琛,但他并不公开反对,在讨论调用这个人的正式会议上,他保持沉默一声不吭。但下了会场就在背后议论:"不知道程总什么意思,没有资历,没有任何实战经验,要知道研究所这个地方也是一般人能呆的地方吗?更何况那人连个副高职称都没有。"

"现在其他的研究所都抢着要博士后,咱们研究所可好,要个没文凭的中年女人。"

他在下边这样的一提醒,研究所里的大多数人就全知道了这件目前仅限于领导才知道的事情,于是各种议论迭起。

会场外的撇嘴不屑,过道里的窃窃私语,洗手间里的声声冷笑,电梯里的摇舌鼓噪,以及那些平时和程威关系还不错的同事莫测深浅的一笑弥漫在研究所里。

另外,这个专爱打听个人小道儿消息的李琛,也不知道是从哪里听来的消息,知道了程威的媳妇突然离家出走了,于是议论的内容又加了新意,怀疑和污言秽语在下边悄悄地传播着。

程威的心思都用在工作上,根本无暇顾及那些流言蜚语。

白天忙了一天,程威累了,所以就回屋睡下了。

半夜的时候,程威听见了一阵啜泣声,他的心一紧,迷迷糊糊地爬起来,向厅里走去,才听见这声音是从思远的屋里发出来的。

程威赶紧走进思远的屋,他没有开灯,就那样站在儿子的床前听儿子的抽泣,不知道自己该做什么才好。过了一会儿,程威在床边坐下,用手给思远掖掖被子,然后去摸儿子的脸,思远脸上的泪弄湿了他的手。

黑暗中,思远一下子就抓住了程威的手,紧紧地抓住:"爸爸,是妈妈讨厌我了吗?所以才离家出走?"

程威一愣,他知道姥姥没守住对自己的承诺,把林叶的事情跟思远说了,但他没想到思远会有这种想法,怎么会把责任都揽到他自己的头上?

"傻孩子,妈妈怎么会讨厌自己的乖儿子,她爱你还爱不过来呢。"

思远扑楞一声从床上坐起来,黑暗中小眼睛一闪一闪的:"如果妈妈不讨厌我,那就是讨厌你,是你把妈妈气走的!"

还没等程威反应过来,思远又咚一下躺在了床上,把被子往脑袋上一蒙,恶狠狠地说:"哼,我知道你讨厌妈妈,现在你终于把妈妈除掉了!"

这不是无理取闹吗?程威为思远的反复无常哭笑不得。

"你还撒谎说妈妈出差了,你为什么要跟我撒谎?"

接着,思远又啜泣起来,而且越来越伤心欲绝,程威不知道说什么好,一个失去了母亲的孩子,也许都会有这样的变化。他提醒自己要有耐心,只要他多一点耐心,思远就会消除对自己的误会。程威轻轻地拍着思远的背,安慰他说:"爸爸正在找你妈妈,你放心好了,有了消息爸爸就告诉你。"

思远听了程威的话,停止了啜泣,在被窝里冷笑了一声说:"哼,都过去这么久了,你怎么没找回来呀,我看你就是不真心找,你就是不关心妈妈。"

程威冤枉地坐在思远的床上:"谁说我没真心找,我不是天天在找吗?"

思远骨碌地翻了一下身,用厌烦的口气对程威说:"你出去,我想安静。"

程威愣了一会儿站起来就向门口走,思远突然伸手抓住了他的衣脚:"爸爸,你可别离开我呀,你可别像妈妈一样抛弃我呀,我怕……"

思远说着就声嘶力竭地哭起来,好像程威真要把他抛弃了一样。

程威转过身来,把浑身颤栗的思远抱在了怀里。

程威就这样抱着思远,一直到思远带着满脸的泪痕进入梦乡。

程威轻轻地把思远放下,给他盖好了被子,从床头柜的纸巾盒里抽出一张纸在思远满是泪迹的脸上擦了擦。

这个时候,程威听见"咕咚"一声,接着一阵呻吟声从老太太的屋子里传了出来。

程威吓了一跳,赶紧从思远的小屋里走出来,到老太太的屋里,他在黑暗中看见地上有一团东西,床上没有人。

程威连忙打开了灯,见老太太穿着睡衣正在地上躺着呻吟,程威大喊一声:"妈,您怎么啦?"并往起抱老太太。可是他刚一动老太太的腿,老太太就疼得大声喊："哎哟,疼！别动,别动。"

她的腿摔骨折了。

程威说："妈,您别动,我打120。"

程威站起来就跑到客厅里打电话,给120打完了电话,又给林叶的弟弟林子打。告诉他一会儿去积水潭医院,妈妈的腿摔了。

那头的林子一听母亲出了事情,两口子连滚带爬地起来就往医院跑。等他们跑到医院,走进大厅,林子一眼就看见程威正在连跑带颠地在大厅里划价。林子和媳妇连忙迎了过去。

程威看见林子来了,松了一口气,简单地跟林子两口子介绍了老太太从床上摔下来的经过,并且告诉他们,老太太正发高烧。

林子问程威,妈妈啥时候发的高烧。

程威说自己也不知道她啥时候发的高烧,昨天晚上回来老太太早早就睡下了,他也没敢进屋去打扰她。

就这样,三个人一边说着话,一边走进了急诊室。

林子和媳妇一进急诊室就看见母亲正躺在床上输液。脚腕处打着石膏。

林子的媳妇上前喊了一声妈妈,老太太含糊地答应了一声,眼泪就顺着眼角往下流,像见到亲人一样。

林子媳妇一边给婆婆擦眼泪,一边嗔怪地说："妈,您发烧怎么不告诉姐夫呀,您这么大年龄了,烧坏了怎么办？"

林子这时候正站在床头查看母亲打着石膏的脚,还没等老太太回答林子媳妇的话,林子又问了一句："您说您大半夜的,起什么床呀！"

老太太这回说话了："我有点渴,想喝水。"

林子媳妇说："那您怎么不招呼姐夫呀？就是招呼姐夫不方便也该喊思远一声,思远也是个大孩子了,还给您倒不了一杯水吗？"

老太太说："我不愿意麻烦别人。"

站在旁边的程威听了丈母娘这句话,心里非常的不舒服。在他心里,自己虽然已经和林叶离婚,但在感情上他从来就没把老太太一家分离出去,一如既往地爱着这个家庭里的所有成员。林子和媳妇听妈妈说了这句话都尴尬地看了看程威,他们两个也觉得老太太有点过分了。

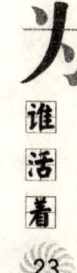

接下来就是沉默,尴尬的沉默。

片刻,林子打破尴尬说:"姐夫,思远现在自己在家呀?"

程威点点头:"嗯,正睡觉。"

林子媳妇接过来说:"姐夫,那您回去吧,早晨还得给思远做饭,再说,现在才两点多钟,思远自己在家说不定害怕。"

林子也说了两句很客气的话,这些话在程威听来,都有点拿他当外人的味道,这让他更加的郁闷。

程威想,老太太和林子媳妇都是善良、通情达理的人,他们今天这么客气,是不是已经知道了我和林叶离了婚,是不是林子这小子已经把真实情况告诉了两个女人,因为,真正的实情只有林子知道。作为程威,他是不愿意让老太太一家把自己当外人的。

程威这边说,也是,我回去安排一下思远,他刚才闹着要来,我没让,我怕他耽误明天上学。

程威给林子使个眼色暗示他出来,然后就先走出了病房。

林子从屁股后边追出来说:"姐夫。"

程威停下来,问林子是不是把离婚的事情告诉妈妈了,林子赌咒发誓地说老太太和媳妇都不知道,他从来没有说过。

程威说,那就好,然后交代了几句就要走,他说等把思远送到学校他再来。

林子说:"别来了,老太太有李月侍候,你忙吧,要不放心你晚上过来看看就行了。"

程威说:"那也好,那咱们说好了,晚上我来陪床。"

林子说:"你一个大男人怎么陪呀,不方便,算了,也住不了多长时间,我看就让李月陪算了,白天我来替换。"

程威说:"还是轮换着吧。自己的母亲怕什么的。"

晚上下了班,程威顺路去了学校,他想顺路带上思远去医院看姥姥。他计划好了,如果思远想上医院看姥姥就顺路带上他,这样在医院里就可以多呆一会儿,不用惦记回家给他做饭了,从医院出来再找一家饭馆吃饭。

程威开车到了学校门口,正好是放学的时间,学生们陆陆续续地从里边走了出来,程威从驾驶室里走出来,伸长着脖子等了半天也没见到思远。他

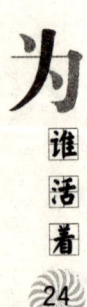

想也许思远在班级里正写作业或者正搞卫生。

程威锁好了车门,走进学校,径直向思远的班级走去。

思远的教室在二楼,程威趴在门上看,里边一个人都没有。

哎,难道自己没看见他出去。

程威跑下楼梯,走出楼门就往家打电话,电话无人接。

程威着急地去老师办公室,问思远的班主任,班主任告诉程威,说思远中午就请假走了,说他舅舅来接他到医院看姥姥,姥姥病了。

程威这才放了心,但心里对林子很不满,怎么中午就把思远接走了,下午还有两堂课没上,本来思远学习就不上心,这样随便地耽误课思远的成绩就更差了。看姥姥完全可以晚上去。

程威到了医院,在门口的水果摊上买了点水果,提着就径直地奔急诊病房。但急诊病房已经换了病人,程威跟护士打听丈母娘的去向,护士告诉他老太太已经从急诊病房转到普通病房,在301室。程威穿过长长的走廊到了301室,果真看见思远背着书包坐在姥姥的身边正跟姥姥说话。

祖孙两个好像都哭过,眼睛都红红的。

林子的媳妇正用一个小刀削苹果,见程威进来立刻站起来说:"姐夫来了。"

程威"嗯"了一声,就关切地问老太太身体怎么样,退烧了没有。

老太太还没来得及回答,可能是林子媳妇怕老太太回答迟慢,伤了程威,抢着告诉程威,妈妈白天已经退烧了,医生说妈妈的身体还不错,没什么并发症。

程威问李月,林子来了吗?

李月说来了,他出去给妈妈订饭去了。

这段时间思远一直没有和程威说话,他就像看不着自己的爸爸一样。

林子不一会儿就回来了,大包小提地拿了许多东西,一进屋看见程威在,非常高兴地说,姐夫,等妈妈吃了饭,咱们出去吃,我已经答应今天请思远吃日本料理了。

程威看看旁边的思远想,这孩子真不懂事,要吃就让我带着去,怎么在这个时候跟舅舅提这个要求。

程威这样想着就说:"思远,算了,姥姥病着,舅舅哪有时间陪你去吃日本料理呀。"

老太太这时候来了精神,抬起头来对程威好像也是对林子说:"去,带他去,我没事,你们都去吃吧。"

李月说:"妈,让他们去吧,我在这儿陪您。"

老太太说:"不用,不用。我没事了。"

林子说:"让李月陪您,饭都买好了。"

客气一会儿后,林子、思远和程威走出了医院。走到门口的停车场。

思远一头钻进了林子的车,程威只好一个人开车尾随着林子。

他们去了一家大酒店的日本餐厅,在服务员的引领下进了一间雅室,坐在了"榻榻米"上。

思远过去经常吃日本料理,但进这种高档的雅室还是第一次。

林子给思远介绍说,这里的榻榻米不是正宗日本那样的,是经过改良的,桌子下边都挖了个坑,以照顾不习惯屈膝下跪的中国人,但鞋是照例要脱的。

思远说:"你说中国人不习惯下跪,那叫胡扯,电视上演的古装剧,男人女人见着皇帝都下跪。"

思远边说边一手摸地,做了一个单膝下跪的姿势,嘴里叫着:"喳!"

思远的样子把程威林子和旁边的服务员都逗笑了。

林子说,那是给自己的祖宗和皇帝老子下跪,我是说中国人绝不轻易地给外国人下跪。林子这样说着,还意味深长地看看那个穿了日本和服的中国女孩子。

思远脱了鞋,把脚规矩地放在桌子下边的大坑里。

虽然那种街头的小店和这种大饭店的装修档次无法相比,但摆上来的吃的东西却几乎是一样的。思远熟练地把绿芥末用筷子在酱油盅里调匀,把"天妇萝"的萝卜泥倒入配好的料汁里搅拌好。

这顿饭程威吃得没有胃口,老太太还在医院里住着,林子却到这么讲究的地方请他和思远吃饭,这让程威觉得很别扭,看来林子是真把自己当了外人了。他原本想告诉林子,让他以后别轻易地在上课时间接思远出来了,但现在这话已经不能轻易地出口了。

趁着思远去洗手间,程威对林子说:"林子,以后别这么宠着思远。"

林子没回答程威的话,而是转了别的话题,他说:"姐夫,我觉得你和姐姐离婚的事情不告诉思远行,但不告诉妈妈,似乎不行,不告诉她,怕是她对你的误解会越来越深。"

程威听了林子的话愣了一下,看来,老太太今天对林子说了什么,否则林子也不会这么说的。

程威说:"我是怕她知道了,对她身体不好。"

林子说:"不说出来对她的身体更不好,最近她因为这件事情,体质下降很快。"

程威沉吟了一下说,那就等她出了院告诉她吧。

林子说:"不用等出了院,我想今天晚上回去告诉她,这样,她在医院里出了点什么事情还有医生抢救呢。"

程威想了想觉得林子说得很有道理,就点头同意了,但他对林子说,对思远还是先不要说,以后如果实在瞒不住再找机会说。

思远这时候走了进来,两个人转移了话题,又说到了老太太的身体上。

那天以后,程威就一边照顾家里的思远,一边往医院跑。

老太太的病并不像林子他们所想的那样乐观,她这个年龄的老人骨折很难恢复,她在医院里一呆就是一个月,回到家里以后又在床上坐了差不多半年才下地。

在知道了林叶的具体情况以后,老太太哭了好些次,对程威的看法也立刻有了转变,觉得还是自己的女儿对不起人家程威,所以再见到程威的时候也就不像前一阵子一样沉着脸子了,但言语变得分外的客气,这种客气反倒让程威更加的不适。

她出院以后,程威想接她到自己家里住一阶段,但她说什么也不干,那以后再也没去过程威的家,想思远的时候她就嘱咐林子把思远接到自己家。

她想等自己腿好了就跟程威商量,让思远跟自己过,一个男人带着一个孩子,总是有不方便的时候,何况将来程威肯定要结婚的,她不想让思远受后妈的气。

她没想到自己的脚腕子半年多还没好利索,所以她把这些话都压在了心底。

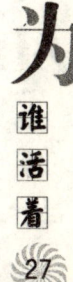

尴尬搬家

丈母娘出院以后,程威就在朝阳区买了一幢新的房子,而且将思远送进了离家不远的一所重点学校,自己也照常去上班了。

程威这样做的目的完全是为了思远。

在研究所的家属院,几乎人人都认识程威和林叶,在林叶失踪的几个月里,大家在走廊里每天见到程威都要问:"怎么没看到你媳妇?"

程威先是搪塞,后来就撒谎说:"出国了。"

但思远不会像大人一样的搪塞和撒谎,即便是撒谎也是脸上红一阵白一阵的,别看思远对付起程威和他的那些小伙伴是一套一套的,但对付这些邻居好像就没词了,这让他非常的尴尬和难受。

老房子是研究所在92年盖的,虽然是两个房间,但客厅的面积很小,林叶是个很喜欢收拾家的女人,她早就盼望着买新房子了,但程威一直忙于工作顾不上,他跟林叶说那些买房子的同事一说起买房子装修的苦就痛心疾首,那是一件又受累又浪费时间的事情,你要想一年不消停那你就买房子,要想一生不消停你就离婚。

程威当初说这句玩笑话的时候,觉得这样的生活跟自己就不搭界,房子他可以拖着不买。程威是一个工作上争强好胜,但在生活上却追求简单淡泊的人,不挑吃不挑穿不挑住,因为这个林叶曾经说过他没有生活品位,也许是从小出生在知识分子的家庭,林叶的身上有很多小资的情调,穿的睡衣是绸子的,喝咖啡得喝自磨的……

程威没有想到自己是在这种尴尬的心情下换房子的……

程威和思远搬出了研究所的那个小区,搬出了那个伴随着思远长大的小院子,搬到了离研究所很远的朝阳区。

搬家的时候除了自己的书籍和他及思远要用的被子褥子以及衣服,程威想把一些旧的家具和东西扔掉或者处理掉,但思远死活不让,他认为这些东西都是跟妈妈有关系的,都是妈妈用惯的,如果扔掉了,就好像扔掉了妈妈一样。思远对于程威买房子情绪很复杂,他一方面想住大房子,想在小伙伴们面前炫耀自己家也买了大房子,一方面他又害怕妈妈回来以后找不到他们,他一遍遍不停地问爸爸,如果自己家换了新房子,妈妈回来找不到怎么办?程威就说可以让邻居给注意一点,如果林叶回来了,就告诉一声。

思远于是写了无数个纸条,上边写了新家的地址、电话,然后把他们一一送到邻居家,千叮咛万嘱咐地告诉人家,如果他妈妈回来就一定麻烦把这个纸条给妈妈。做完了这些他还不放心,又在自己家门口写上了:

"妈妈,如果你回来,就打电话85975×××,我们换房子了,在朝阳区。"

然后思远就不辞辛苦地往车上抱那些破烂,程威想着思远所盼望的那个妈妈有可能再也不回来了,而且已经跟另外的人结婚了,心就像刀扎一样的疼痛。

车开走的那一刻,思远把着车门流泪了,程威也没有劝他,一任他的泪水越流越多,最后变成了抑制不住的哭泣声。

程威在儿子的哭声中眼圈也红了,但他努力地控制着自己的情绪,不让自己失态。

车子在路上走着,熟悉的街道,熟悉的路牌一个个渐渐地被甩在了车的后边。

思远掉下来的那些眼泪也一滴滴地甩在了后边。

他们的新家,在朝阳区一个刚刚建成的小区里,院子里有草地和花园,物业管理很正规,这个院子和他们的新生活一样,一切都是崭新的。在这个崭新的楼群背后就是朝阳公园一眼望不到边的绿地,而出门不远,又是生活闹市,各类商铺一应俱全。

房子面积很大,煤气暖气宽带二十四小时热水,一切应有尽有,因为是委托一家大的装修公司装修的房子,所以装修得很讲究,家具也是在最好的家具城买的。那些拉来的旧的家具都集中放在了一个空置的房间里了,因为新买的家具把他们的位置都挤没了。

思远的房间里更是设备齐全,可以说他想到的和想不到的爸爸都给他置备全了。

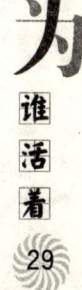

思远拥有了这个方便而又舒适的家,一开始进屋的时候很高兴,很想立即就让自己的那些好朋友来参观参观,但是他在屋里转了一圈之后,立刻将脸阴了下来。他自言自语地说:"这要是妈妈看见还不知道怎么高兴呢。"

程威没在意,他想,这是一个孩子的正常反应,看着这么好的家,可自己的母亲看不见享受不着,肯定就有一种失落感,别说是思远,就是他自己也有这样的想法。

但接下来思远在吃饭的时候又沉着脸子说:"你到底什么意思呀,我妈妈过去总是盼望着买个新房子,你就是不买,怎么我妈走了不到一年你就把家收拾得这么好?您可真有好心情呀!"

思远说完,还没等程威说话,就放下筷子进了自己的屋,屋门被他摔得发出了"砰!"的一声巨响。

程威的一口饭没咽下去,噎在了嗓子眼里。

搬到新家,再没有邻居来问程威:"你爱人去哪了?"也没有人问思远:"怎不见你妈妈?"程威也不在家里提林叶。

最先来程威家的是对门的邻居老梦一家。

老梦和他的妻子可丽及儿子立明一起过来的,说来认识认识新邻居。程威端茶倒水地招待这两个人。老梦的妻子可丽一看就是一个白领,穿着打扮很讲究,但老梦的衣装很随便,进屋就大大咧咧地抽烟,可丽笑咪咪地提醒丈夫:"老公,人家是木地板。"

老梦立刻将烟掐灭,连说对不起。程威又递给老梦一支:"没关系,没关系,我自己也抽。"

程威说着就拿出打火机,给老梦点上也给自己点上一支,两个人开始吞云吐雾,老梦的话不多,几乎全是妻子可丽为他代劳。

程威问老梦做什么工作,老梦张嘴刚要说,可丽把话接了过去:"工厂里的一个小工程师。"

程威说:"和我一样,我也是工程师。"

可丽说:"那可不一样,你在事业单位做工程师,旱涝保收,他在企业。"

程威和老梦两口子在唠,思远和立明已经在屋里腻在一起了。两个人的共同语言颇多,说着说着就不约而同地骂起现在的教育来,尤其是思远,骂起课本和老师来那真是花样翻新,立明听得目瞪口呆,一个劲儿地捂着肚子笑。

思远说:"中国的教育是世界之最!"

立明说:"什么之最呀,我看是最糟糕。"

思远说:"你这还不明白啊,是难度之高,负担之重,学习时间之长!"

立明大笑:"原来如此!"

立明又说:"你说他们大人天天逼着我们学习,难道他们就不知道我们学的这些东西大多数都没有用处吗?难道真是大人们都醉,我们独醒?"

思远说:"我相信他们都知道,也都很清醒,可是考大学是我们将来唯一走向飞黄腾达的道路,所以他们才不得不逼着我们学习,他们也无奈呀。"

立明说:"你就替那些逼迫我们的昏君们开脱罪责吧!你呀,一看就是好孩子、优等生。"

思远说:"我提前声明,我不但不是优等生,还是个差等生。而且我还深恶痛绝那些优等生。什么优等生呀,纯粹是点灯熬油熬出来的油灯生!"

立明其实就是个优等生,成绩一直很好,但他一听思远不喜欢优等生,就没敢告诉思远。

立明夸思远有思想。

思远说:"我妈妈是在图书馆工作的,听妈妈说,过去在图书馆很吃香,人们都爱读书,可现在爱读书的人越来越少,现在很多人已经把文学当成恶心的东西了,这和让人生厌的语文教育是分不开的,如果按教科书中的方法来写作或欣赏作品,那只会让人们离文学书越来越远!"

立明马上回应他:"中国的教育不是面向全体的,是面向精英的,只对考上大学的5%的人负责,人家美国1918年就提出了中学是为生活做准备的教育,可中国呢?我看中国的教育叫淘汰教育更合适。我妈妈对我的期望太大了,我现在就担心,将来自己要是考不上她期望的大学该怎么办?我就怕自己也走进被淘汰的队伍里,那可怎么好!"

立明说到这儿就一脸的愁容。

思远说:"你现在就开始担心,得啥时候担心到头,说不定还没等走进大学的校门你就愁成老头儿了。"

立明说:"我现在其实就老了,十五岁的身,五十岁的心。"

思远笑:"我靠!惨了,惨了,那你的寿命可就要到期了!"

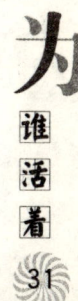

立明说:"其实活着很没劲。"

两个人谈完了学习又说起父母来,说到这个话题,立明好像有一肚子的话要说,他说妈妈总认为在这个家里,他太幸福太自由了,他的这种生活简直让父母垂涎三尺:

"看看,看看,你现在的生活,简直就是一个小贵族、小皇帝,要什么有什么。"

"看看,看看,你比资本家还资本家,过去的大地主也没有你足呀,就让你学习学习,你还天天叫苦连天的,真是生在福中不知福。"

可立明却觉得自己在这个家里,连起码的人权都没有,一切都在母亲的控制之中:电话不能随便打;出去买支笔也有偷着玩的嫌疑,得磨半天嘴皮子;学习的时候也是在严密的监视下,是不是在看小说;就是上网,旁边也会有一张老脸探到屏幕前,说是给你送水,可蹭来蹭去就是不走,其实全属黄鼠狼之辈,真正的目的是看你在聊天室晃荡还是真的在写电子版作文……唉,他说母亲对他的监视本领简直达到了特工大师的造诣,并以使用心理战和诈术著称,比特务还特务。

思远说:"你呀,得跟我学学对付父母的艺术。"

立明说:"你有什么艺术?"

思远说:"对付老妈的唠叨,大多数的时候你只可使用一个武器,那就是沉默,这是我与老妈 N 次的较量中总结出来的法宝。"

立明说:"你呀,是不知道我老妈的厉害呀,只要你惹了她,那你注定就死定了,无论你沉默还是反抗,老妈的唾沫不把你淹死,也会呛你个七窍流'水'!当然,深受其害的还有爸爸,爸爸常常叮嘱我说,自己作古以后千万不要把骨灰和妈妈的骨灰放在一起,实在没有地方搁了,撒到荒郊野外也行,以免受妈妈的唾沫之害!"

听了立明的话,思远抽筋一样地乐起来,嘿嘿,这个世界可不是我思远一个人受大人的迫害呀!得,有做伴的就行。

思远问立明说:"你父母的关系怎么样?"

思远不知道为什么,见到和自己同年龄段的小孩子总是忍不住地想问这个问题,他觉得自己问这个问题很无聊,但又控制不住自己的好奇心。

立明好像犹豫了一下,但立刻很平静地说:"挺好的。"

思远听了很羡慕,也很失落,在心底他其实很嫉妒那些家庭圆满幸福的孩子的,他觉得老天很不公平,我思远这样优秀的男孩,凭什么就生活在单亲家庭里。平日在大街上散步,他只要看见那些三口之家在一起快快乐乐地走路,就像触电一样快速地把目光转移到别处,嘴巴里还愤愤地骂:

"他妈的,你不就是比咱多个妈吗?臭显摆什么呀,肉麻!"

思远这样,经常要遭到和他同路回家同学的指责:"喂,你神经呀?"

思远就反抗:"你才神经呢!"

同学如果反应再激烈点,他立刻就暴跳如雷地和人家大甩吐沫,弄得一开始跟他很近乎的同学都渐渐地远离他,思远才不在乎呢,一个人很傲慢地自己往家里走,自己在班级里坐在椅子上发呆,漫无边际地想心事。程威看思远新换了一个学校也没有玩伴,就叮嘱他要多交朋友,还许愿说要是思远把那些朋友带回家来,自己是大力欢迎,肯定做好后勤部长,吃的玩的都会按着中央部级干部待遇,而且服务到位,肯定不会给思远大人丢脸!

但是思远自从换了学校后没有往回领过一个朋友,说到同学他就鼻子里往外冒冷气:"我才没工夫搭理那些弱智白痴大傻瓜呢!"

程威就担心,太离群索居对思远的身心健康不利,所以程威是极力地支持思远走出去交朋友的。他还经常打电话让明静的女儿顺畅过来和思远玩,但思远讨厌顺畅,说顺畅是那种很傲慢的优等生,他不喜欢。

正在这时,小屋的门"吱呀"一声打开了,立明的妈妈可丽站在了门口,将窥测的目光投向立明。

立明立刻站起来,很紧张地说:"哦,大人们可能说完话了,我得走了。"

思远看到立明神情突然的变化有点奇怪,但也没说什么,笑着把立明和他父母送出了家门。

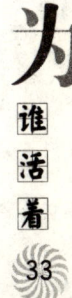

你想找个简爱在身边呀?

程威也没有想到,搬家后让他头疼的第一件事情就是思远的学习。思远几乎从小学一年级起就对语文过敏,语文成绩一塌糊涂,为此林叶很着急,想了很多办法,也没少给他请辅导教师和作文教师,关于怎样学好语文的那些多读多练多写的窍门也没少督促着他用过,但仍然不太管用,怎么补也补不上去,每次考试成绩下来在班级都排在最后边。那时程威忙于工作,孩子学习的事情总是林叶管,家长会也是林叶去开,思远的成绩具体到底什么样,程威也不清楚。

林叶走了以后,程威到原来的学校去给思远开了几次家长会,每一次班主任老师都揪着他不放,他这才知道,思远的成绩已经差到了不能再差的地步。

这让程威很受打击,自己不能说学富五车,但也应该算才高八斗,他写的理论方面的论著就有四部,怎么自己的儿子学习竟然这么差劲。

程威认为,思远将来进不进名牌大学、做不做大官、发不发财都没有关系,但一个人要有知识,还要勤劳,只有勤劳才能自食其力。

所以,搬到新家以后,程威第一件事情就是给思远找一所好学校,希望思远在新的环境里以新的面貌迎接自己的新老师和新同学。但思远住进了新房子,走进了新学校,行为却没有什么新气象,每天回到家里扔下书包第一件事情就是找遥控器看电视,玩游戏,看那些日本的小卡通,听自己喜欢的歌星磁带CD,一让他学习,眉头立刻就结了个疙瘩,嘟嘟囔囔的,一脸破罐子破摔的样子:"我在学校就够累的了,回家你就别逼我了,你要培养一个总统是怎么着?"

程威说:"我不是想培养你成什么名人,但一个人总要勤奋,做学生也应该勤奋。不勤奋的懒惰人,将来必然会成为家庭和社会的负担,不经过艰苦的努力永远成不了才。"

思远说:"你倒是勤奋,也自认为自己成才了,在单位顶了大梁,照我看,你还不如街头上那些光着膀子推麻将的大叔日子舒服呢!"

程威知道自己的这些说教比不上社会上的那些污七八糟的教育,现在媒体大张旗鼓地搞的那些什么选美活动,什么超级女生,什么网络超女,这些玩意儿对思远这样的孩子影响实在是太大了。现在连主流媒体都对娱乐界的人物过多的宣传,而对人类做出巨大贡献的思想家、科学家、作家等勤奋的人却很少宣传。最近几年中国人的享乐至上思想越来越重,对勤奋诚实的劳动越来越鄙视,有些孩子对不劳而获的贪官,和社会上某些干着污浊的职业却很挣钱的人竟然还十分的羡慕,这跟大人的教育和社会的环境是分不开的。

不管思远怎么不愿意,程威也决心把思远的功课补上去。他先是给思远报了两个补习班,一个是英语,一个是数学。程威认为要补就从语文数学英语这三大主课抓起,语文自己能给思远补。

补课的时间都安排在周六一天里,上午是数学,下午是英语,这样既不耽误程威上班,也把周日一天的时间给空出来。程威已经想好了,周日上午他可以给思远补习语文,下午的时间带思远去公园转一转。

到了周六,程威比上班还累,早晨做完了饭,从床上把满腹怨气的思远从被窝里拖起来,监督着他洗了脸,刷了牙,吃了早餐,然后就像押犯人一样的把思远押到车上,然后开着车一直把他送到补习班。自己则蹲在马路边上等,要不就上补习班老师家马路对面的一个茶屋里一边喝茶一边等着。有时候也去超市里采购一些东西,再忙忙碌碌转回来重新蹲在马路边上等。

两个小时以后思远从单元楼里出来,程威马上迎上去递给他一瓶水,像每天一样关切地问他有没有收获。思远接过水就咕咚咕咚地喝,然后瞪了他一眼:"有,怎么没有呀,大了去了,明天我就能进少年科技大学了。"

程威知道他这是气话,就不搭理他。一个小时100元钱,如果真没有收获,想起来也真是够心疼的。

两个人不回家,直接找个地方吃中午饭,然后程威再把思远送到另外的一个老师家去,接着再重复上午在马路上蹲着的戏。

周日要相对轻松一些,因为是程威自己给思远补习语文,但思远只要一听爸爸讲课就哈欠连天,还一个劲儿地打击程威的自信心:"你讲的什么烂玩意呀,我越听越糊涂了,要是你这样当老师,中国的孩子还不都让你教成了白痴呀!"

"就你这样当老师,还不如让我好好地休生养息,明天好精神抖擞地去学校上课,你这样地折磨我,我明天还不得累得趴在课桌上睡大觉呀。"

或者思远就以学校老师留的作业多完不成为由来要挟程威。

"我可告诉你呀,要是因为你这么折腾我,我完不成正规部队分配给我的任务,首长找上门来,你这个土匪可得负全面责任!"

思远一直把学校里的事情当成正规部队,把程威在外边给他找的补习老师当成杂牌军。

程威理所当然就成了上不了台面的土匪了。

没有几个回合,程威就败下阵来,他总结出了一个真理:自己教不了自己的孩子,尤其是像思远这样的孩子。

但程威还不甘心,他说那就给你再找一个语文老师。思远听了这话,立刻小脸一变,笑容跟了上来:"别,别,别!老爸,还是你来给我讲吧,我说你的教学能力比辽宁的那个魏书生还好,有点过分了,但你的讲课能力至少比你给我找的那两个杂牌军好得多了。"

程威说:"什么杂牌军呀,那都是名牌学校的名牌老师。"

思远说:"狗屁呀,像老太太念经似的跟你讲得比,还差一个成色。"

思远为了不让爸爸再给自己找一个语文老师,小嘴巴一鼓开始吹嘘程威。

程威心里明白,他还不就是想赖在家里,一边吃零嘴一边听课,有时候还能躺在床上懒着,在补习老师家里哪有这个待遇呀。

程威本来以为这样给思远补下去,总会收到一些效果。期中考试的时候,肯定成绩能来个突飞猛进,不说能闹个中等,最起码也得往前边提高几个名次。但考试成绩下来以后,程威差点没气晕过去,成绩不但没上去,还从原来的倒数第六名下降到了倒数第二。

程威气不过,掂着成绩单去找那两个补习老师。补习老师说:

"就是你不来找我,我也得找你去了,你的孩子我看心思根本就没用在学习上,你也别花这个钱、费这个心给他补了。这样补下去,不但他的成绩提高不上去,还砸了我的牌子。"

老师的几句话说得程威回到家里真的蹿出了好多鼻血,他着急呀。

可思远还在那振振有辞:"我说他们都是杂牌军你还不信!"

和补习老师谈过以后,程威就不再让思远去补习班,而是找了个家教,专门上家来服务,这样程威既有时间周末做家务,也省去了接送思远的麻烦,还能亲自做监工,省得思远这小冤家闹妖。

最先来的是一个三十多岁的女老师,那女老师讲课的时候很兴奋,讲到兴奋处总是眉飞色舞的,思远就说这女老师怎么回事呀,是来给我上课来了,还是来抛媚眼来了,搔首弄姿地真不像话。

于是思远处处挑剔,今天说人家身上有怪味,明天说人家的长头发上趴着个虱子,攻击加诽谤,而且都当着人家的面,让人家很下不来台。程威要是从中阻拦一句,他就酸溜溜地怪话连篇:

"怎么啦,你想找个简爱在身边呀?可惜她不是简爱,你也不是罗切斯特。"

程威说:"思远,你瞎说什么呀,人家有家有丈夫。"

思远眼睛一瞪:"怎么,要是她没有丈夫你还真想动心呀?"

程威哭笑不得。

没有半个月思远就把这个老师给气跑了。

女老师气跑以后,程威就没再给思远找家教,就这样稀里糊涂地混到初三。

到了初三这一年,程威怕思远考不上好中学,又开始琢磨着给思远请家教,他托了人,这回他附加了很多条件,一是必须是男老师,二是必须是中年人。

不久,那个补习老师就来了,程威看了看他那端庄而饱经风霜的脸一下子放了心,觉得自己找的就是这样稳重的人。

但是思远跟这个稳重的中年老师也没有处好,今天说人家的牙缝里有韭菜叶,明天说人家讲课的时候嗓子眼里像有痰堵住了,咕噜咕噜地响,后天又说人家的唾沫星子溅到了自己的脸上……反正他的理由多的是。

因为程威和这个老师做了一次谈话,把思远的情况都跟他做了介绍,所以这老师也就处处忍着,不管思远说什么不好听的,他都好脾气地一笑。

程威这才一颗心放进了肚子里,想,总算是能有个人降住了这小子。

泪落海南

程威签了离婚协议一年后,一个朋友对程威说,他去海南出差,在一个居民小区的门口看见了林叶,他说林叶一脸的病容,好像状况很不好。

程威听见这个消息非常激动,也非常担心,马上打电话跟赵思开请假,说自己有点私事要去一下外地,赵思开说去吧,反正最近领导班子一天一个保先教育会议,正事也没法干。

研究所对共产党员保先教育和其他部门一样,抓得很紧,大会小会天天开,每天泡在会议之中,对一个纯业务单位来说,这样层出不穷的会议肯定要对工作有一定的影响。从保先教育以来,许多业务上的事情就都拖拉下来了,人人都忙着写一些学习体会。不写就过不了关。但不管怎么教育,工作上积极的人照样积极,不积极的人照样不积极,贪污腐败分子照样贪污腐败。

所以包括赵思开这样的老党员,对保先教育的热情都从一开始的热情澎湃到最后积极性完全消退。

赵思开同意以后,程威就安排让姥姥来带思远,自己去找林叶,姥姥在床上坐了半年,骨折的腿已经恢复。程威领着思远去看了她几次,过年过节的时候也在那里吃过饭,但老太太自从那次摔坏了腿,知道了林叶和程威已经离婚,就再也没到程威这来住过。

程威没把自己要去干什么告诉思远,他不知道现在林叶具体什么情况,他也不想让思远知道林叶的状况。

思远不愿意和姥姥在一起,说自己一个人在家更自在,程威拗不过他,就敲开自己家的对门老梦家。可丽开的门,她让程威进屋坐。程威说不去了,自己这几天要出一趟差,想让思远回姥姥家住,但思远不肯,所以就麻烦你们帮着照看照看。

可丽满口答应,还说思远这几天可以上她家住。程威说:"那孩子肯定不来,他连姥姥家都不去。"

可丽说:"那就让立明过去住,和他做伴。吃饭可以上我家来吃。"

程威想这样自己倒也省心,思远和立明的关系不错,肯定愿意让他来住,但是思远去不去吃饭,程威自己做不了主,必须和思远商量商量才能做决定。

程威谢过可丽,就回家和思远商量。果然不出程威所料,思远同意立明来住,但一口回绝了去可丽家吃饭的事情:"我可不习惯去别人家端饭碗,哪我都不去,就在自己家里吃。"

程威只好又去找可丽,把人家好一顿谢,然后就说:"不让思远去您家吃饭了,怪麻烦的,您每天晚上过来看看思远就行了,如果有什么事情,就给我去电话。"

程威把自己的手机号写在一个纸条上递给了可丽。

程威转身回到家,就给楼下的快餐室打电话,让他们每天给思远送两次饭。思远这时候正横在客厅的沙发上看电视,电视上正在播放着韩国劲爆的音乐。

程威打完电话走上来把音乐声音放小,思远冲他喊:"给我放声音大点。"

程威说:"吵死了,你的耳朵怎么回事,这么大的声音你都听不见?"

思远摸起身边的遥控器,把声音重新调高,屋里又立刻响起了躁动不安的音乐声。

程威无奈地看着思远说:"别听了,跟我一起去超市选点你爱吃的东西。我帮助你买好了,省得我不在家你还得自己买。"

思远不高兴抬头看看程威:"你还不知道我愿意吃什么呀?"

程威说:"那谁知道呀?我可做不了你的主。快走吧,咱们去超市。"

程威和思远在超市里转了两圈,选了两大袋东西,然后付了款,走出了超市。

从超市回到家,思远就去写作业了,程威把东西都分了类,早餐奶、面包、火腿存在冰箱里,把一些思远爱吃的零食送进思远房间。

东西清理好,再系了围裙进厨房,因为思远爱吃羊肉馅的饺子,程威在

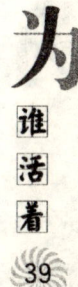

超市买了一些新鲜的羊肉和芹菜,开始包饺子。

林叶在的时候每当自己一出差,就给程威和思远包上一些饺子,放在冰箱里冻好,分成一次一袋,让程威回到家以后就从冰箱里拿出一袋来煮好,这样又有菜又有饭。程威也想用这种方法让思远能每天吃到他喜欢的东西,思远的胃口很刁,吃饭店一两顿还可以,连着吃两天思远肯定会烦的。

程威系着围裙先把面和好,用保鲜膜盖住面盆,放在一边,然后就择芹菜,洗芹菜,又细心地把芹菜切碎,然后切肉、拌陷、包饺子。包好了就全都放在冰柜里冻上。

程威料理好了一切,又把立明叫过来叮嘱了一遍。

两个孩子见了面兴奋得不得了,好像翻身得解放一样,唧唧喳喳地坐在一起讨论如何如何玩、如何如何吃等美好的计划。立明更是高兴得不得了,还没等程威走,就忙乎着先把自己书包和用品等从家里运了过来。嘴里还嚷嚷着:"叔叔,你在海南多呆些日子吧,我妈妈好不容易同意我出来自己住几天。"

程威就笑:"我回来你也可以在我家住!"

立明说:"那我妈妈肯定就不同意了。"

傍晚程威就登上了去湛江的列车,他在二十多个小时的旅途中没有睡觉,看着火车窗外黑沉沉的天地出神,回想着二十多年来他和林叶在一起生活的点点滴滴。那些生活的小事像窗外那些零散的灯光一样,随着火车的轰隆声在程威的心里飞速地划过,给他温暖,也让他失落和伤心。

程威到湛江后又换乘轮渡到达海南,下轮渡时,他拖着一个硕大的行李。其实这硕大的皮箱里除了两件内衣和一套牙具是程威的,剩下的东西都是给林叶带的。林叶走的时候几乎没带走任何东西,程威担心她冬天没有毛衣、大衣,所以他精中选精,把林叶的衣服和用品能带的都带来了。

程威这次来是做好了两种准备的,如果林叶生活得很幸福,他把东西交到林叶的手中转身就走,如果林叶生活得不幸福,他就会说服林叶跟他回家。他要跟林叶发誓,从今以后,一定要好好地善待她,不让她再流一滴眼泪。

程威打车到了别人告诉他的林叶所住的那个小区附近,转悠了好长时间才找到一家档次很低的旅馆住下了,因为这附近就这一家,程威也不愿意再往其他的地方去。

旅馆的行李很潮湿,房间里弥漫着一股霉味和臭脚的味道。房间的隔音还很差,隔壁房间里的呼噜声很清晰地穿过墙壁传了过来。

因为很累,程威还是很快就睡着了。

一睁眼已经是上午十点钟,程威一看时间猛地坐了起来,他匆忙地起床,上了一趟厕所,洗了一把脸就离开了旅馆,在附近买了一个面包一杯豆浆,拎着就直奔那个小区而去。

小区门口有一个卖书报杂志的摊子,他站在摊子前一边看书,一边把手中的豆浆慢慢地喝干,然后慢慢吃着面包。但他的眼睛始终在盯着小区门口进出的人。

他不知道林叶所住的楼的具体楼号,也不知道林叶嫁的那个男人的名字。林叶到这里的时间短,这里认识林叶的人肯定不多,他如果贸然地打听肯定打听不出什么来,闹不好让林叶知道了,说不定还会躲着他,拒绝见他,所以他只能这样等。他想,林叶如果是上班她不会不下班,如果是没有工作肯定也会出来散步或者是买菜,所以他满怀信心地等着。

这个小区是一个很普通的居民小区,楼的外型和样式都像是九十年代初盖的房子,二十几栋全是六层的板式南北房,窗户是那种老式的钢窗,现在的房子讲究一点的都是铝合金或者是塑钢,当然也有一些家是后来装修又改造的。

从林叶所居住的小区看,林叶的经济状况不是太好的,想到这,程威的心里很不是滋味。林叶一直梦想着住一个宽敞明亮的大房子,但自己那些年一直嫌麻烦拖着不愿意买房子,可现在买上大房子了,林叶却没有享受到,到这里却住这样的房子。林叶的命运难道就是应该住这样的房子吗?

程威就这样一边胡思乱想着,一边期待着林叶的出现。

一连三天程威也没有看见林叶的影子。

晚上,程威拖着自己疲惫的身体回到了旅馆,躺在床上一动都不愿意动了,他开始怀疑那个朋友说话的真实性了。他想,如果林叶真在这个小区居住,她是不会不出现的,作为一个家庭主妇她哪能不买米做饭?就是家里有保姆也得出来溜溜弯吧,不会就在家里一蹲三天连楼都不下的。

肯定没住在这里,程威想转移地方,但他又不放心,于是他又接通了那

个朋友的电话。

朋友在电话那边诅咒发誓地说他真的是在那个小区看见的林叶,如果没有看见他是孙子,让他不得好死。

程威说行了行了,那我明天就再去等一天。

朋友说那个小区可是有前后门,我可是在那个后门看见林叶的,程威一听直劲地骂自己孙子……

第二天,程威围着那个小区转了一圈,找到了那个只有一个铁栅栏门的不起眼的后门,蹲在那里一个上午也没有见到林叶。

时近中午,程威仰着脸看天,天上的太阳把他的影子烤得缩成了一团。程威低头顾影、影随步移,正要往旅馆的方向走回去,忽然见到一个中年妇女,从对面的楼间小路上向他走来,程威的双腿立刻像灌了重铅,他的心跳跳到了喉头,他的全身血脉奔涌,他的脸色苍白如纸。他坚信这个向他走来的女人,就是让他日夜惦念、辗转反侧而无法成眠的林叶!

林叶变了模样,瘦得十分厉害,双颊塌陷得有些脱型。脸上没有化妆,暴露着病态的蜡黄。程威没有冲上去叫她,而是跟着她一直向小区内走去。在一个楼的单元门口,他才在身后叫了一声"林叶!"

林叶居然没有听见,更没有回头,木然地走进单元门。

程威在林叶侧身进门的刹那间紧追几步,抢在了林叶的前头堵在了单元门口。

"林叶!我是程威!"

林叶被吓了一跳,蓦然抬头,目光惊慌。

程威站在了楼梯的台阶上,声音激动得连腔调都变了。

"林叶,我是程威,我终于找到你了!"

林叶惊惶地后退,她显然认出了程威,但程威的出现让她不知所措,她一时陷入慌张。

在见到林叶之前,有多少个漫漫长夜程威就有多少猜测和孤寂,他猜测林叶依然爱他,也猜测林叶早已绝情地爱上了别人。当他们终于重逢相见的时刻,程威万念俱空,脸上只有泪水,心里只有疼痛,他真想像过去一样,张开双臂去拥抱这个曾经和他相爱的女人。但理智告诉他,他已经没有这个权力了,林叶已经和他离婚,已经成了别人的女人,如果他现在把她抱在怀里,被林叶拒绝或者是被别人看见都属于不道德的行为。

程威哭了,他的眼泪已经积存了很久!

但是林叶没有哭。她的脸神经质地抖着,目光回避着程威的眼泪,她用极其陌生的语言对程威说:"你是谁,我不认识你。"

程威好像被人打了一闷棍一样,愣在了那里。怎么会不认识?朝朝夕夕地在一起相处了十几年,同床共枕了十几年,林叶的每一声叹息,每一个微小的动作都根植在程威的心里,它们已经长成了枝繁叶茂的大树,令谁也无法从心中把它拔走,而林叶却这么轻易地从自己的心中把程威剔除了,这让程威无限的痛苦和失落。

程威泪流满面地对林叶说:"如果你不记得我,你还记得思远吗?"

林叶听到思远这两个字,忽然呆住了,她的眼睛里滚出了大颗大颗的眼泪,喉咙里发出压抑不住的呜咽:

"思远?思远的妈妈已经死了!"

林叶自言自语完这句话就跌跌撞撞地向楼上走去。程威上前扶她,她甩开了。她颤抖地打开二楼的东门,走进了屋里,然后把门从里边锁死,把程威晾在了外边。

程威呆呆地站在了二楼的走廊里,像傻子一样发了半天的愣,等他反应过来便用力地敲门,但里边没有动静,可邻居却被他敲了出来,站在自家的门口,很奇怪地看着这个陌生人。程威被这个出来的女人盯得很不好意思,只好无奈地走下楼去。

程威独自走出这个小区的时候,太阳已经钻进了发黑的云层,天色忽然大变,从海上刮来的风带着一股令人做呕的腥气。街上的人全都面无表情、行色匆匆,相形之下,程威的脸色和脚步却是那样的沉重。他走进那个肮脏的小旅馆的时候,空中忽然地响了一声闷雷,似乎要将天地炸裂了一般。

傍晚的时候,程威拖着一皮箱的东西,再次敲开了林叶的房门。

林叶对程威的再次出现,感到万分惊奇,但她再次绝情地把门"砰!"的一声关上了。

林叶在里边喊:"你赶紧回去,别影响我!我已经有爱人了。"

程威没有冒失地再敲门,因为现在这个时间是下班的时间,现在林叶的情况他还不了解,而且林叶已经结婚。他程威在大晚上闯入人家,那个男人

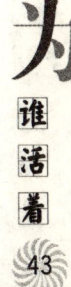

如果是个蛮横不讲理的人,现在忽然来找林叶,肯定引发林叶和爱人之间的战争。

程威说:"能告诉我你爱人的名字吗?"

林叶在里边喊:"你什么意思呀?怎么还不走,再纠缠我,我就报警!"

程威站在门口对里边的林叶说:"林叶,我来看你,没有其他的意思,如果你现在幸福,我不会影响你的生活。这个皮箱里是你的衣服和用品,南方虽然不像北方那样冷,但也有降温的时候。我千里迢迢给你送来,你一定要把它拿到屋里去,留着天冷的时候披披。还请你记住,不论你到哪,你都是我和思远的亲人,思远很想你。"

程威说完这些,已经泣不成声了。他放下皮箱转身向下边走去,他迟缓地一步三回头地向下走。他希望林叶能打开门像过去一样招呼他一声:"威!"可是没有,那扇门仍是紧紧地关闭着,没有任何的动静,留给程威的是一个也许永远解不开的谜。

程威绝望地回到了旅馆,绝望地开始收拾自己的东西,绝望地和老板娘算账。他不能不回去了,工作离不开他,思远更离不开他,在这里四天时间,他每天都在惦记思远是不是吃好了饭,是不是完成了作业?还有那个家教的事情更让他牵心挂肚……

程威就这样失望而心碎地离开了海南。

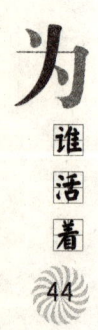

活动场里的奇遇

从海南回来后的那个周末,程威给思远请的那个家教没有来。程威给他挂电话,他说我建议你还是别给孩子花这个钱了,你儿子根本学不下去。

程威知道怎么回事了,他气得心都哆嗦了,现在正是关键时期,如果成绩不好,思远照这样的成绩连普通的高中都没希望考上。

但不管程威怎么着急,思远就是不急。

程威跟林子商量,说自己为了教育思远,已经费尽了心血,磨破了嘴皮,可思远的成绩就是徘徊在班级的后边,你说这孩子将来可怎么活,考不上大学,连工作都找不到,前途还不得一片黑暗呀。

林子劝他说,你别着急,孩子会有前途的,他说当年和他同学的那些差等生如今资产上亿的就有好几个。

林子还说,你别天天为思远的学习眉头紧锁,神经兮兮的,那样思远的压力会更大,也会弄坏他的情绪。他既然不愿意进什么补习班找什么辅导老师,那就随了他好了。他在学校每天坐在教室里听8节课,回来还要继续掌灯夜读做作业,日复一日年复一年的,也够孩子受的,别说是思远这样的小孩,就是一个大人也够受的。

程威反对林子这样说,他说,中国的孩子不是都这样过吗?为什么别人家的孩子都能受,咱家的孩子就不能受。

程威嘴上这样说,心里却觉得林子说的话不是没有道理,于是从那以后,他就放弃了给思远找家教的计划。

另外从海南回来以后的很长一段时间,程威都处于极度的忧郁和疲惫之中,思远的学习和林叶的情况无时不在煎熬着他的心;由于请假一个阶段,堆了一大堆的工作也需要他一件一件地解决,心的疲惫和工作的劳累使他的身体每况愈下,接连感冒了好几次都很严重。单位的人见了面都说他

都脱了相了,劝他一定要注意身体,到了该锻炼保养的年龄了。

过去,程威早晨根本就没有锻炼的习惯,他早晨起床的第一个任务就是上厕所,坐在马桶上一边方便,一边吸烟。方便完了,烟也抽够了,然后就洗漱,洗漱之后就到了该上班的时间了。林叶做了一桌子早餐催着他吃,可他大部分时间是不吃的。

林叶说:"不吃早餐不好,你上午是用脑时间最长的,这样缺营养。"

程威说:"我从读大学的时候就不吃早餐,我也没看见缺什么营养,照样很聪明不弱智。"

林叶说:"没想到你的臭毛病这么多。"

程威说:"你说我有什么臭毛病?"

林叶说:"抽烟、喝酒、不吃早餐,晚上不按时睡觉,工作起来就发狂忘记了一切,自己不善待自己。"

程威笑着说:"这叫啥毛病呀?这叫习惯。当男人的,不会抽烟喝酒那还叫男人吗?"

林叶说:"我早晚给你改了这些臭毛病。"

但林叶跟程威过了十几年,除了后两年改掉了程威不吃早餐的习惯外,其余的一切都没给程威改过来。

后来林叶也不再和他浪费口水了,只是有一样还是不放松,那就是锻炼。林叶到了早晨就喊他起床去跑步,但程威总认为自己很强壮,用不着锻炼,林叶就天天吵吵说忽然倒下的都是那些自以为强壮的人。然后就从床上往下拖程威,但就是拖不起来。

林叶为了劝说程威能够珍惜身体可以说已经是苦口婆心了,但程威就是不听。有时候林叶把他唠叨烦了,他就对林叶说:"等咱俩都老了那天一起去锻炼,现在哪有时间呀!"

林叶说:"就你这样说不定哪天就累死了,还能活到老?我现在一想到那天就紧张,但你这样我知道我是躲不过那天了。"

程威说:"得了,我比你结实多了,好好保养你那小残体得了,别到时候夭折了,让别的女人来占了这个窝。"

林叶叹了一口气说:"也可能,这样下去,我早晚会让你气死的。"

程威说:"得了,老婆,咱们谁都不会死的,哪那么好死的。"

搬到朝阳区以后,程威要每天早晨起来给思远买早餐,就不得不早起,再加上最近身体不好,程威也就利用早晨买早餐的时间去运动场跑一会儿步。跑累的时候就到离跑道不远的一个长椅子上休息。

活动场上的人很多,有跑步的、遛弯的,还有打球的和练健身器材的。

长椅子的前边是一个露天舞场,里边播放着很舒缓悠扬的音乐,一对对的男人女人在那里跳着,围观的人很多。

露天舞场里各种年龄的人都有。所放的音乐也照顾到了各个年龄段的人,有适合老年人的优雅舒缓的布鲁斯慢舞曲,也有适合中年人的华尔兹舞曲和适合年轻人的蹦迪曲。

舞步熟稔的大部分都是一些中老年人,一些年轻人更多的时候都是坐在四周聊天,很少有真正跳舞的,也有一些小伙子在舞池的边缘走来走去,将猎人一般的眼睛盯在一些年轻女孩子的身上,毫不顾及伸出手去邀请人家跳舞,遭到拒绝就继续寻觅。

有一天,正跑步的程威忽然感到脚底下有一粒沙子,就从跑道里半路折回来,一屁股坐在了长椅子上。旁边坐着一个女人,他没细看,而是低着头解开鞋带往外倒鞋子里的沙子。

好多人都过来请这个女人跳,但她都摆手拒绝了。

等程威重新把鞋穿上,抬起头要继续去跑步时,发现这个女人正大胆地盯着他看。女人端庄的表情,和从里向外流露出来的儒雅气质让程威的心微微动了一下。

看程威抬了头,女人忽然非常大胆地对程威发出了约请:"我能不能请你跳一曲?"

程威吓了一跳,他根本不会跳舞,但他看看面前这个显然是白领的漂亮而端庄的女人,实在说不出拒绝的话来,又看看他的身边还有个小姑娘正盯着他看。

程威站起来很有礼貌地向女人伸出了手,一副受过良好教育的样子。豁出去了,即使是走下来,也不能当着旁边的人给这个女人下不来台。

两个人下了舞池,别人都在跳快四,只有程威和女人慢慢地在原地挪。

程威抱歉地对女人说:"对不起,我不会跳舞,我就陪您这样挪一会儿吧!"

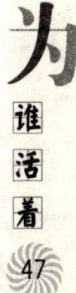

女人点点头,眼睛盯着别处,始终不看程威的脸,也没有说一句话,很正经的样子。在舞曲就要结束的时候她忽然对程威说:"我叫陈子盈,是个翻译。"

程威惊讶地点了点头,他没想到跳舞的人群中还有从事文化职业的人。程威对喜欢跳舞的女人历来很有微词,觉得她们肯定都是一些很无聊的闲人。程威也没有想到,这么高贵文雅的女人会喜欢跳舞,会这么大方地把名字和职业告诉他。

程威看一眼就觉出这个陈子盈是女人堆里很特殊的那一种,你往她面前一站就觉得自己污秽、觉得自卑,她甚至不用语言和你去交流,只用眼神就能知道你在想什么。

果然,陈子盈看出了程威惊讶的意思,她开始缓缓地说话,她说自己一开始也尝试过各种运动方式,但都没坚持下来。她曾经让助手陪她顺着场地跑步,但跑不了几分钟就气喘吁吁地败下阵来,一副要死掉的样子。还去过旁边的健身房,她雄心勃勃地交了钱,还誓言旦旦地对助手说这回可得坚持下去,但没有一个星期就觉得疲惫不堪。

她说:"我的天呀,在健身房简直就是自残!"

她说:"无论是跑步还是去健身房,出来的时候,我都要坐在露天舞场旁边的椅子上看一会儿。其实我在大学里就跳过舞,最适合我的锻炼方式就是跳舞,跳累的时候可以不跳,就坐在那里听音乐。好的音乐能过滤我心中的污垢,使我能忘掉尘俗的一切,愉悦身心,而且只有跳舞才能让我这个不爱出汗的人出汗,我从杂志上看过,一个人锻炼如果没有出汗就达不到锻炼的目的。"

跳完一曲后两个人想回椅子上休息,但长椅子上已经有人,两个人便站在舞池边的一个角落里聊。

尽管站在角落,但陈子盈还是被一些眼睛关注起来了,他们在舞池里将目光远远地向她投来,各种表情都有。先后有几个大腹便便的中年人走过来请陈子盈跳舞,都被她拒绝了。陈子盈说他们不是商人就是干部,陈子盈斜着眼睛不屑一顾地瞅着他们,非常的傲慢和冷淡。

也有几个小毛头走过来请,遭到了同样的待遇。

有一个小毛头转过身去就骂陈子盈:"妈妈的,女人,牛什么呀?"

程威又聊了一会儿就走了。走过很远后,程威回头,见陈子盈和那个女孩子正往场地外走,陈子盈也在回头看自己,眼睛很亮。陈子盈看见程威回头,慌忙就转身走了。

　　那以后连续几天程威没有去跑步。

　　但陈子盈却天天都去。

　　从碰上程威那一天,陈子盈就每天早上去社区活动场地,而且活动完了就坐在那个座位上,内心里好像跟什么人预约好了一样,在凳子上坐着东张西望地看。那以后的几天程威一直没有去,陈子盈又失望又失落,在回去的路上她一声不吭,闹得陪她往回走的助手还以为自己什么地方得罪了她呢,也吓得一声不吭。

　　陈子盈后悔那天没有留下程威的地址和电话,这种奇怪的心理她也不知道为什么。

　　有一天,程威终于又来跑步了,陈子盈远远地就看见身着白色运动服,一身贵族气质的程威在跑道上跑了过来。陈子盈的心一阵狂跳。

　　程威也同时看见了陈子盈,他停下跑步朝着陈子盈的这个方向微笑着走过来,他在陈子盈的身边坐下,陈子盈始终微笑地看着他:"您好,来跑步了?"

　　程威点点头说:"您好,你也来了!"

　　陈子盈"嗯"了一声。这时候有一个人过来请陈子盈跳舞,陈子盈摆摆手,对那个人说:"对不起,我不跳。"那个人很无趣地走了。

　　程威说:"你是跳舞啊还是选人呀?"

　　陈子盈笑着说:"当然要选人了,我怎么也得选个让我赏心悦目的,要不跟他跳完还不得窝囊死我呀!"

　　程威就大笑,旁边站着的助手也笑:"你损不损呀?"

　　陈子盈理直气壮地冲助手说:"怎么啦,我就是不愿意和丑男人跳嘛!"

　　陈子盈说完就拉着程威跳,程威非常高兴自己不在丑男人的行列。他说自己不会跳,陈子盈说没关系,我会,我有信心把你教会了。

　　那以后,程威来活动场地的次数也勤了,而且远远地一看到陈子盈脸上就现出非常灿烂的笑容,不论陈子盈坐在哪个角落里,他只要一走进活动场

就能一眼看到，然后穿过人群径直而坚定地向陈子盈大踏步地走来，一副目不斜视的样子。

程威的舞姿在陈子盈的指导下也慢慢地见长。

但是他们一直没有谈工作，他们谁都不肯先过问对方的任何隐私的事情，他们就这样平静地跳着。其实在内心的深处，他们太想了解对方的一切了，但知识分子的矜持又限制了他们去过多地了解对方。

有一天，程威参加一个翻译界朋友的家庭聚会，那一天晚上有十多个人来，大家是陆陆续续来的，先来的人都聚在客厅里聊天。这是程威自从搬家以来第一次出来参加应酬。

程威和这些翻译界的人不是太熟悉，他端了一杯茶水撩开客厅里的大落地帷幔向阳台走去。

阳台上一个女人背对着他端着一杯饮料孤独地站在那里向小区后边的一个野生树林里看。

这是一片满是红色的尖顶房子和绿色树林的别墅区，太阳落下之前别墅区和树林披上了灿烂的晚霞。一切都那么生动。

太阳没入树林的后边，它射下几条温暖的光线，像彩带一样笼罩着绿色的树林，给山林的树梢涂上了一片灿烂的金黄，随后光线一条条地消失，最后还留恋一会儿，像一支细针一样穿透茂密的树枝……

女人听见动静转过身来，程威惊讶地发现，这个人就是陈子盈。

陈子盈转过身来也呆住了！

陈子盈今天穿了一件灰色的整体筒式长裙，外边套了一件黑色的长袖绒衫，打扮得有点像五四时期的女学生。像大多数知识女性一样，她的脸上没有任何的粉黛和首饰，随意、清爽而干净，往那里一站就满身洋溢出人文气息，气质端庄而文雅。

程威想，只有长期和文化工作接触并保持无欲无争的淡泊心态以及长期享受精神生活的人才能保持这么好的文化气质。

程威和陈子盈同时笑了，两个人笑他们的缘分，笑他们的奇遇，他们心里都有点纳闷，怎么见面的方式有点像那种肥皂剧里的情节。

程威向陈子盈发出了邀请："我们去花园里走一走好吗？"

陈子盈痛快地答应了程威的约请。

程威和陈子盈走在别墅区后边的小树林里,林中的小径铺满了厚厚的落叶和松枝,似乎很久没有人走过这一条被铺上石板、一直通到山顶的小路了。

略带潮湿的枯叶在他们的脚下发出了嘎吱嘎吱的响声。

程威说:"你还记得巴尔扎克笔下的……"

陈子盈转过头来,那双在浓密的睫毛下面显得阴暗了的闪耀的黑眼睛,忧郁而注意地盯着程威看了一眼,随后又立刻转向树林地下的落叶。在那短促的一瞥中,程威已经注意到了有一股压抑的生气在她的脸上流露,像是什么地方留下了一点伤痕,这给她的那张脸赋予了异常动人的美。

一张巨大的蜘蛛网挡住了他们的去路,程威差一点撞在上边,他惊讶地退后几步说:"呦,怎么还结了蜘蛛网,看来很久没有人来过这里了。"

然后他捡起一根树枝,小心地将蜘蛛网卷起来扔在旁边。

陈子盈感慨地说:"这里是一个别墅区,住在这里的全是富人,也全是大忙人,他们每一个人都在为财富的增加而到处奔波或者是焦虑不安。在这个狂躁不安的生存环境里已经很少有人能心静如水地到这个幽静的环境里散步了,竞争和欲望剥夺了人们亲近大自然的闲情逸致。"

程威说:"我也很忙,这么多年把自己投身在工作中,我更没时间投身在大自然里了。"

陈子盈沉吟了一下,好像很犹豫地说:"恕我直言,如果一个人的内心世界里,除了工作以外,别无所求,满脑子都在想着如何在工作中得到晋升和权力或者财富的时候,这个人的生命就变成了一具乏味的行尸走肉了,我相信他一生都不会为苦难、情感、宗教和歌声而泪流满面,他只是一个机器。"

程威浑身颤抖了一下,他注意地看了陈子盈一眼,难道所有的女人都和林叶一样,全是感情浪漫型的吗?都把生活理想了吗?

陈子盈又瞥了程威一眼:"一个能感受艺术或拥有浪漫情调的人在男人堆里简直就是稀缺的资源。大部分男人都是一样的,他们把工作和事业看得高于家庭,而女人则正好相反,所以我理解你这样的人。"

程威松了一口气。

那一个晚上,程威敞开心扉和陈子盈一起畅所欲言地谈文学、艺术、宗教和音乐。

陈子盈和程威一样,是一个知识渊博的人,什么知识似乎都了解得很透,他们的谈话完全是任马由缰式的,想到哪就聊到哪,然后程威开车穿过寂静的街道把陈子盈送回家。

那一晚,程威知道了陈子盈是个翻译家,陈子盈也知道了程威是工程师。并且留下了对方的电话。但他们谁也没给对方打,好像都在等待着什么。

因为活动场的音乐室常放《动了情伤了心》,也因为陈子盈喜欢听这一歌曲,每当听见就拉着程威站下,无论是在跑步还是在跳舞都会停下来。陈子盈说:"你听,你听。"

陈子盈总是一边听一边神采飞扬地看着程威,眼睛里流光溢彩的。

很少听歌曲的程威最近一个时期也喜欢上了这首歌,所以他专门买了两盘碟,没事的时候就打开电脑,把盘放进去,戴着耳麦听。

有一天思远冷不丁地推开卧室的门站在了程威的背后,吓了程威一跳:"老爸,你怎么忽然从一个老布尔什维克变成了一位追求资产阶级生活方式的家伙?你这么做,对得起培养你多年的党和人民吗?"

程威转过身来:"我怎么了?"

思远说:"这么晚了还听靡靡之音!"

程威笑着说:"布尔什维克就不能享受音乐的美了?难道音乐是资产阶级的专利?"

思远撇嘴耸肩地说:"变化突然让人瞠目,我得检查检查你在听什么歌,告诉你,我可是你们 CP 组织的纪检书记。"

思远说着就上去摘程威的耳麦,程威笑着拦了一下思远说:"哪有这么强权的书记,好好,我让你检查。"

程威说着就摘下耳麦戴在了思远的头上,思远听了歌曲,两只眼睛骨碌碌地转,像要从程威的身上找出点什么东西一样。

思远说:"前些天我一听你就烦,说不如《爸爸的草鞋》好听,怎么不到几个月就自己买了一盘听?"

程威说:"这是被你感染的,就像两个人呆在一起日久生情一样,现在我隔三差五地听你唱这歌,也被感染了,更何况早晨跑步的那个运动场也常放这个。"

"怎么我唱了很长时间没感染得了你,你刚锻炼了几天就被感染了?"思远歪着脑袋还真像个警察一样地追问程威。

程威说:"得了,得了,我的小警察!快睡觉去吧,身边埋伏着一个小警探这日子可真不舒服。"

在思远看来,程威这两个"得了,得了"底气不足,显然是没什么再遮挡的理由。

那以后,思远开始观察程威的一举一动,他发现从不修边幅的爸爸最近爱买衣服穿了,不爱洗澡的他爱洗澡了,不爱梳头发的他每天早晨对着镜子都仔细地梳理自己的头发了。

程威总感觉思远的两只小眼睛像探照灯一样地在他的身上描来描去,有一天程威洗完了澡穿着睡衣刮胡子,思远站在程威的身后幽幽地说:"你还真是变化挺大的。"

程威说:"我又怎么啦?"

思远说:"爱臭美了。"

程威生气,转身正色地说:"你别凳子比桌子还高,没大没小的。爸怎么臭美了?"

思远说:"你说我妈那时候怎么一唠叨让你两天洗个澡,你就说忙忙忙。现在可好,每天一个澡,我看北京为什么缺水,都是你这样爱臭美的男人搞的。"

程威哭笑不得,转过身去继续刮胡子,一边刮一边说:"思远,你真是个斗大的线团子。"

思远说:"怎么了?我怎么又成线团子了?"

程威说:"难缠呗。"

思远说:"你的样子好像得了一种病。"

程威吓了一跳:"什么病呀?"

思远故做深沉地说:"迷乱Ⅰ号"

程威笑了:"什么叫迷乱Ⅰ号?"

思远说:"我看已经很重了,迷乱Ⅰ号病毒已经呈几何方式迅速自我复制,吞并了你的所有储藏区,并且入侵到主机的BOIS中枢,你的魂都给挤没了。"

程威奇怪地说:"拜托,我的电脑专家,我不明白呀。"

程威假装不明白。

思远瞥了一眼程威:"哼,假装不明白。不过,千万别坦白你的浪漫史,否则我肯定三天吃不下饭。"

思远说完就走了。

程威在后边喊:"我现在是冬天的泡桐树,光棍一条,我跟谁浪漫去呀,我冤不冤呀。"

程威喊完了这一句,自己都骂自己虚伪。

其实思远猜得真是准确极了,这时候的程威和陈子盈都有了初恋的感觉,但两个人谁都没有捅破这一层窗户纸,他们仍然一如既往的去活动场。

有一天陈子盈小女孩一样淘气地对助手说:"咱们藏起来,让他找不到!"

陈子盈和助手藏在了一个黑暗的角落里,坏笑地瞅着刚刚走下跑道的程威。程威把目光投向陈子盈常常就坐的地方,接着就用眼睛搜寻全场,没有看到,于是又绕着活动场一边走一边搜索,陈子盈和助手就开心地坏笑。

程威的眼睛终于一亮,微笑着穿过活动的人群走了过来。

这时候的陈子盈就像个小女孩一样娇柔地笑了起来!

助手嘲笑她说:"你不是常说自己的心死了吗?你的样子分明就像是一个天真的孩子。"

陈子盈就笑着对助手说:"没想到自己只是被冻死的,是冻僵的尸体,遇到一定的温度就活啦!"

有一天程威只请陈子盈跳了一只舞,他对陈子盈说:"对不起,我刚看见有个朋友也在这里跳舞,我去应酬一会儿,不能陪你跳了!"

陈子盈很大度地说:"好吧,你去吧!"

陈子盈看见他和一个女人握了握手,然后就亲热地聊了起来,后来还一起跳起了很欢快的舞,程威非常地开心,两个人很熟的样子!

陈子盈开始跟别人跳,但她虽然在和别人跳,眼睛却穿过人群的空隙一直跟随着程威。

程威和那个女人跳了一曲后,本想回到陈子盈的身旁,但看见陈子盈一反常态地接受了所有人的邀请,一曲接一曲地跳,没有给自己留下任何机会,只好又接着和那个朋友跳。

陈子盈看见程威在看自己,连忙投入地跳起来,一脸平静的笑容,好像有意告诉程威:你不和我跳,我也闲不住,有好多人追着我跳!

就这样跳了几曲,陈子盈就退了场,程威看见陈子盈向助手招了招手,助手递给陈子盈一张纸巾,陈子盈用纸巾擦了擦脸,然后又接过助手手中的一件风衣,穿上就走了。

程威一边和朋友跳着,一边看了看表,时间还不到每天陈子盈要离开的时间,难道她今天有事情?

那以后连续一周陈子盈没再去玩,助手忍不住催她,她就说忙。但这一周她并没有工作,只是对着电脑发呆,常常一个人在暗夜里坐着。

周末是个很晴朗的日子,在助手的撺掇下,陈子盈终于同意再去玩一次。

程威已经早来了,他看见陈子盈眼睛一亮,又坚定地冲着陈子盈走了过来,陈子盈微笑着很有礼貌地站起来。两个人走进了舞池,谁也没说话,只是跳。陈子盈的眼睛看着别处,一脸的无所谓表情,谁也看不出她的心里在想什么。

程威终于忍不住第一个开口:"有人生气了,所以不来?"

陈子盈假装听不懂:"啊,我生什么气呀?"

程威说:"谁知道呀,我最不了解女人的心了。"

陈子盈终于笑了:"是吗?先生,看不出来?在我看来正相反。"

程威通过这句话看出来,陈子盈是真的生那天自己和别人跳舞的气了,程威心里很高兴,自己和别人跳了一支舞她都嫉妒,说明陈子盈很在乎他。但程威不去揭穿她,马上转移话题,他看看旁边的助手问:"那个女孩?"

陈子盈说:"她是我雇的助手。"

程威"哦"了一声。

陈子盈说:"您是不是把她当我的孩子了,我有那么老吗?"

程威笑了:"这可是你自己说的。"

程威说第一眼见到你就觉得你不是个一般的女人,他说她给他留下了非常深的印象。陈子盈静静地听着他的叙述,表情很平静地问:"你爱人在什么地方工作?"

程威迟钝了一下,他不愿意说离婚两个字,这让他这个年龄的男人很没有面子,他说:"在图书馆工作。"

程威不明白自己为什么要这样说,他已经和林叶离婚,而且白纸黑字的离婚书就在那,林叶也说了那么绝情的话,而且已经再婚。但在内心深处,他一直拒绝承认自己已经离婚,已经成了一个孤家寡人。另外,他更不愿意在这么高贵的女人面前说自己离婚了,程威一直对离婚的男人有一种偏见,他认为离婚的男人都不应该算是一种好男人。离婚本身对家庭就是一种不负责任的行为,他不愿意别人尤其是面前的这个女人误解他。

但是程威又补充了一句:"希望我们能成为好朋友、知己。"

晚上回来的路上陈子盈一路郁闷的样子让助手好生奇怪。

那个白天,程威果真给陈子盈来了电话,电话是从研究所打来的。程威问陈子盈在做什么,陈子盈说在翻译东西。

程威说:"那就把我的这个电话当作中间的休息时间吧。"

陈子盈说:"好的,谢谢。"

程威说:"谢什么,给你打电话我很高兴。"

陈子盈说:"高兴什么?"

程威说:"好长时间没有这样的心情了,因为家庭问题。"

陈子盈想,一定是又要诉说自己的家庭如何如何不幸福,妻子如何如何不明事理,这样的男人陈子盈见的多了。陈子盈就是反感这样的男人,一方面在家里享受着妻子的照顾,一方面在外边数落着跟他同床共枕的爱人。

陈子盈冷笑道:"怎么?和妻子没有爱情吗?"

程威沉默了一会说:"不,我很爱她。"

陈子盈的心微微一动:"哦!"

陈子盈等着程威说下文。但程威转移了话题说,你中午吃东西了吗?陈子盈说吃了。程威说:"你自己做吗?"

陈子盈说:"不,是助手。"

程威"哦"了一声。

程威说:"明天还去锻炼吗?"

陈子盈说:"不一定。"

程威说:"很狡猾呀,不告诉我准消息,想让我傻等呀。"

陈子盈就笑,话题开始变得轻松一些了,两个人又谈了一会儿别的。

爱的降临

陈子盈一夜无眠,程威始终在她的眼前晃动着。

凌晨三点的时候陈子盈坐了起来,她像一个幽灵一样披散着长发,穿一身白色的睡衣,穿过助手睡觉的屋子,向电脑前飘去!不一会儿噼里啪啦打击键盘的声音就回荡在暗夜里,这声音把黑夜衬托得更静更寂寞。陈子盈的眼泪也伴随着这声音开始纷纷地跌落下来。

电脑屏幕上的字显得很清晰,她的助手不知道什么时候站在了陈子盈的身后,盯着电脑上的文字看。陈子盈毫无知觉,当然了,陈子盈打在电脑上的东西没有一篇可以瞒过助手的。助手是电脑学校毕业的,才十八岁,是陈子盈雇来的。陈子盈是个文字翻译,忙的时候恨不能把脚丫子都拽出来当手使,于是助手不但管陈子盈一日三餐要吃好,还经常把陈子盈手译的图纸给输进电脑里。

翻译家的生活很单调,助手很憋闷,要知道助手还是一个女孩子,她哪能和这个耐得住任何寂寞的翻译家比。窗外灿烂的阳光时时在诱惑着助手,于是助手向这个只认识电脑的怪女人发出了不满的信息。陈子盈很聪明,马上就明白了助手的心思。

陈子盈对助手说附近小区有个露天社区活动场,那里打球滑旱冰跳舞健身各种活动都有,晚上可以去玩玩,里边有很多的年轻人。助手立刻欢呼雀跃地要去,但陈子盈说你是不适合一个人去那个地方的,还是我陪你去好了。

其实助手心里明白,陈子盈最近也总喊着应该运动了,否则身上的肉又长了。

于是她们一起去了运动场,于是就有了和程威的奇遇。Edit 是陈子盈给程威起的名字,她和助手交流的时候总是用这个名字称呼程威,程威也知道。

陈子盈坐在电脑前,一边流泪一边写。

助手被她惊醒,站在她的后边偷偷地看,陈子盈在给程威写信,电脑上的字在暗夜里很清晰。电脑屏幕把陈子盈的脸映成了灰蓝色。

Edit:

昨天放下电话后,一夜无眠,我觉得有许多话要跟你说,一种从未有过的凄怆充满了我的心,所以凌晨就起来一个人坐在电脑前与你对话。

过去,我遗憾自己没有真正地爱过,我的心始终像一片落叶一样寻不到归处,我把真正的来自灵魂深处的无任何尘俗的功利的情感看得很神圣很美好、我向往这种美好,这种神圣,可我觉得它离我很远。

但你给予了我这种感觉。当你在狂燥的音乐和人群中向我走来的时候,我觉得整个世界的声音都停止了,只有你一个人"踏踏"的脚步声敲击着我的心,这种被感觉放大了的声音使我感到灵魂都在颤动。坐在你的身边我的心安全又踏实,我觉得你能成为我生活中的一棵大树,根植在我的身边,为我遮挡心灵的风雨。

我一直在尽量地远离你,想控制自己的这种感觉,我是一个搞翻译工作的人,我需要一种心灵的宁静,多年来正是由于我能安静地坐在书桌前没有任何诱惑的搅扰才能翻译出几百万字,一个耐不住寂寞的人是无法从事这项特殊工作的。

但是最近,你却搅扰了我的平静,我几乎每天都在失眠。我就像生了病一样地痛苦着。此时我才深深地体会到,爱,并不幸福,它实在是一种疾病,太折磨人。过去没有也是一种幸运。

人海茫茫,你每天走在人堆里,千人万人从你身边擦肩而过,但真正让你停下脚步看的,让你的心随之颤动的也许一生都不会碰到一个。我有过被爱的经历,但没有自己爱的体验。由于种种的原因,我的心始终像一块冰一样地凝固着,我把自己所有的时间都倾注在了自己的作品里,一直封闭着自己的感情。

你打破了我的平静和矜持!

所以我把见到你的那一刻当成了节日。

我是一个普通的女人,我的爱好就是敲打键盘翻译文字,没有其他的欲望和嗜好,活得很简单,不喜欢政治,不愿意攀附势力,也不擅长和人打交道。

我知道你有家后,非常的痛苦,这样下去我们会走入感情的误区,会跌入深渊,让我们结束吧。这样,我们的心才能回归到原位置上。假如有错就算在我的身上吧。

这一段的感受我会铭记一生的。

陈子盈写到这已经泣不成声了!

助手难受地想,这个女人怎么这样地画地为牢,怎么这样地为难自己!真是个老女人,和现在的年轻人简直格格不入。

陈子盈撩开了打字机上的帘子,助手知道她要干什么,助手急了,从后边抱住了陈子盈的脑袋喊:"NO,NO,不要寄出去呀!"助手说完就哭了!

陈子盈就和助手一起哭!

陈子盈最终还是决定把这封信给程威。

隔了一天,助手请假去朋友家玩,陈子盈一个人怀里揣着那封让她犹豫不决的信去了活动场。此时场地里的人还很少,灯光不明不暗地忽闪着,就像陈子盈一明一暗的心。陈子盈在跑道上跑步,她将眼睛投向活动场的门口,等待着程威的出现。

她一直在做着思想斗争,如果把这封信给他,即便是从此两个人不再见面,也会降低自己在他眼里的地位,她历来是个骄傲的矜持的女人,她从出生到现在从没对任何人主动地说过"我爱你"这句话。过去没有这种感觉,一直是男人对她死缠滥打,对这种男人她从骨子里就不尊重,她怎么会从心里发出这三个字?而如今有了这种感觉,她又怕说出来让对方低看她。她不记得在什么地方看过一句话,意思是聪明的女人千万不要主动地把自己爱的感受告诉对方。

算了,管他呢,反正是要结束的事情了!陈子盈这样想着就把眼睛微闭上听音乐。

低徊缠绵的音乐在活动场里来回飘荡着,忧伤得想让人流泪,但活动场里似乎没有任何一个人听得出曲子里的忧伤成分,人们都在快乐地跑着跳着运动着,也没有一个人能发现陈子盈心中的忧伤。

陈子盈望着旁边那些做着各种跳舞姿势,脸上有着各种表情的男人女人,忽然观念来了一个一百八十度的大转弯。她过去厌恶舞场的男男女女,更恶心那些在舞厅里寻求刺激在黑暗的灯光里搂搂抱抱的浅薄之辈,她鄙视在那种暧昧的环境里产生的那种所谓的感情,她还从心底鄙视婚外恋!她从来都认为那是世界上最可耻最肮脏的勾当,婚外恋对哪一方来说都不是一个很光明的角色,第三者就算是得到了幸福也是建立在别人痛苦之上的,一生都会背负一个不光彩的骂名。陈子盈受到过很正统的家庭教育,也受她成长的那个时代的社会风气的影响,一直固守着一个很传统的道德信条。

可就在此时,陈子盈却忽然认为婚外恋有时也是纯洁和干净的,它不功利,它再现了爱情本身的真正价值!闯入婚外恋的女人肯定没有得到过真正的爱情,否则她不会甘心情愿地去遭受骂名和误解,不会像飞蛾扑火一样毫不顾及地去牺牲自己、糟蹋自己。女人一旦有了感情就会拥有上刀山下火海的勇气,她会把非常非常重要的事情全部都抛到脑后边,一心一意地去想念心中的那个人,这种时候她绝对不会很理智地想:爱上的这个人可是被其他的女人加盖了私章的!

那么这个被加盖了私章的男人会怎样地对待这一份感情呢?

陈子盈对男人不是十分太了解的,她不知道这时候的男人会有着怎样的表现,她所知道的只是一些道听途说的碎片和一些杂志上编撰出来的故事。

陈子盈想,也许对于一个成熟的男人来说,至少在家庭的牢笼里困顿了几年,十几年,他的家庭即使也由爱情所建,几年后也会有残垣断壁的感觉,这个时候遇到自己心仪的女子,便可想而知了。

陈子盈又一次地警告自己:别胡思乱想了,反正是不能进行下去的,管他怎么样!可不管陈子盈怎么样地提醒自己,她的思想总是跟着音乐在不停地飞。

　　为了克制自己,陈子盈就想程威的手,那是两只温暖柔软、被保养得很好的手!想到他的手,沉醉状态的陈子盈就会像吞了一桶冰一样变得冰凉冰凉的,那是两只被女人无边的爱呵护起来的手呀,他的手明明白白地告诉陈子盈,他的身旁站着一位深爱着他的女人!给另外一个女人制造悲剧的人生,从善良人的手里掠夺爱是陈子盈永远鄙视的,她不想让自己一生都背负感情的债务!生活的本身是有一定游戏规则的,如果破坏了这些规则就会成为大家谴责的另类,让所有认识自己的人失望。尽管这些规则有时候非常的冷酷和不近人情,但你必须去坚守它,因为你的人生不仅仅是你自己的,你的人生有时候是社会的、是大家的,是你周围环境的。

　　在陈子盈每天和程威跳舞的时候,陈子盈的手一直就被握在他温暖的大手中,耳边流淌着他的具有磁力的声音,加上那些使人幻想的音乐,这些东西极易让人忘掉身旁的各种束缚,灵性变得自由起来。大多数的时候两个人谁都不说话,但程威的每一个意味深长的眼神对陈子盈的心理防线都有着令她招架不住的冲击力,他的每一个细微的呵护动作都会让陈子盈的心产生微微的颤动,都会让她有一种迷醉的飘忽。

　　陈子盈的心在进行痛苦地挣扎,她好似走上了一条十字路口,不知道该向哪里迈第一步。

　　陈子盈想,女人真是可怜,丑了,没有人去爱,老了也没有人愿意爱,太有思想的女人男人也怕她,又思想长得还可以的女人一般还遇不到自己值得爱的人,遇见了一个,又是别人的丈夫,明明很清醒地知道这是一颗苦瓜,还非要承受这一份像疾病一样思念的痛苦,唉!陈子盈是清醒的陈子盈,陈子盈不是那种糊涂的女人,陈子盈敏锐地意识到了这一点就不应该再走下去!这一个多月的痛苦给了她太多的人生感悟,这种痛苦最好能够早一天结束,让她的心情尽快地回归到宁静里,回归到写作之中。

　　这一个月和程威见面的经历让陈子盈对爱有了惧怕,说实在的,陈子盈真怕这种不正常的爱搞乱了自己的生活。陈子盈是一个习惯了以翻译为生活状态的人,她害怕自己这样害了病一样的想念别人会毁了她的生活。

　　最近她一个字都无法译下去啦!

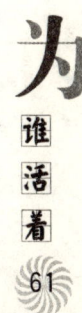

陈子盈又开始谴责自己不该来这样一个地方,不该在这里见到程威,更不该首先向程威发出邀请。这里虽然是个露天舞场,但也是一个培养感情的摇篮,一个男人和一个女人手握着手一天一天地跳下去,怎么会不唤醒他(她)心中那压抑太久的情愫。陈子盈想如果不是在这种地方,而是在另外的场合见到程威,依着她的性格绝不会走到今天的,陈子盈虽然工作环境很封闭,但她每年都出去开几次会,开过这么多次的会,她见过的人也不少,也碰见许多炽热的期待的眼神,希望她有所回应的热情名片也不少,但都没有打动过陈子盈的心,开会回来之后,名片随手就丢弃在一边,心里没有任何痕迹,她根本就舍不得浪费那个时间去联系,也鄙视那种没有任何理由的联系电话!谈什么?没什么可说的,根本就没有说话的欲望!

可连陈子盈自己都没有想到的是,程威却打动她了,让她想丢开一切重要的东西,只在乎他的存在!唉,不能让他把自己的形象给毁了,陈子盈不想做一个背后被人指指点点的人,如果任其发展下去,后果不堪设想!那会伤了自己元气的。

陈子盈这样想着,就下定了最后的决心,一定要把信给他!

陈子盈下意识地摸摸自己的袖筒。陈子盈把那封信装进了袖筒,陈子盈穿的是裙子,裙子没有兜,她就特地把风衣兜里的信抽出来装进了袖筒。现在那封从电脑里打印出来的信硬邦邦地扎着她的皮肤,也扎着她的心,她觉得快扎出血来了。

这封信从昨天早晨就一直装在她的兜里,扎着她的心。

程威走进来了。他看见了陈子盈,陈子盈能看见他脸上的惊喜。他径直地冲陈子盈走过来,脸上是那种欣慰的笑,那是一种从心底发出来的快乐才能够拥有的笑,从陈子盈和他跳舞的第一天开始,这样的笑就让陈子盈迷醉。他总是在跳舞的间隙带着这种笑抿着嘴低头观察陈子盈,这种笑强烈地感染着陈子盈的情绪,开始动摇着陈子盈想结束的决心。

程威已经走到了陈子盈的身边,带着他那男性十足的微笑和气质。陈子盈从座位上站起来也带着满脸平和的微笑迎接着他。

陈子盈在程威的目光中从袖筒里抽出了那封信,递给程威说:"这是我的简历,你先放起来,回去看看吧!"

程威曾经说陈子盈在他的心里就像一个谜,陈子盈就开玩笑说以后我给你写一份简历,从小学开始一直到现在,省得你对我有好奇心。

程威接过陈子盈手里的东西,没有任何怀疑地揣进了自己的衣服兜里。

新的一曲音乐开始,两个人走进了舞池。

在轻松舒缓的音乐中,程威的话语又如小溪一样开始缓缓地送入她耳中,陈子盈在他的言语中又开始进入一种快慰的精神状态中,完全忘记了自己写给他的那封想结束的信。

说话中间,程威的目光偶尔会深情地注视陈子盈,而恰在此时,陈子盈也正在看他,两个人的目光相触及的那一刻,总是陈子盈慌乱地把目光扯到别处。

徐小凤的歌声在活动场里来回地飘荡着,柔柔的,却直直地撞击着陈子盈的心,程威的眼睛里流动着温柔和深情的光芒!

有一次程威好像很无意地对她说,他说自己最近每天很盼望着这个时间,晚上躺在床上辗转反侧地睡不着,他把和陈子盈在一起的每一个情节都仔细回忆一遍,对陈子盈说过的每一句话都仔细地咀嚼一次。

陈子盈听了就笑,意味深长地笑。

但她很快就恢复到自己那种处世不惊的状态之中,沉默不语,不知道她是怎么想的。这就更让程威晕菜。

程威握着陈子盈的那只手移到了胸前贴近心脏的位置,他的沉默、他的深情的目光和他的心跳交织在一起形成一个巨大的具有征服力量的旋涡向毫无招架之力的陈子盈冲来,使陈子盈变得头晕目眩,陈子盈的心灵在震颤,忧伤暧昧的空气里仿佛潜伏着某种一触即发的东西,使陈子盈无力自拔,产生了飘忽的迷醉,心里涌动着一种说不出来的感觉。陈子盈惊愕自己在程威的面前竟这样脆弱得不堪一击!陈子盈觉得自己真是不可理喻!

但很快,道义的力量就战胜了感情,陈子盈想起了那封信,她马上就把自己从那个世界中拉回来,很冷淡地松开了自己的手,曲子还没结束就离开了程威,走出舞池坐在旁边的椅子上。

程威跟了过来,脸上满是迷惑和失望。

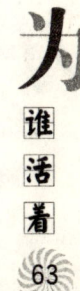

从陈子盈的脸上他读不出什么东西,尽管他想知道为什么。

陈子盈从活动场里出来跟程威说了一声"再见"就消失在车声人影里,她将车子开得飞快,估计后边的程威看不见了才将车子停下,无力地将头倚在靠背上,无边的失落堆积在一起挤压着她的心,不听话的泪珠噼里啪啦地往外落。让她欣慰的是,她从来也没在程威的面前掉过一滴的眼泪,即使在心里很难受的情况下她也仍然是一脸平和的微笑,这样的笑容也给程威带来了很阳光的心情,他说每天看见陈子盈灿烂的笑容他就开心。他说陈子盈是那种天生丽质、笑如阳光、清丽如画的人!陈子盈就说他恭维,但心里很是得意。

陈子盈就这样一边流泪一边瞅着车窗外的那个世界。

其实陈子盈真的不想说再见!

四周和谐而美好,城市渐渐明亮,街上的人也越来越多……

第二天,程威就给陈子盈打来了电话,程威在电话里告诉陈子盈,自己也早已经是单身了。

陈子盈听了电话半天没有吭声,程威就耐心地等着。

过了一会儿陈子盈说:"为什么骗我?"

程威说:"自尊。"

陈子盈不再吭声,半天才说:"我们见面。"

程威说:"好!"

那以后,程威和陈子盈的关系就飞速地发展。程威经常到陈子盈的家里去,陈子盈经常以各种借口给助手放假。

一开始程威对陈子盈的一切都很好奇,觉得她发脾气的样子也透着一种气质,和市井女人不一样,不喊不叫,不温不火,但却让你甘拜下风。

程威以为这样的一个女人,肯定有很多很多的朋友,但令程威想不到的是,笑起来像个孩子一样灿烂的陈子盈生活的方式就像一个六十岁的老太太一样,每天上午翻译作品,下午查资料,而且雷打不动,连节假日也不变。(当然除了出去开会的时间)而且没有任何的朋友,说得更明白一点就是没有男朋友也没有女朋友。在漫长的日子里,屋子里除了助手和陈子盈,还是助手和陈子盈,陈子盈就像一个幽灵一样在屋子里飘来飘去,打电脑之外,陈子盈爱收拾屋子,爱美化自己的家,她是一个典型的生活在自己内心世界的女人,外边纷杂的东西很少能进入她的心里。她在外边对任何人都保持着一定的距离,脸上永远是谦和的微笑。

有一次,程威在办公室给陈子盈打电话,程威说你猜我一边打电话一边在干什么?

陈子盈不加思考地说你在看图纸。

程威惊讶地在电话的那头儿大喊:"啊,你怎么知道的?难道你有可视电话?不会吧,我没有呀!"

陈子盈开玩笑地说:"你小心一点我有透视能力!"

两个人大笑!看来他们两个已经熟悉到不能再熟悉的程度。

当然包括陈子盈的身体,程威熟悉陈子盈的身体也像熟悉自己的身体一样了,他们在床上配合默契,使程威有了久旱遇甘霖的感觉。

在思远学校有事情不回家吃饭的时候,程威也留在陈子盈家吃饭,这个时候,陈子盈就把助手用电话叫回来,嘱咐她做一些好吃的。

助手别看年龄小,但做出来的菜色香味俱佳。程威爱吃辣味的,助手就做一些什么"辣味黄豆排骨汤"、"辣味沙锅头尾"、"鱼香碎米鸡"等,吃得程威满心欢喜,连连赞叹,吃完了还跟助手讨教各种菜的做法,助手就不厌其烦地指导程威,还跟程威开玩笑说,要是想跟她学手艺就多往这跑几次,她也有理由和陈子盈姐姐多要工资了。

程威说:"好的,为了你增加工资,我就多跑几次。"

陈子盈就笑:"看看,刚见了几次面呀,就串通在一起算计我了。"

程威说:"无产阶级就应该联合起来跟你这个贵族小姐斗争的。"

陈子盈说:"啊,我怎么成了贵族小姐了。"

程威说:"怎么不是贵族小姐,你看你穿着柔亮的进口睡衣,喝着原装的蓝山咖啡,听着正版的CD……"

陈子盈说:"啊,就我这样要是贵族,那北京人民还不都成了贵族呀?"

程威说:"你怎么能代表北京人民,北京人民还有一部分蹲在小胡同里吃炸酱面呢。还靠出租房屋和跑出租养自己呢,哪像你似的,不用上班,天天坐在家里打电脑就大笔大笔地来钱。"

程威一边说着一边让助手把那个"鱼香碎米鸡"的具体做法写在纸上,他怕自己忘了,回家没法做着给儿子吃。

陈子盈嫉妒地跟他开玩笑说:"呵,真疼儿子。"

程威说:"别嫉妒,等你嫁过去我也这样疼你。"

陈子盈说:"现在谈恋爱你都没这样疼我,以后嫁过去还不知道怎么样呢。"

助手说:"你不用记,我明天给你去做。"

程威说:"那就不用了。"

助手说:"怎么啦?相不中我的手艺呀?"

程威说:"怎么相不中,你看我撑得都站不起来了,等将来你陈子盈姐姐嫁过去,你就也跟着过去吧,那我不但每天能吃上好菜,还多了个女儿。"

陈子盈就笑,说程威贪心不足。

程威每天在单位里给陈子盈打两个电话,上午一个,下午一个。打电话的时间一般都是在上午刚上班的时间和午饭后。

有一天他破例在上午打了两个电话,他说下午有个会要开,如果不打这个电话,到明天早晨再打,时间就太长了,所以就在上午打两个。

倘若这一天没接到程威的电话,陈子盈就无法工作下去。所以无论怎么忙,程威都要给陈子盈挂个电话,程威给自己开玩笑说,我现在有两个孩子,一边一个,我都得照顾,哪一边照顾不到,哪一边就要发脾气。

陈子盈不明白,什么意思呀?

后来陈子盈才知道,程威说这话的深意。

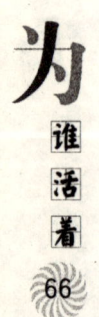

企图合并到一起的文件夹

这天晚上思远回家程威还没回来,程威电话留言叮嘱思远自己煮饺子吃,并告诉思远冰箱里有饺子。

思远没煮饺子,他坐在沙发上发呆。

坐着发了一会儿呆,又躺着发了一会儿呆,思远心里说不出是什么滋味,就这样一直坐到22点,听见自己的肚子拼命叫喊,才无奈地站起来走到厨房里。他打开冰箱,没拿那袋速冻饺子,而是找了一袋方便面,气急败坏地撕开一个口子,又气急败坏地咬了一口那干干的面条,眼泪不知不觉地流了一脸。

最近程威回来的不是那样及时了,而且表现也不像原来那样了,他已经好几次回家吃不上饭了。每当父亲不按时回家,思远就不知不觉地想起母亲,想起那个从没让自己吃过冷饭、从没在回家的时候让他的肚皮空荡荡的人。

思远看看表,已经晚上十点了,程威还是没有回来。他干什么去了?

思远有点坐不住了。他从自己的屋里走出来,在客厅里走着圈。他把电视打开,一个频道一个频道地拨,声音在耳边不停地响,他却一点也没有听进去。

他不会是被我气得不想回来了吧?不会是出什么意外了吧?思远这样乱七八糟地想着,开始担心起来。

电视的声音太吵,他把电视关掉,然后从沙发上站了起来,走到阳台上。小区里边没有灯,漆黑漆黑的什么也看不清,他开始紧张起来。

他转身进屋,拿起电话拨通了爸爸的手机。

电话接通了,但是没有人接。思远等着,直到断掉了。他又拨第二遍,还是没人接。接着拨,接着拨,接着拨。一直没人接。思远有点不知所措,

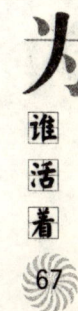

脑子里浮现出自己在电视上看到的车祸场面,血淋淋的让他不寒而栗,他不由得打了个冷战。不会真的出事了吧?真的出事可怎么办?思远脑子乱极了,他想穿上衣服冲出去,想出去找程威。可是该去哪里找呢?今天出门的时候他随口说晚上有事,让思远自己吃。他不会是喝多了开车出了意外吧?思远越想越害怕,手上一直没有停止拨程威的电话。

"嘟……喂,思远吗?"接通了!思远一阵激动,可他的声音却很冰冷。

"是程威吗?"他毫无感情色彩地问了一句。

"是我啊,思远,对不起,爸爸吃饭前不小心把手机调成静音了,刚才低头看见手机在闪光才发现你给爸爸打电话。我有三十多个你的未接来电啊,你着急了吧!对不起,让你担心了。爸爸正送喝醉的同事回家,马上就要到家了,你先睡吧,不用担心我,我没喝多少。"

程威解释着。

"我不是担心你,就是想问问你还回不回来,不回来我好把门锁上。行了,你自己小心吧,我睡去了。"

思远用平静的语气说完,还没等程威回答就一下子把电话关掉。他呆呆地坐在电话旁边,眼泪稀里哗啦地往下滚,呜呜咽咽地哭起来,而且越哭越凶,越哭越委屈。

哭够了,思远就把沙发上的一只玩具狗抓起来用力地撕。里边毛茸茸的腈纶填充物露了出来,他就一把把地往外扯,扔得地板上、沙发上到处都是白花花、一团团的东西。

就这样地哭,这样地撕,这样地扯,好长时间了,程威还是没有回来。

思远坐不住了,他止住哭,站起来再次走到阳台上眺望了好长时间。

过了一会,他又摸上钥匙,穿上鞋,走下了楼,在黑暗中走出小区,一直走到通向小区的那个巷口。他在巷口的风中站着,一直到11点半左右的时候,他才看见父亲的车出现在街口。

那辆车在小巷的不远处停下,而且灭了车灯,但没人下车。在这条夜深人静的马路上父亲白色的车子就那么静静而显眼地摆在那里。

思远从藏身的一个拐角处悄悄地走了出来,一直走到车的前方。14岁的思远个子已经很高了,走到车的风挡玻璃前,他仍然看不清车里的动静,只好拐到右侧弯下身子把脸贴在玻璃上。

也许是车里的人太专注也太激动了,他们竟然没有发现车窗外那张窥视的愤怒而变形的脸。

借助路边的灯光,思远清晰地看见了爸爸和一个女人抱在了一起,嘴对嘴地正亲着对方。

这一刻,思远说不清心里是什么滋味,是愤怒、是伤心、是失望,还是嫉妒……

他和父亲一起生活了14年,他在小时候只看见父母手拉手地散过步,从没看见父母这么亲密过,至少在他的记忆里是从没有过的。

而且父亲也从来没和他这样亲热过,而自己是他的亲儿子啊!

可他,却对这个陌生的女人,不,也许他们早就有过这样的事情,也许他们早就是同谋,在母亲消失之前,他们就已经这样了。

母亲流泪而哀怨的面孔又出现在思远的眼前,这面孔像一把剑一样,穿透了思远的心脏,让他战栗、让他难受。

这个时候程威看见了车外的思远,也看见了思远难过而愤怒的面孔,他惊恐地推开了陈子盈。

等程威下车的时候,思远已经走了。

思远很快就上了楼,很快就把自己埋在了被子里。

思远听见父亲推开了自己房门,父亲坐在他的床边,撩开盖在他头上的被子,像往常一样用大手抚摸着他的头,脸上微笑着想要说什么。

思远猛地将脸和身子同时调了过去,留给程威的是一个冷漠的后背。

程威尴尬地僵在了那里。

原来程威晚上喝完酒刚要回家,陈子盈给他打来了电话,说自己给他织了件毛衣,让程威自己来拿。程威看看时间还早,就掉头去了陈子盈那,谁知那天助手不在,也不知道陈子盈是有意把助手打发走了,还是助手真的有事,反正就陈子盈自己一人在家。

两个人亲热过后,陈子盈说什么也要送程威回家,说程威一身的酒气,就是不出什么事情也会被警察捉到,就这样陈子盈开着程威的车把他送回了家,并说今天她把车开回去,明天早晨再把车开回来接程威上班。

程威不让陈子盈来接,说自己和思远打车走。想到程威早晨还要送思远上学,陈子盈没有开车回去,而是自己打了一个车返了回去。

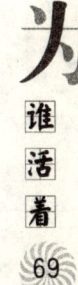

第二天早晨,思远和往常一样起床、吃饭,思远不提昨天晚上的事情,程威也不提。尽管两个人嘴上都不说,但这件事情仍然是压在两个人心中的一块石头。

原来那个欢乐喧闹的家似乎变得沉闷了。后来的日子,思远在家除了坐在饭桌上吃饭,几乎听不到他的任何声音。思远与父亲之间,连眼神都很少传递。他还拒绝再坐父亲的车上学,坚持自己走,说别的女人坐过的车他不想坐。

在家里,程威做好了饭去招呼思远,思远如果高兴就出来吃一口,如果饭不合口,尝一口推开碗就走,也不吭声。

程威要问:"你怎么不吃?"

思远就说:"不饿。"

就这简单的一句话,把程威系着围裙在厨房里忙乎了大半天的事业都给否定了。

程威气不过就说:"这些可是我做饭前你同意做的!"

思远小脸一沉像没听见一样。

要是被程威逼急了眼,思远就说:"我刚吃了一些零食。"

思远的沉默和抵抗把这个家弄得非常压抑。

有一天,非节非年,思远一大早就穿上了一件新衣服,这件夹克是林叶走之前那个周末给思远买的。

程威上班前奇怪地问:"好长时间没见你这么打扮了,今天哪个同学又开PARTY呀?"

思远支吾了一声,跟程威要了200元钱,也不解释自己要去买什么。程威不想多问,问多了怕这小祖宗又甩脸子地不高兴,就痛痛快快地拿出了钱递给了思远。

思远连声谢谢都不说,一脸的不要白不要的无赖样,把书包往肩膀上一甩就走了。

晚上,程威回来得很晚,打开门一进客厅就闻到了一股饭菜的香味,怎么回事?厨房里没有灯光,餐厅里也没有灯光。程威在门厅里刚换了鞋子,餐室里就响起了优美而忧伤的音乐,这时候灯亮了。程威走进餐室,看见思远忧伤地坐在餐桌旁正端着一杯红酒像个小大人一样在喝,桌子上摆满了菜。

程威一脸的惊讶:"你炒的菜?"

思远眯着眼睛抬起了头,冲程威摆了摆手,示意他坐下。

程威乖乖地坐了下来:"今天什么日子?"

思远说:"真的忘了?"

程威极力地在记忆里搜索,但就是想不起来。

思远嘲讽地说:"别在你的记忆库里搜索了,本来就没有原件,肯定复制不出来。"

程威说:"告诉我吧,今天什么日子。"

思远说:"你先去洗手吧。"

程威站起来去洗手,等他从浴室出来发现餐桌上放了一只大大的蛋糕和三只斟满了红酒的酒杯和三个接碟,三双筷子。

思远正在点蛋糕上的蜡烛,一边点一边说:"今天是你的妻子、我的妈妈的生日。"

思远把"你妻子"这三个字格外加重地说了出来。

程威的心"咯噔"一下就沉了下去,他在心里咒骂着自己,这么重要的日子自己怎么就忘了。

其实就是林叶在的时候,程威也很少能记得两个人的生日,刚一结婚那时候,林叶还因为程威在自己过生日的时候不是忘记买礼物就是忘记回家吃晚饭而生气耍小脾气,但后来也就习以为常不在乎了,谁让自己找了个事业型的老公呢。

但今天程威不应该忘呀,如果忘了,在思远的心里程威就是对自己妻子的背叛,就是良心大大地坏了。程威拍着脑门捶胸顿足地咒骂自己不应该,他说今天实在太忙了,忙得他晕头转向。

思远点完了蜡烛坐了下来,打断了程威的话说:"得了,别解释了,我知道以前你就是这么对待我妈妈的。"

这句话把程威噎得差点喘不上气来,他端起酒杯来像做了什么错事一样惴惴不安地看着面前的这个野蛮专横的小祖宗,不知道他下一句要说出什么来。

少顷,思远开口,问程威:"妈妈今年多大,你还记得吧?"

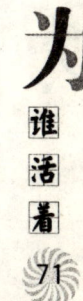

这个程威可忘不了,他张口就来:"40岁。"

思远没有说话,很平静地瞅着程威说:"我妈妈二十五岁就嫁给了你,她把她最好的年华都献给了你了,她只是一个被你用婚姻的名义免费雇来的老妈子,她牺牲了自己的事业,没有年节、没有生日、没有娱乐,一直扮演着照顾你的儿子和管理家庭事物的佣人角色。现在孩子大了,她人老珠黄了,却一个人悄悄地走了,把自己的这个窝就让给别人了,你看你娶了一个多么体贴你的妻子呀。我听别人说,男人有三大乐:升官发财死老婆。头两条你都满了,就剩下死老婆这一条了,但我妈妈虽然没死,也消失了一年了,跟死也差不多了,借着这杯酒我祝贺你三大乐都满了。"

思远说到这,已经泪流满面,可能是控制不住自己的情绪,端着酒杯的手开始打颤。

程威也颤抖起来:"思远,你怎么会这样理解爸爸?"

思远不吭声,放下酒杯,拿起一个叉子,叉起一块蛋糕就往嘴巴里送,弄得满脸都是奶油,大概是塞得太多,噎住了,双手拄在桌子上呕起来。

程威上前去扶思远,被思远甩在了一边。

思远转身走进了自己的房间,像以往跟他生气一样,把门砰地一声关上了。

你不要指望思远这样的孩子跟自己的父亲谈什么修养教养的,他在父亲的面前完全是一副小无赖的来头,随性而发,想说什么说什么,想砸什么砸什么,想怎么发挥自己的天性就怎么发挥。他的忍耐是有限度的,他完全没有继承自己母亲的那种忍耐那种修养,虽然不了解他的同学和老师会说他笑眯眯的,但在他笑眯眯的背后却隐藏了一个很让程威头疼的顽固多变的个性。他在同学在老师面前可以把自己原本的东西隐藏起来,但他绝不会在家里隐藏。

这是因为从小家庭对他的娇宠养成的。

程威追到思远的门口,几乎是以哀求和绝望的口气对把门插得死死的思远说:"思远,你就这样逼迫你的爸爸吗?你真的是这样一个不体谅人的孩子吗?"

屋里没有任何动静。

程威重新回到餐桌前,呆呆地看着桌子上的那个大蛋糕,想起了思远的那几句话:"我妈妈二十五岁就嫁给了你,她把她最好的年华都献给你了,她只是一个被你用婚姻的名义免费雇来的老妈子,她牺牲了自己的事业,没有年节、没有生日、没有娱乐,一直扮演着照顾你的儿子和管理家庭事物的佣人角色!"

程威没想到一个14岁的孩子怎么会说出这样的话来,不,他从小是他妈妈带大的,自己几乎没在他成长的过程中做过什么。而他从记事起就一点一滴的将家庭里发生的一切都记在了心里,他看不见父母背后那种心心相印的夫妻生活,看不见程威在单位里拼命工作的状态,不知道那也是一种对家庭的奉献,因为工作是和经济挂钩的,却看得见母亲每天都在为这个家庭所做的那些个具体的工作。

但是无论怎么说,他的话都一针见血地戳到了程威的痛处,是呀,当林叶离开自己,他半夜回来习惯地打开锅找吃的东西的时候,当他面对一堆堆的脏衣服而头疼的时候,他才发现林叶的身上竟然有那么多的美德……

可是,无论林叶多么的完美,他都离开了自己,和别人结婚了,林叶的心也够狠的,无声无息地扔下了孩子,扔下了跟他生活了多年的丈夫。

想到这些,程威心里就又痛又恨,无法言说。

程威一边想着一边自己一杯杯地喝着红酒,脸上的表情非常复杂。

这时,林子来电话了,跟程威聊了几句,然后就说找思远,程威放下电话招呼思远接电话,思远正仰身躺在床上流眼泪,一听是舅舅的电话,就顺手从床头上抓起了电话听筒,带着抽泣的声音"哎"了一声。

林子在电话那头听着思远的情绪有点不对头,忙问思远怎么了?思远吭叽着在电话里跟舅舅耍赖:"舅舅,你能帮助我找找妈妈吗?我妈妈对你可是很好呀,为什么我妈妈丢了,你们一个个连问都不问一句?"

林子在那头沉默了一会儿说:"我知道。"

思远惨兮兮地对林子说:"舅舅,我就要成了一个流浪儿了,没有爸爸也没有妈妈了。"

林子说:"别胡说,你爸爸在你身边,舅舅也在你身边。"

思远说:"爸爸已经不属于我了,他忘记了妈妈了,他爱上别人了。"

林子沉吟了一会儿说:"他爱上别人也会疼你,你放心。"

思远说:"舅舅,你不知道,爸爸现在满眼都是那个女人的影子,他已经

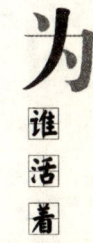

患上了强迫性浪漫症,他们是两个企图相互合并的文件夹,合并到一起就会删除我的,现在病毒已经完全控制了爸爸的 BOIS 中枢,我昨天看见他们在车上已经合并到一起了,呜呜……妈妈肯定是那个女人气走的。我们都被这个老狐狸给迷惑住了,以为他是一个坚定的老布尔什维克,谁知道他竟然是个大色狼!"

林子说:"思远,别胡说!那是你爸,要注意维护爸爸的形象。"

思远说:"你们还说他好,还维护他,妈妈走了,你们也不怪他,还说妈妈有福不会享,你们都是大菜头!"

思远说完就扔下了电话,他把气都撒在了舅舅的身上。

林子又拨了一遍电话,还是思远接的,他就让思远把电话给程威,思远不愿意找,懒洋洋地说:"我放下你再拨一次吧,我正在床上躺着。"

思远这样说着,就把电话放下了。林子还在电话那头嘟囔:"这孩子懒的,这么早就上床躺着了。"

林子于是拨程威的手机。程威接电话,林子开门见山地说:"你怎么还不告诉孩子实话,这样瞒着他未必好,你和孩子都不要对她抱什么幻想了。但你要告诉思远实话,省得思远误解你,他现在的情绪很糟。"

程威听了林子的话,知道思远跟舅舅说了什么,虽然自己现在有权利恋爱,但这事让林子知道,程威还是觉得很不好意思。他吞吞吐吐地不知道说什么好。

电话那头又传来老丈母娘的声音,说让程威别担心思远,如果思远影响他谈恋爱,就把思远送到她那头,她会照顾好思远的,劝程威别净照顾思远的情绪,该娶妻就娶,林叶不可能再回来了。

程威接到这些电话就特受刺激,如果他们不说这些他心里还好受一些,他们提出这些好像就亲自举着一把刀把他和林叶的关系就斩断了一样,承认了自己的恋爱伤害了思远,程威根本没想过和另一个女人走在一起就必须要赶走思远,思远是自己的生命,他爱陈子盈的同时也会爱思远,他会尽自己的责任的,这两样爱并没有冲突,他也不会让它有冲突的,他有这个自信能够把握好。

可是,他真的能把握好吗?

全面监控

母亲的生日之后,思远和程威陷入在冷战的状态之中。

思远每天从学校回到家里的唯一一个任务,就是到各个屋里去转悠转悠,像小狗似的这转一转,那转一转,还检查程威穿过的堆在洗衣机里那些没有来得及清洗的衣服。嗅到一点其他的异味、看到一根女人的长头发,小脸子就吊起来。

另外他开始变着法儿纠缠程威,无论是周六还是周日他都会找到借口和程威腻在一起,不给程威任何单独外出的机会,程威上街买菜他也跟着,程威去超市他也跟着。

程威和陈子盈成了咫尺天涯的牛郎织女,一个星期连面都见不到一次,两个人只好用短信来诉离别之苦。

为了不让思远听见自己和陈子盈的电话,程威把电话设置成震动,但放在写字台上有时候会看不见来电,程威就在干家务的时候找一件有兜子的围裙穿,把手机放在围裙兜里,感觉到震动就拿出来看,如果是别人的电话就当着思远的面接听,如果是陈子盈的电话就掐断,然后拿到厕所里偷偷摸摸地再打过去。

没有几次,思远就破解了程威的秘密,小东西眼珠子一转又出新招,他假装借爸爸的手机给同学发信息,把程威的手机又给控制起来了。

程威本以为思远给同学发短信也就是一会儿的工夫,可思远的短信每天都发不完,一天到晚的,总是发个没完。程威后悔当初林子说给思远买个手机自己没同意,现在倒好,只要一下班,自己的手机成了思远的了。

于是程威说要给思远买一个,但思远做出一脸心疼老爸的乖乖样:"你挣钱也不容易,我就替你省一省吧!再说就我这管不住自己的主,你要真给我买了,我一个月还不得给你造出几千呀,更别提天天发短信耽误学习的事

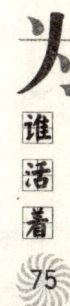

情了,咱俩就将就着用一个吧。"

思远说得合情合理,糊弄得程威一个劲儿说儿子懂道理了。

可是,只要一回到家,程威就连发短信的权利都被剥夺了,而且被剥夺得理直气壮。

陈子盈那头是想程威想得怨气冲天,程威这头是想陈子盈想得苦不堪言。

实在没有办法,程威和陈子盈就利用快下班的时间早溜出一会儿,陈子盈打发助手出去办事,两个人在陈子盈那里偷偷地幽会一会儿。但时间很短,两个人上床都觉得虽然有效率,但没有欢娱的感觉。程威又不肯晚回家半分钟,他害怕思远回家吃不上饭,他总是和陈子盈上完床,连个澡都来不及冲就匆匆地回家。

陈子盈是一个非常有涵养的人,她理解程威的心情,但时间一长就感觉很没意思,觉得两个人这样的关系不是自己想要的关系,她看不到什么希望。她建议程威让思远去学校住宿,这样思远就控制不了程威的行动了。

让思远去住宿,程威不是没有想过,但现在提出来有点不合适,程威就一直拖着不说。

过些日子,备受思远"摧残"的程威终于鼓着勇气和思远提了出来。他对思远说最近单位的工作很忙,不能早回家照顾思远,思远去住宿,这样既节省了许多跑路的时间,又可以在学校多交结一些朋友。话说得很好听,演讲得入情入理。可是思远也并不是那么好蒙的,他立刻警觉起来,意识到老爸的动机不那么单纯,所以断然拒绝:"我不去!你工作忙,我会自己照顾自己。"

不提住宿这件事倒好,提了以后思远对程威的监控更进了一步,他的两只小眼睛像两只探照灯一样每天在程威的身上扫来扫去的,每天都到程威的卧室检查一遍。

于是程威就一次都不敢往家里领陈子盈,周六周日也不去陪陈子盈,而是在家里做一个好父亲,把自己的业余时间都贡献给儿子。他和陈子盈偶尔见一次,也是在陈子盈的家里,大部分的时候也就是在单位里通通电话,诉一诉相思之苦。他让陈子盈理解自己,理解他的儿子,他安慰陈子盈说思远慢慢会接受她的,只是一个时间问题。何况思远早晚要上大学的,上大学他不住宿也是不可能的,大学一般都要求住宿。

陈子盈伸出手指一二三四五地算了一下,思远现在是初中三年级,等到上大学那年最少还得三年。如果将来考上一个北京的大学,思远还是赖着不住宿,那自己肯定要再等七年,思远大学毕业有了结婚对象才能离开程威独立生活,这是正常的最快的速度,如果有一个环节出了差错那思远留在程威身边的日子就有可能更长。

唉,自己已经三十岁了,还有几个七年让自己等待一个人的。

陈子盈越算就越觉得前景暗淡,她后悔自己怎么会爱上程威这样拖着个孩子的男人。但爱情这个东西是无法掌控的,适合自己的自己对人家未必就有感觉,没有感觉你说再合适又有什么意思。

追陈子盈的男人说有一个排好像有点过分,但说有一个班,一点都没夸张,有百万富翁,也有大学教授,但都打不动陈子盈的心。陈子盈不缺钱花,也不缺知识,缺的是一份感觉,三十岁之前忙着读书考研,攻博士学位,三十岁后又忙着翻译小说,她的书稿都是签了合同,在规定的日期内必须拿出来的。在翻译的过程中有人给介绍对象,她总是说:"等我完成这部书再说好吗?我现在就是跟人家见了面,也没有时间和人家相处。"大部分人都不理解她的做法,以为她并不想找,而是推辞的借口。也有耐心等待着她的,可这本书还没翻译完,下一本书的合同又签上了,陈子盈就发誓说:"翻译完这本书我就打句号。"

可是好几年过去了,她一直没有打句号,个人的问题就一直耽搁到现在。亲戚和朋友都很替她着急:"这么一个优秀的好孩子,可别到最后成了老大难。"

但陈子盈自己却不着急,她的理论是:"脚踩西瓜皮,滑到哪里算哪里。"

她没有想到,自己遇上的牵手人是一个同时要牵着孩子的手和她同行的男人。

这样算着想着,虽然理智上觉得程威根本不适合自己,但感情上又割舍不了。

陈子盈幽幽地说:"你都不给我提供和孩子见面的机会,他会接受我吗?"

程威沉默了,对于让思远和陈子盈见面,他不是没有想过,但思远现在

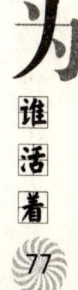

那种状态他能让他们见面吗?

程威原以为自己这样迁就思远,已经到了极限了,陈子盈的涵养也已经到了极限,思远对自己不该有什么意见了。可是,思远就是不满意。经常无故找茬儿,只要捕捉到什么蛛丝马迹就乱猜忌一通。

有一次,思远查看程威的手机,看见了程威没来得及删除的短信,短信是陈子盈发来的。陈子盈可能是为了节省时间和字数,短信上直接称呼程威为"威",她告诉程威这两天想程威想得睡眠不好……

思远看见短信瞪着眼睛恨恨地骂:"这是谁家的小母狗呀,又跑出来发情摇尾巴了,真肉麻。"

思远说着就给对方发了一个:"你他妈的别剃头挑子了,不知道我有老婆吗?"

等程威发现的时候已经晚了,信息发走了,思远把手机扔给程威,像个神汉一样恶毒地"嘿嘿嘿"笑起来。

程威虽然很宠爱思远,但也不是什么事情都那么无原则,他觉得思远不该干涉自己的私生活。

程威拿着手机的手都抖了,他大喊:"思远,你干涉得太多了!"

思远眼睛立了起来,"砰"的一声用脚踢开自己屋门,走进去后再用后脚跟把门"砰"一声的再踢上,然后就一个人憋在屋里不再出来,一直到吃饭时间。

程威气得颠三倒四的,一个人窝在客厅的沙发上抽烟。等到烟灰缸快满的时候程威做出了一个决定,索性一不做二不休,不这样躲躲藏藏的了,挑明自己和陈子盈的关系,让陈子盈正式进入这个家庭,公开身份和思远相处,这样时间一长,说不定思远会喜欢陈子盈的。

程威就这样踌躇满志地想一会儿,站起来在厅上徘徊一会儿。

当然还有一个问题就是,程威到现在还没有告诉思远林叶已经和他离婚,那时候不告诉思远是因为程威对找回林叶还抱着一定的幻想,在找回林叶之前他不想乱说什么。后来真正离了婚又怕刺激思远,所以就一直没告诉他,也许正是因为没有告诉他,所以才促使思远一直监视着自己,害怕将来自己的妈妈没有了位置。程威这样想着,就后悔没有及时把离婚这件事情告之给思远,所以才造成了今天的被动。

想到这，程威进自己的屋里打开自己装重要文件的柜子，从里边把离婚文件翻出来塞进裤兜里，就又走出来敲思远的门。

思远不吭声，程威也不想等思远发什么允许不允许的通知了，就径直地走了进去。

思远正一个人窝在沙发上听 MP3，他看见程威进来了，就把声音调成外放，躁动不安的音乐立刻传了出来。

程威坐到思远的床边上，对思远说："把声音调小一点，我有事情要跟你谈。"

思远脸一耷拉："跟我谈什么？今后咱们两个就是大门口贴门神，一个在东一个在西，谁也别干涉谁。"

说完了鼻子还往外冒冷气："哼！"

这一声哼哼，让程威倒吸了一口冷气，思远的言外之意就是将来程威也无权干涉他的自由，他想干什么就干什么。

程威想缓和一下气氛，就笑着说："你别半空中数指头，想得高了，想让我不干涉你，你还得再硬硬翅膀。"

思远把音乐的声音关小，蹬开盖在身上的被子，光着屁股坐起来说："爸，跟我坦白交代，那个女人和你是什么关系？"

程威从旁边把思远的短裤拿过来扔给他，让他到床上穿上，别这样光着屁股，程威说："思远，你已经不是孩子了，已经是个小伙子了，在家里也要衣装整齐，你这样随便养成习惯，将来家里要是有了另外一个人，大家都尴尬。"

思远立刻警觉起来："什么另外的人？这个家除了有一天妈妈回来，不可能有另外的人！"

程威说："思远，我要告诉你一件事情，你坐好。"

思远看着程威严肃的表情，立刻穿上短裤，盘腿坐在了程威的身边，扬着下巴，等待着程威的下文。

程威说："思远，你妈妈不可能再回家了。"

思远问："为什么？"

程威说："因为我们离婚了。"

思远从床上跳了起来，冲程威喊："什么？我不相信！"

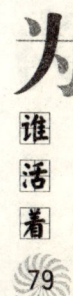

程威拉思远,但思远甩开了程威的手:"思远,是真的。"

思远眼睛瞪得很大:"你们啥时候离的?我为什么不知道?"

程威从裤兜里把离婚协议掏了出来递给思远:"你看看吧。"

思远一把扯过离婚协议,看了看就气愤地扔了过来:"岂有此理,你们可耻!你们侵犯了我的知情权!"

思远说着就扑到床上大哭起来,哭得悲痛欲绝、昏天暗地,哭得程威心都抽在了一起。程威上前去拍他,思远立刻缩在了床角里,不让程威碰他,他的身子在哭泣中摇着抖着,瑟缩成一团,就像一只可怜的刚刚出窝的小狗被人抱离了妈妈身边一样,一脸的无助和悲伤,完全失去了往日的专横傲慢,让程威心疼得受不了,本来准备好的那些演说词全都忘到了九霄云外。关于要让陈子盈和思远见面的事情一个字都不敢再提。

程威看哄不好思远,就一个人退了出去,他到厨房里用心地给思远做了一顿晚饭。他在和陈子盈最初见面的时候,去陈子盈那,陈子盈让保姆给他做了一个叫"鱼香碎米鸡"的菜,程威觉得很好吃,就让那保姆把做法写在了纸上,他说回来也给思远做了吃,当时陈子盈还跟他开玩笑说:"呵,真疼儿子。"

程威把鸡脯肉切成薄片,再切成丝,然后横着切成米粒状,然后放进一个小碗里用精盐、料酒、淀粉浆上,又把葱、姜、蒜切成末,柿子椒择洗干净,也切成米粒状,用白糖、醋、酱油、料酒、精盐、味精和水淀粉兑汁。这些准备完了以后,他就把锅烧热,放上油,鸡米下锅炒散,再把泡辣椒、姜、蒜一同入锅煸炒,出来香味后,柿子椒入锅,倒入兑好的汁,炒熟,撒入葱末,炒匀就倒在了盘子里。

程威闻着那香气,忍不住用手捏了一块鸡肉,放进了嘴巴里,真是好吃极了,呵呵……他真是有点崇拜自己了,我程威也蛮够聪明的,什么菜一学就会,这炒的味道和陈子盈的助手炒得也不相上下。

这些日子可能是因为有了陈子盈,程威的情绪无论如何都很乐观,他已经忘记了刚才和儿子那些不愉快的话题了,把自己沉浸在做饭的乐趣之中。

程威又做了一个腊肉扁豆,拌了一个糖醋苦瓜,然后就兴冲冲很有成就感地招呼思远吃饭。

思远拒绝吃饭,很不客气地请程威出去,说自己没有胃口。

程威被当头浇了一盆冷水,刚才的兴致立刻一扫而光。他垂头丧气地退到餐厅里一个人对着那几盘菜发呆。

程威生气,思远更生气。

思远气愤又绝望地躺在床上,翻来覆去的,各种猜测像野草一样在思远脑袋里疯长着。

他们为什么离婚?离婚之前为什么不告诉我?

是不是那个女人早就出现在父亲的生活中了?是不是他们早就合起伙来欺骗母亲和我了?是不是母亲知道了父亲的这些事情之后才绝望地离家出走的?

不是妈妈不爱我,是妈妈对爸爸太失望了,思远一想起妈妈,眼里便抑制不住地涌出酸涩的泪。他侧过身躺着,眼泪就顺着鼻梁太阳穴一条线地流下来,淌到枕巾上。

思远一直都对一件事记忆犹新。一次,他过生日,程威却不知跑到哪里忙什么去了,只有林叶陪着他。他们两个坐在桌子前面守着一个小小的蛋糕等程威回来。可等了很久也没见程威回来,甚至连一个电话也没打回来,他可能都忘了这回事了。

林叶帮思远点起了蜡烛后一个人给他唱生日歌,可是唱着唱着声音就颤抖起来,最后就夹杂着哭腔了。思远那时候还小,也不知道怎么安慰妈妈,看到妈妈哭他就忍不住也想哭,结果好好的一个生日过得惨兮兮的。也是从那时候起,思远心里有了一些模糊的概念,那就是妈妈要比爸爸更爱自己,爸爸就知道工作,不太关心自己和妈妈。

那么多的日子,程威总是说不回家就不回家,林叶经常一个人孤零零地收拾屋子看电视,孤单单的坐在电脑前上网,那时思远一走进家里就有一种清冷的感觉。

思远又想起了妈妈一和自己谈起爸爸时偶尔显露出的失落,想起了妈妈对自己也好像是对她自己说爸爸最爱的是工作,我们就只能好好自己爱自己了。想到这里,他的泪被这些催发得越发厉害了。

一定是爸爸把妈妈气走了的!一定是爸爸在外边爱上了别的女人!一定是妈妈忍不住家里的清冷和爸爸的漠不关心才决心离婚离开家的!

思远狠狠地坚定地想着。妈妈会这样丢下自己离开家一定是爸爸气走

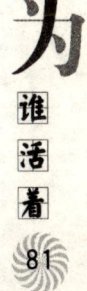

了她！

不知道什么时候,思远出现在了餐室门口,他问程威:"法律规定孩子满了十岁,可以自由选择自己的法律监护人的,为什么你们离婚的时候没有征求我的意见？你怎么知道我愿意和你过啊？"

程威愣了,他不知道怎么回答思远。在离婚的时候,林叶的律师说林叶什么财产都不要,但希望能够带走思远。程威坚决不同意,程威说林叶将来的生活环境还是一个未知数,而思远现在需要的是一个稳定的学习环境、稳定的心理状态,如果跟着林叶走,一切的生活顺序都得打乱,这对思远不好。程威说,过两年如果林叶的情况有了稳定,适合带思远,如果思远愿意去,他会把思远送去的。他这样绝不是为难林叶,是为了孩子的成长考虑。程威保证自己一定能带好思远,请林叶放心。

最后律师把意见反馈给了林叶,林叶同意放弃思远的抚养权。

当时,为了思远,程威就没有把这件事情告诉思远。

程威没有正面回答思远,他问思远:"思远,难道你不愿意跟着爸爸过吗？你和爸爸过得很痛苦吗？如果我们当时告诉你,你会选择谁？"

思远鼻子哼了一声:"你们都不是负责任的父母。我谁都不跟。"

思远说完转身就走……

程威一听思远这话,真是酱油瓶里倒醋,心里不知道是啥滋味了,他觉得自己快冤枉死了,他跟在思远的屁股后边嚷嚷:"思远,你怎么长了一个剪刀嘴,张嘴就咬。"

思远也不吭声,一个人走到书房里就开始翻箱倒柜噼里啪啦地折腾,程威问他找什么他也不吭声。

思远在找妈妈的电话本。

他决定找到妈妈的那些朋友,也许那些人有知道妈妈消息的。

好久以来失去妈妈的那种伤痛又回到了思远的身上。

林叶走的时候,思远就想给妈妈的那些朋友挨个挂电话,但程威不让,程威说他会和他们分别联系的,他不让思远随便打电话,现在这件事情思远想起来也觉得可疑,他为什么不让我打电话,为什么怕那些人？是不是那些人都了解这些事情,唯独我不知道？不行,我得和他们联系。我要了解真相。

有天早上,思远早早就起床了,他找了一件运动服穿上,就跑出了家门,程威正在厨房做早餐,听见思远开门声就走出来,只看见思远的身影在门口一闪就没有了,程威一边擦手一边跑到阳台上向下看,看见思远走出了单元门口,程威站在楼上喊:"思远,你干什么去?"

思远没有吭声。思远跑出小区,向南一折就进入了东三环路段,然后他在辅路的人行道上跑起来。

程威早就唠叨着让思远早晨起来和他一起锻炼了,但思远就是不起床,看思远穿运动服的样子好像就是出去锻炼,不会出现什么其他的事情,程威又去厨房煎鸡蛋。他每天早晨起来都是先去运动场锻炼,然后顺便在外边买上早餐,但程威昨天没睡好,今天就起晚了,所以没去锻炼。

程威煎完了蛋,又开始煮粥,他站在操作台边盯着煤气灶上的火苗,越想越不放心。思远昨天和自己闹情绪,今天还说不定要出什么夭蛾子,自己还是看看去好。

程威关掉煤气,走出厨房,穿好衣服,坐电梯下了楼,然后开车向着思远跑去的方向追去。

程威沿着三环附路一直追了近千米才追到思远,程威在后边喊他,他喘着粗气停下来双手拄在膝盖上,两条腿分开,低头弯腰做了个九十度的对折,从两腿之间向后看程威。

程威追上来,跳下车子,对着思远喊:"第一次跑步就跑这么远,你自虐呀?"

思远忽然一屁股坐在了地上,又顺势一仰四仰八叉地躺在了地上,程威吓了一跳,真以为思远跑坏了,扔下车子就去抱思远,旁边的一些人也开始围观过来。

"思远,思远,你怎么了!"

程威大喊。

思远在程威的怀抱里睁开眼,看看程威:"我想躺一会儿,舒服一会儿,怎么啦,怎么也不怎么。"

程威说:"你傻呀,这是马路!"

思远说:"怎么啦,马路就不让人躺呀。"

程威想把思远拉起来,思远一甩胳膊不让程威碰。然后一骨碌就坐起来,对着那些围观的人喊:"看什么看,想看就买张票,100块一张。"

围观的人马上又开始散去,有人骂:"真他妈的神经!"

程威说:"思远,快起来,回家,你这样多不好。"

思远一脸的无赖像:"给您丢脸了是吗?您呐,甭急,您已成功地气走我妈了,我也快了啊,您再忍忍,眼见着我就不用烦着您了,也不会害您老人家生气丢脸喽!"

思远说着自己挣扎着爬了起来,踉跄着往家的方向走去。

那天早上以后,思远每天都起来去锻炼,而且他不让程威跟着,他说:"你锻炼你的,我锻炼我的,咱谁也别影响谁。"

一开始的几天程威真是很担心,但一个星期过去了,并没有出现什么事情,程威就放了心,于是又恢复了上社区活动场跑步。程威想让思远也去那里跑,但思远拒绝去运动场,说那里一股子人肉味,但他也不让程威跟他去三环跑。他让程威保持自己的运动方式。

这样也好,至少程威每天都能和陈子盈见上一面。现在他们已经不跳舞了,而改成了两个人一起沿着跑道跑步。

有一天程威正和陈子盈一起在运动场肩并肩嘻嘻哈哈地跑,忽然他看见思远站在跑道外正盯着他,程威一下子傻了,站住愣在了那里。陈子盈不知道怎么回事,她回头沿着程威的方向向外看,看见有一个男孩子正盯着她看。

思远的表情告诉陈子盈这个男孩就是思远。

陈子盈对程威说:"我想跟他说话。"

程威清醒过来,他生硬地说:"不行。"然后就甩开陈子盈向思远走去,但思远这时候却向陈子盈的方向走来。

思远远远地冲着陈子盈笑,笑得很别扭也很奇怪,把程威和陈子盈都笑慌了,但陈子盈毕竟是个高级知识分子,惊讶中也换上了一幅笑脸迎着思远。

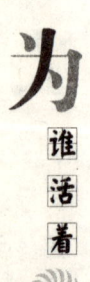

思远走近了冲陈子盈笑着问:"你就是那个给我爸发短信的人?"

陈子盈笑笑说:"哦,是的,我给你爸爸发过短信。"

思远说:"你们是什么关系?"

陈子盈说:"我们两个是朋友关系。"

程威插话:"陈子盈,这是我儿子思远。"

程威又把脸转向思远:"思远,这就是陈阿姨。"

思远彬彬有礼地跟程威说:"爸爸,我想跟阿姨单独谈谈好吗?"

程威担心地看看陈子盈,思远说:"你放心,我不会说别的。"

程威讪讪地离开了他们两个,到跑道的一边上坐着了。思远和陈子盈一起在跑道上跑起来。

不一会儿,陈子盈就离开思远走出了跑道,陈子盈是从另一个出口走的,她没有看程威,程威看陈子盈走了,着急地跑到思远身边问:"思远,你跟阿姨说了什么?"

思远瞥了程威一眼说:"你放心,我没说别的,你自己问她吧。"

程威上班以后给陈子盈打电话,陈子盈关机。

程威着急得不停地打,中午打,下午也打,转换着各种号码打,陈子盈也没接。

程威有点着急,下午请了假直接驱车到了陈子盈家,其实这些日子他一直在考虑自己和陈子盈的关系是否应该继续,一个有了孩子牵挂的男人不可能全心全意地再去爱另外一个女人。这在以前程威是没有体验的,有了陈子盈之后,陈子盈和思远的表现告诉了程威这一点,一方面是所爱的人,一方面是自己的骨肉,他觉得哪一方面对他都很重要,失去谁都让他心痛,但一想起陈子盈的那些怨言和眼泪程威的心里就觉得有愧。作为一个男人他已经伤害了林叶,他不想再去伤害无辜的陈子盈,让他放弃照顾思远去成全自己和陈子盈那是不可能的,他考虑了再三想让陈子盈放弃和自己结婚的想法,让这种友谊永远地定格在这样的情人关系上,这样,自己既不失去陈子盈也不会出现陈子盈走入家庭后和思远难以相处的尴尬。这样也省去了双方要承担的那份责任,如果陈子盈将来能遇上更好的男人,或者是再等七年八年的思远成了人,找了对象,程威的这颗心也就放下了,到那时候再言婚姻也不晚。

但程威一直没有跟陈子盈谈,他害怕伤害陈子盈,陈子盈虽然在生活上很现代派,吃的、用的、玩的都很小资,但婚姻观却很保守,和程威这样年龄的人很接近,她曾经说过,她的爱情是和婚姻联系在一起的。

但程威没想到思远会来这一手,这让程威很生气,他中午给思远打电话

追问思远跟陈子盈说了什么,思远跟他甩了一句:"你怎么这么紧张,我跟她说了什么呀?"

程威说:"思远,我可以容忍你的偏激和傲慢,但绝不容忍你的无赖和没有礼貌,你到底跟她说了什么?"

思远说:"对不起,无可奉告。"

思远甩下了电话,程威气得不行,他真想对着话筒喊,爸爸有权谈恋爱,我又没有伤害到你的利益,但他又控制住了,没有喊。

程威一边开车一边往陈子盈家打电话,这回是陈子盈接的,程威说:"你怎么啦?连电话也不接。"

陈子盈不吭声。

程威说:"你到楼下,我要见你。"

陈子盈放下了电话。

不一会儿,程威就在陈子盈家的楼下把她揽在了怀里,陈子盈像小鸟一样倚在程威的怀里抽泣。

程威抚着她的头发说:"别跟一个小孩子生气,他只是一个十几岁的孩子,如果你跟他一般见识说明你也是个不成熟的孩子,你这样经不起风雨,让我怎么放心,将来说不定因为谁的一句话你就跟人家跑了,把我抛弃了。"

陈子盈在程威的怀里扭捏着笑了。

回家的时候,程威下了决心就是不结婚,也要让陈子盈进入那个家庭和思远接触,说不定接触几次思远就会产生感情了,现在思远对陈子盈还不熟悉,等熟悉以后可能就不会排斥她了。

可还没等程威实施他的计划,思远的麻烦就真的来了。

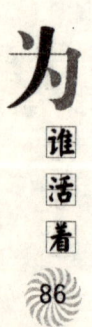

残酷的要挟

看自己在陈子盈身上也打不了主意,思远就开始了更进一步的紧逼计划。

有几天程威忙得焦头烂额,因为一笔重要业务谈判正在关键时刻,程威是这个项目的主谈,赵思开嘱咐程威一定要把这个项目拿下来。全国不下二十多家研究所正在虎视眈眈地盯着,稍一疏忽就会被其他研究所抢去这块肥肉。谈判反反复复,异常艰难。你进我退,我进你退,在每一点利益上双方都不轻易退让。程威每天晚上都要陪着他们在外边吃饭,半点都不能松懈,害怕别的研究所钻了空子。

可就在这个时候,思远却频频给他打电话,让他回家,程威耐心解释他也不听,就是不相信他在谈判,程威说,那你说我在干什么?思远没好气地说,干什么只有你自己才知道,北京这么大我又找不到你,你们大人糊弄我们小孩子还不是小菜一碟!

这边的谈判正在进行,程威说等回家我再详细跟你说,现在爸爸正忙。

程威说着就把电话挂断了。可刚与谈判方说了几句话,家里的电话号又怪叫着冲了进来,程威只好不接。但不接,那怪叫声就一直那么响着,搞得谈判的双方都奇怪地看着他,程威只好尴尬地笑笑说:"是我的儿子,真麻烦。"

为了证明真是自己的儿子,程威又接了电话,他对着话筒生气地说:"思远,你搞什么乱,爸爸正在忙!"

思远说自己病了,要他回家,说自己在发烧,让程威送他到医院。

程威知道思远在闹,就对他说:"我给林子打电话,让他送你去。"

思远断然拒绝。

程威生气地放下电话,继续自己的谈判,并且关了自己的手机。

下午,林子从医院打来了电话,说思远真病了,发高烧,昏迷不醒。程威

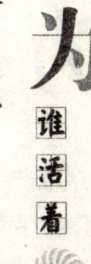

大吃一惊，扔下正谈判的对方，匆匆地开车赶到医院，跑进病房。程威看见思远躺在病床上正在打点滴，丈母娘拉着思远的手，眼睛哭得像桃子一样。思远在沉睡。

丈母娘见到程威就开始埋怨："孩子躺在家里的地板上发烧你怎么不管，你工作忙到这程度吗？你不管思远就说一声，我来管！"

丈母娘说着眼圈又红了，泪水模糊了她的金丝边眼镜。

这是丈母娘第一次跟程威发脾气。

原来，程威关了手机之后思远气不过，给林子打电话想告爸爸一状。但林子那时候正在单位里忙，手机响了没听见。思远扔下电话就自己用热水洗了头发，然后打开冰箱冷冻室的门把自己的头扎了进去，直到自己的头发都变成了冰棍，脸上结了白霜才"扑通"一声栽到地板上。

林子看见电话号码后，把电话打了过来，但电话铃声响了半天无人接，邻居可丽此时正好想到程威家来借一本资料性的书籍。程威是研究所的副所长，家里的藏书很多，这可大大地方便了可丽和她的儿子立明，缺什么书就来程威家借，每次都没失望过。

可丽见程威家的门虚掩着，但敲门却没有人吭声，这时候屋里的电话铃又爆响，可丽好奇地一推门，一眼就看见了躺在大厅地上的思远，她惊诧地冲进屋，先抓起电话说："请你等一下。"然后放下听筒去抱思远，并且大喊："思远，你怎么啦？你怎么啦？"

林子在那头一听，怎么是一个陌生的女人在喊，知道大事不好，立刻飞车赶到了程威的家，和可丽一起把思远送进了医院。

程威听林子一说，看见思远惨白的小脸，眼泪再也控制不住了，一个大男人的眼泪顺势凶猛地流了下来，为了不让老丈母娘看见，他走到走廊里擦了半天脸。

程威没有再回去谈判，而是留在了医院里。

很显然，这次的谈判因为思远的兴风作浪而前功尽弃。等思远出了医院，程威一大早就赶到了办公室，没想到赵思开比他来得还早，而且脸色很不好看，因为这个项目被他们的一个对手给拿走了，他的心里当然就不是滋味。

赵思开没有责怪程威，因为他知道程威不是那种不负责任的人，但他对程威说："程威呀，家庭问题要处理好呀，处理不好会影响工作的。"

程威一怔，担心赵思开已经知道他离婚了。程威的离婚属于协议离婚，他没跟单位里的任何人告诉，程威是个好面子的人，他不愿意让别人知道他的个人隐私。

当然也有不少人道听途说了一些不完整的消息碎片，但没人敢来问过程威，具体的情况谁都不知道。

为了弥补自己在工作上给单位造成的损失，程威更加努力的工作，这样他的心里才好受一些。

思远出院后，丈母娘把程威叫到家里跟程威进行了一次很严肃的谈话，大意是想自己来带思远。她的理由很充分，说程威工作忙，没有时间带孩子，她也理解，但思远现在正处在人生成长的一个很关键的时期，心理和身体都处于成型期，所以细心的关爱和照顾很重要，而做为一个男人独自抚养一个孩子很不容易，也不是很方便的。她说自己今年还不满七十岁，身体状态还很好，趁着她现在身体好，她想帮助程威带一下孩子，让思远回姥姥家住。丈母娘还特别强调说，林子的媳妇是一个很贤良的女性，林子更别说，他疼思远比自己的孩子还上心，所以思远跟着他只能比跟着你好，不会比跟着你差，而且他会在密云找一所最好的学校。

关于思远的学习，丈母娘也做了保证，自己当了一辈子的教师，肯定能做好思远的辅导老师。她说即使是自己知识面狭窄，不是身边还有林子这个博士吗，林子肯定是思远最好的辅导教师。

程威抬头看林子，林子立刻把头转向了别处，眼睛躲躲闪闪的，还借口出去买东西闪了出去。

程威想，也许他们早就计划好了，只是利用思远发高烧进了医院这件事情借机说了出来。虽然老太太和小舅子是好心，但程威听了这些话还是不太舒服。

老太太见程威不吭声，又说："林叶现在也走了，你工作又忙，身体又不好，需要一个女人来照顾你，有合适的也该考虑着结婚了。现在这年月，没有一个女人愿意当后妈的，所以，思远要是跟了我，对你对思远都是一件好的事情。"

程威想，也许最后这几句才是老太太最想表达的意思，最想说的话。虽然老太太说这话时又温和又平静，表现出来的完全是那种知识女性的大度

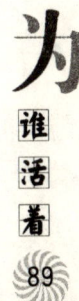

和修养,但程威能感觉出来,老太太平静而有涵养的语言完全是习惯使然,这些善良的语言掩着一颗复杂而伤感的心。女儿出走的痛还没平复,现在女婿又有了其他的女人,而且外孙在失去妈妈的同时也将要失去爸爸,这对老人来说,不能不说是一种打击、一种失落。

但程威是不可能放弃儿子的,尽管他知道丈母娘和林子都会善待思远的,他也相信思远跟了他们一定不会比跟他程威差,但自己生命中两个重要的人走了一个,他不愿意再失去一个,无论如何他要亲手把思远抚养成人。更何况,抚养孩子是一个男人的责任,他怎么会把自己应该承担的这个责任推到一个迟暮老人的身上,仅仅为了个人的幸福,即便是自己抛弃了思远得到了幸福,那这种幸福真的能让他快乐吗?

"妈妈,谢谢,您老能这么的体谅我,我真的很感激,但让思远跟着您生活我是不会同意的。您含辛茹苦地把林叶带大,没得济,反倒让您操了许多的心,想起来我的心里就有愧,我怎么能让您老了老了再接着去抚养我们的下一代?现在您好好地保养自己的身体,就是我们做儿女的福分了,孩子的事情您就别操心了,我会带好他的。"

为了不伤害老人的感情,程威说的时候搜索枯肠,尽量找些老人爱听的言辞来表达自己的拒绝。

老太太听了程威的话没表示什么。

程威又接着说:"关于我个人的婚姻,我认为,接受不了我孩子的女人就不配做我程威的妻子,那样的女人我也不娶。"

程威把话说到了这个份上,老太太也就不好再往深了说什么,大家都是知识分子,话点到了就可以了,再纠缠下去也没有意义。

但老太太还是事无巨细地嘱咐了程威一顿,告诫程威应该怎样去照顾一个处于青春期和发育期的孩子,她说这个时期孩子都很不好带,尤其是思远这样一个没有妈妈的孩子,这样,做爸爸的就要格外的体谅。

程威从老太太家出来,已经是华灯初照的晚上,京承高速公路的车流量这时候很大,各种车辆像虫子一样在路上飞着。程威的车开得很快,连续超过了好几辆车,闹得后边的司机都非常的反感,有个司机把头伸出窗外骂:"你他妈的忙什么呀?想快着点去赶死呀!"

程威没搭理他,照样加大了油门开车,他忙呀,思远还在家里等着他做晚饭。

程威飞车回家,到了楼下又从快餐店买了点水饺,才大步流星地赶回来,开门一进屋,发现家里黑洞洞的,心里一惊,怎么没人,难道思远出去了?

程威打开灯,发现思远正躺在沙发上,他不看电视,也不开灯,就那样可怜巴巴地在沙发上蜷着。茶几上放着一张白纸和一支笔。

程威走到沙发前,坐在思远的身边,抚摩着他的头发说:"思远,怎么不看电视?快起来,吃饭。"

思远抬抬下巴,示意程威看茶几上的纸,他说想和爸爸做一个游戏,程威说可以呀!什么游戏呀?

思远坐起来,简单地介绍了一下游戏的玩法。

房间里静静的,一张白纸摆在了程威的面前,这是思远给程威准备的,上边写着几个字:"程威的五样。"

这五样分别是:事业、儿子、爱人、健康、朋友。

思远对程威说:这五样你将最先舍弃什么?

程威略一思考就在朋友这两个字的上边打了一个记号。

朋友很重要,一个成功的人生不可能没有朋友,但对一个中年男人来说,经过了岁月的风风雨雨,撕打和磨砺最后能剩在身边的朋友也确实不是太多的,那种在心灵上彼此相通的朋友就更是微乎其微。但即使如此,如果和亲情比起来,程威还是会毫不犹豫地选择舍弃的。

第二个要舍弃的是自己的健康,为了亲人和自己爱好的事业,程威愿意牺牲自己的一切,这不是程威想做什么姿态给别人看,是他真实的想法。肉体的存在不可能长久,而精神却可以长久,对于他来说,如果没有了事业和亲人,那他的肉体即使是存在也可能是痛苦的。

接下来程威就举着笔不知道怎么往下落了!他的眼光一遍遍地在"事业、孩子、爱人。"这六个字上扫着,不知道如何下笔。

思远站在旁边用犀利的目光看着父亲,当他意识到父亲在自己的面前无法下笔的时候,转身离开了,他进了自己的房间。

看见思远进了房间,程威的笔尖迅速地在爱人那两个字上落了下来。

程威笔尖落下来的时候,心中阵阵地撕痛。林叶已经走了,他的情感寄托和生命支撑完全就剩下了儿子,他不能舍弃儿子,只能舍弃林叶,即便是

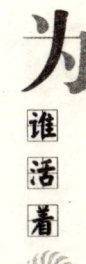

将来陈子盈进入这个家,对他来说最重要的还是事业和儿子。

第四个要舍弃的当然就是事业了,虽然他把事业看得比生命还重要,但如果让他选择他还是会毫不犹豫地选择儿子的。

不知道什么时候思远又站在了程威的面前,一脸泪水的愤怒地看着程威:"我知道第三个你舍弃的肯定是妈妈,你从来就没有重视过她!难道事业在你的心里真的那么重要吗?"

程威愣在了那里,不知道该说什么才好。

是的,事业对一个男人来说真是太重要了,要不怎么历史上会出现那么多顶天立地的男子汉,怎么会有大禹治水三次路过家门而不进的传说,怎么会有诸葛亮为了辅助天子完成统一大业七下南蛮之地数年不归的壮举,怎么会有孔子半生周游列国讲书布道不畏艰辛的故事……

一个男人可以没有女人,但不能没有事业,所以因为这些为国抛家的男人,中国自古以来的闺怨类的诗就很多。但尽管有春闺幽怨的诗章,古代的女人大部分还是甘心情愿地在家里忍受着寂寞的,因为她们从小就接受了男主外女主内的教育,不像现代的女性那样,对男人要求的太多,既要丈夫有成功的事业,又要丈夫是合格的家庭劳动力和浪漫的情人,需要男人身兼多职。尤其是新中国成立以后,女性就更了不得了。

程威虽然不想千古留名,但他对工作的责任心使他从参加工作的那一天就把单位的事情一直当做自己最重要的大事,在需要取舍的时候他总是牺牲自己和家庭而顾全单位的利益,这不是一种故意要做的姿态,而是从骨子里生发出来的。

程威知道,思远之所以这样,并不是指责在游戏中他选择第三个放弃了爱人,而是拿这个来撒气,他真正对父亲来气的还是父亲和陈子盈的事情,只不过他不明着说,而是处处找茬而已。

其实,为了照顾思远的情绪,最近一个时期,他和陈子盈的关系已经完全转入到地下,见面的次数减少到一个月就两次,大部分的时间只是打电话联系。

程威觉得,自己和陈子盈已经做了很大的牺牲和克制了,思远如果再不满意,那结局只有一个,就是和陈子盈分手,但程威真是舍不得。

凄凉的寻觅

思远从医院出来后,还加紧了寻找林叶的步伐。在他的不停努力下,林叶那本黑色的电话薄终于被他找到了。

思远翻开电话薄才发现,这个本本里记的电话还真是不少呢。一页一页的工整的写着人名和电话,有的还记录了地址。

思远先找到林叶经常提到的几个人名,拨通了一个。

"喂,你好?"那边传来了一个细细的女声。

思远很紧张,握着电话筒不知道说什么好。

"喂?你哪位?"那边听不到声音就又问道。

"我,我,我是林叶的儿子!"思远憋了半天冒出这么一句。

"哦,是小思远吧!"

思远听见这个人知道自己,便不再那么紧张:"阿姨,你最近见到我妈妈了吗?你要是知道她在哪里请你告诉我好不好?"

思远一口气说了一大堆。

那人显然并不太明白是怎么回事,很疑惑地问思远:"你妈妈不见了吗?我不知道啊,我们有一段时间没联系了。"

"阿姨,您要是知道我妈妈在哪里就告诉我,我特想我妈妈。"

"思远,你妈妈真的出走了吗?怎么会这样啊?"那个阿姨似乎第一次知道这个消息,很有兴趣地反问起思远来。

"我也不知道,我估计她是被我爸气走的。"

不谙世事的思远不知轻重地说着。

那边的女人一个劲地追问,口气中掩饰不住的好奇,好像发现了新大陆一样兴奋。

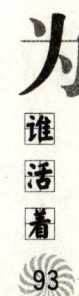

给这个女人打完了电话,思远又连续地打了很多个。

一段时间以后,程威终于知道了思远的"秘密调查"。

那天,有一个他不认识的电话打到他手机上,他接起来礼貌地问是谁,那人确认他是程威以后口气马上变得非常强硬。

"你是怎么想的,把林叶那么好的老婆气走了?你知道不知道思远现在有多想他妈妈!你怎么是这么不负责任的人,以前真是没看出来!"

程威只觉得莫名其妙,他甚至都不知道打电话的是谁。他没法说话。

"你是不是根本没打算找林叶回来呀?要不怎么没见你有什么动静,总是你儿子到处打电话找他妈啊?我看是你不想找林叶了。"

程威听了这话一下子懵了,他看看旁边的思远说:"对不起,我现在没有时间,以后我会给你打电话解释这件事情的。"

诸如此类的电话不断地打到了程威的手机上,都是思远给他们打过电话以后来问程威的。有的人是不相信孩子的话来向程威确认,有的人是安慰程威说要帮忙找林叶的,而很多则像刚才那个人一样开口就把程威损一顿。

当然也有的说林叶怎么搞的,嫁了这么好的老公,有这么好的家庭还不知足,好端端地怎么扔下家不管了。

也有的说不是跟人跑了吧?你得调查调查她有没有情人。

还有的猜测:是不是被人害了?你得赶紧报警。

程威被这些电话搞得很心烦。这些人的出现又在一定程度上给他增加了压力。他们都是林叶的朋友,有很多是以前和程威林叶一起见证他们婚姻生活的老朋友,现在他们有的指责自己,有的指责林叶,让程威觉得很沉重。林叶结婚以后并不跟这些人有什么来往,也不见得他们的关系像电话中所说的那么近,但这些人竟被思远鼓捣得一下子成了林叶最亲近的人,好像个个都比程威还要关心林叶,这让程威哭笑不得。

"思远,以后别把家里的事情和外人说。"

程威对思远说。

思远冲程威翻翻白眼:"你为什么这么不相信人,他们都是妈妈的朋友。"

不是程威不相信这些人,不把自己的事情告诉他们,而是走过这么长的人生,人间的冷暖程威早已经悟透。在你出事的时候你周围的同事、朋友有多少人是真心的在关心你呢?就是给你几句安慰,那安慰的话语又能对你起到什么作用呢?即便是你的亲戚,也每个人都有每个人的生活,别人的事情只能是茶余饭后的谈资,而你自己却正在做垂死的煎熬。

更何况,每个人都有每个人具体的情况,表面相同的事情,本质上也不会相同,所以谁又能有权利给别人的生活下一个判断。

"你和他们说这些,没有任何用处。他们不会帮助你找回妈妈的。"程威平淡地说。

程威决定找个时间和思远好好谈谈妈妈的事情。

可还没等他谈,思远又开始以另外的一种方式寻找妈妈了。

有一天,思远又突发奇想到火车站去转圈,他期望着在某个日子里能看到妈妈从某一节车厢里冲着自己笑眯眯地走过来。而且这种想法每天控制着他,使他一放学就自觉不自觉地向车站走去。

秋天很快就要过去了,从初秋到深秋,火车从远方一辆辆地开来,又一辆辆地开向远方,那些来来往往的顾客没有一张面孔是思远熟悉的,即使是熟悉的,也没有在见到他时绽开像妈妈那样的笑脸。

思远看着一辆辆开来的火车流泪,也看着一辆辆开走的火车流泪。

难道妈妈真的扔下他再也不回来了吗?

火车是绿色的,绿色中掺杂着黑色。火车走近的时候,绿色就明显和明亮,当火车在秋风中渐渐地走远,越变越小时,火车就通通变成了黑色。绿色给思远希望,黑色让思远失望,让他的心里充满了黑色的疑惑和阴暗。

好长一段时间,思远都很晚很晚地坐在车站出站口的台阶上漫无边际地等,忘记了回家,忘记了吃饭。程威找不到他的时候自然就会去车站找他。

有一天思远心血来潮,放学以后自己打车就去了飞机场,飞机场离市区很远,在市区的东北郊,即便是打车也要走一个多小时。

从飞跑的出租车里下来,思远就远远地看见了飞机场的跑道。

阳光洒在机场周围的跑道上。

一架客机刚从跑道上起飞，银灰色的机身斜斜地刺入兰色的天空，飞过通向机场的笔直的迎宾大道。

思远走进了喧哗的候机大厅里，越过来往顾客的头顶，思远看见挂在墙上的黑色电子告示牌上的红色文字不停地变换着。

那些"315航班飞往伦敦开始登机"等等的字条一遍遍不停地显示着，弄得思远茫然四顾，不知所措。

"刷刷刷"人们排着队伍拿着那些从自动售卡机中吐出来的机场建设费的磁卡。

思远不知道自己应该是在检查口等妈妈还是在出站口等妈妈，反正他一个人都不想放过的在人群里搜索着，搜索着，一直到很晚很晚。

程威晚上回家找不到思远，去火车站也没找到，就到处打电话，最后才从思远的同学处知道思远去了飞机场。

等程威飞车赶到飞机场的时候，看见思远正在出站口的台阶上坐着。

程威走上台阶将被秋风吹得瑟瑟发抖的思远拉起来。思远不起来，说自己不想回家，就想在这呆着，说喜欢这，喜欢看这郊区秋天的风景。

程威抬头看看远处荒败的田野和飞在左右村庄上空的那些咕咕鸣叫的野鸟和那些即将落光叶子的枯树，叹了一口气说："这有什么好看的，好吧，爸爸陪你在左右散散步。"

程威开车带着思远到荒郊外，在思远指定的一个地方下了车。

正是深秋的季节，田里的庄稼就剩下倒在地上的秸秆了，长在山坡上的蒿草也都败坏和枯黄地倒伏在地上，那些长在地里还有些绿色的秋季蔬菜，也挂满了白霜；天空发灰发暗，云彩也没有颜色和形状。

程威和思远漫步在一个小树林里，树林里到处是落叶，那些还没有掉下来的叶子还在掉，纷纷扬扬的。

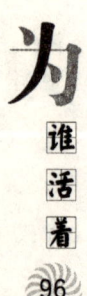

落叶飘落在程威的头上脸上，就更加剧了这位中年男人的凄凉心境，他想起古人一首形容秋天的诗：

　　落霞孤鹜长空坠，

依稀暗淡野云飞。

玄鸟去,宾鸿至,

嘹嘹呖呖声宵碎。

……

落叶飘落在思远的头上、脸上。思远就扬起头来瞅着这叶子忧郁地笑,他忽然像个哲学家一样自言自语地说:"以前的记忆会像这些叶子一样从妈妈的记忆中落掉吗?"

然后就是泪雨纷飞!

一阵无边的辛酸向程威袭来,使他躲也无处躲,避也无处避,思远这落寞惆怅的影子,那忧伤的眼光,那像梦一样凄婉迷茫的眼睛,那默默彳亍着的冷漠、凄清的背影,这一切让程威心痛。

思远小时候不是这样的,他从来就不知道忧郁这两个词的意思。

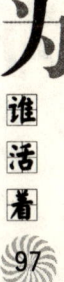

绝情儿子

思远迷上了网吧！

程威在以前根本就没有把网吧那种地方跟自己的儿子联系在一起，程威自觉思远虽然不是一个听话的好孩子，但还不至于达到天天上网吧混日子的地步。自己是个高级知识分子，思远在这样有教养的家庭里怎么也不至于堕落到和网吧那些孩子为伍的程度。在程威的心里，那些网吧里的孩子都是一些无人管教的孩子。

程威真是太大意了。

思远第一次上网吧就是在程威和陈子盈拍拖、感情最浓的那些日子里，那些日子程威的心思重心都放在了陈子盈的身上。思远每天晚上回到家里除了流眼泪想念妈妈，几乎没有心情做任何事情。他浑浑噩噩的，功课做得潦潦草草，寂寞无聊的时候就到网上闲逛，甚至上声讯网站和一帮陌生的人彼此拍砖，还迷上了网上的最新游戏，很快学会了各种招法。

百无聊赖的时候他也去聊天室瞎逛荡着，但在瞎逛的时候他忽然有了一个灵感，他给自己所有的网友发了妈妈的照片，希望他们能够帮助他找到自己的妈妈，而且他还把妈妈在家里用过的QQ号码告诉了他的网友们，他说如果今后哪一天有叫这个名字的人聊天请一定告诉他。

他还登陆"四十想什么"的聊天室，看一帮老家伙们用各种脏话互相调情和谩骂：

"网上自古无娇娘，残花败柳一行行，偶有几对鸳鸯鸟，也是野鸡配色狼……"

"怎么你们家三亩地就长你这么根葱——你装的哪门子洋蒜啊！看你就知道你是驴和马的爱情结晶，要不你长得驴不驴、马不马的，让人一看，就知道你是头骡子，哈哈……"

思远之所以进这里,是因为想在这里看看有没有妈妈,过去妈妈在家里也上网,还做了一个博客。在那些个爸爸不在家、百无聊赖的夜晚,妈妈就是靠着和博友们交流思想来打发日子的。妈妈的QQ号码还是思远给她申请的,但妈妈很少聊天。

思远几乎每天来网吧都把自己的QQ挂上去,而且他始终没有修改自己的网名,他希望有一天妈妈如果上网能看见自己的QQ,可是妈妈的QQ头像始终暗淡着,没有任何颜色。

思远频频光顾网吧,几乎是一放学就一头扎进去直到不得不回去才依依不舍地离开。对QQ的兴趣降低了以后,他又学会了玩电脑游戏:仙剑奇侠传、暗黑破坏神、抢滩、炮弹飞车……那么多的游戏让他应接不暇,又百玩不厌。

而且网吧里总是有一大堆游戏高手教他如何闯关,交流起来让他觉得无比兴奋。总之,他发现这个地方越来越让他着迷,让他难以自拔,每天不进去他都浑身不舒服。

他觉得这样很好,也没什么好担心的。反正也没人管他了,也没人在乎他的成绩了,爸爸的心思都在那女人身上,对他的学习也彻底失望了,不再给他找家教,也不再让他去什么补习班。他觉得很自由,可以想做什么就做什么。

程威渐渐地发现了问题,以前每天回到家思远的屋里总是亮着灯,可是现在他回到家的时候家里总是没有人,思远经常九十点钟才回来,回到家里倒头就睡。一开始思远还和他解释说是在同学家里学习了,或是去图书馆看书了,可是后来程威再追问时他就不解释了,再后来他根本就不怎么搭理程威,每天吃完饭就出去上学,晚上直到十点才进家,进了家就冲回自己的屋里把门锁上,任程威怎么敲他都不开门。

程威最担心的事还是发生了。这天他刚进办公室就接到了思远的班主任王老师的电话,叫他马上来学校一趟。他不知道思远出了什么事,很着急的把工作布置好就匆匆忙忙地赶到学校。

一进教师办公室,程威就看到王老师的脸阴得很厉害,他的心也一下子沉下去。

王老师告诉程威,最近思远在课堂上总是睡觉,要不就没精打采的,问

他他还顶嘴！这几天更过分了，居然都不来上课了！今天就没来！"

程威的脑袋"轰"一下子大了，嗡嗡地响。他感觉胸口上好像压了一大块石头一样让他喘不过气来。

从学校出来，程威疯了一样开着车在大街小巷穿梭着寻找思远，他只想马上找到思远。他把他认为思远有可能会去的地方一个一个地挨个找，心里急得像有蚂蚁在爬。他的心脏一直跳得非常厉害，催促着他赶快再赶快。他也知道自己不找思远可能也不会丢不会出什么事，可他就是非常地担心，想马上就见到思远。可是找了一整天，他也没找到思远。

夜已经很深了，程威拖着疲惫的身体回到了家里。

程威瘫坐在沙发上，他已经没有力气再做任何事情了，他就那样横在沙发上眼睛盯着门口，期盼着屋门能够瞬间打开，思远能走进来。

整十点的时候，他听到了门外有钥匙开门的声音。他一个箭步冲过去把门拽开，门外的思远很惊讶地看着满面激动的爸爸。

思远被程威的表情吓了一跳，进了屋没有像以前一样马上回自己的屋里，而是在客厅里坐下了。一脸的安然。

程威把门关上，见思远坐在了沙发上，自己也坐了过去。

"你今天去哪里了？"程威问。

思远："上学呗，还能上哪？"

"我今天去你们学校了。你们老师说你没上学，你到底上哪里了？"

思远愣了一下，只一会儿，脸上就露出释然的表情。"哼，你调查我！好啊，去调查吧。"思远说完，砸上门就进了自己的屋。

程威跟过去在门口喊："都什么时候了，你还不好好学习，我花了钱给你转了学送进重点学校，你是不是还想让我掏钱帮你选高中呀？"

思远在里边喊："为我花点钱你心疼了？那好，我不念书了行不行？别以为我愿意上学似的。"

程威喊："我啥时候心疼了？你要是好好念我花多少都行，可你像个念书的样子吗？"

思远喊："我就这个念法！"

程威说："不许你再上网吧！"

思远的屋子里传出了躁动的韩国音乐声，淹没了程威的喊叫声。

程威气得倒在沙发上。

对思远上网,程威真是苦口婆心,极尽耐力地劝说,可以说到了死缠滥打的地步。为了防止上网后遗症的严重性,程威真是使出了各种手段,做出了各种痛心疾首的表情,绷着脸生气,冷着脸说理,辅之以强制性的政策,拆了家里的宽带,锁了屋门,不让思远出去跟任何一个网友见面……真可谓是把对付阶级敌人的那一套都用上了。

但不管他对思远怎么失望,想起他来怎么心痛,程威在心里还是担心儿子,不愿意他再去上什么网。程威想,思远和林叶一样,非常迷恋明静,听明静的话,于是程威给明静打电话,希望明静能出来跟思远谈谈,也许思远会听妈妈相信的朋友话的。

但明静抓过电话就跟程威来了一大套理论:"……其实很多人认为,孩子一上网就会迷恋进去。我认为,一个心理健康、生活正常的孩子就是玩也不会出现偏差,倒是本来就不正常的孩子容易迷恋上网络。他们需要借助网络逃避他们应付不了的现实,这样的孩子,就是没有网络,不聊天,不玩游戏,他们也会迷恋别的。一部分孩子因为游戏影响了学习,根本原因不在网络本身,而是孩子的现实生活出了问题……"

程威非常生气,他没有耐心再听明静的歪理邪说,很不礼貌地把电话放下了,他觉得明静简直就是有意再跟他闹对立。

明静对程威胆敢放下她的电话很生气,一遍又一遍不停地打过来,程威就是不接,但明静好像是有意折磨程威,不间断地打,程威拿起电话,明静就在那头喊上了:"程威,你神经呀?"

程威也喊:"你不可理喻!"

明静说:"你现在已经偏激了,接受不了正确的意见了,你既然问我,我心里怎么想的就怎么说,怎么了?我说错了吗?"

程威无话!

程威放下电话横在沙发上,脑子里回想着明静的话:"生活正常的孩子就是玩也不会出现偏差,倒是本来就不正常的孩子容易迷恋上网络。他们需要借助网络逃避他们应付不了的现实,这样的孩子,就是没有网络,不聊天,不玩游戏,他们也会迷恋别的。一部分孩子因为游戏影响了学习,根本原因不在网络本身,而是孩子的现实生活出了问题……"

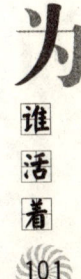

也许明静说的是有道理的,思远需要借助网络来发泄自己内心的东西。

那以后,思远对学习就更不上心了,在学校,王老师的课几乎不听,作业也基本做不对,挨老师的批评次数很多,后来干脆就不做了,偶尔做一下生物、地理,对这两门课他还稍微感点兴趣。

程威急得像热锅上的蚂蚁,但他急他的,思远根本就不着急。

有一天,王老师给程威打了电话他才知道思远又没去上课,他知道思远一定又去网吧了。

王老师说思远即使是在学校,也是身在曹营心在汉,只是趴在桌子上睡觉,脑子里每天不知道在想什么。今年是初三,最关键的一年,王老师希望程威分出一些精力来管一管思远,别让自己的孩子放任自流。

程威冤枉地想,自己管得还少吗?

程威想,思远现在肯定满脑子都是游戏了。一开始思远玩电脑,程威还觉得自己的儿子聪明,还夸他呢,现在想起这些,他痛恨,甚至想把所有网吧里的电脑都砸了。

思远这个时候正在一个叫"刺激"的网吧里起劲地玩着网络游戏。他戴着耳机,耳朵里充斥着劲爆的音乐,他完全沉浸在游戏的厮杀中,全然感觉不到外界的存在。画面的刺激和音乐的渲染让他的精神高度集中,目光紧紧地盯在屏幕上。

"耶!我又过一关!破记录了!"

思远突然兴奋地握起了拳头使劲挥舞着,大声地和旁边的人喊着。他发现旁边人的眼神都不太对,全都盯着他的后边。他一回头,是爸爸。

程威正看着他,满面的痛苦。那是一种怎样的眼神啊!夹杂着伤心、责备和愤怒,也夹杂着不解和凄婉。

旁边的人都转而看着思远,看他如何反应。

思远很生气地质问程威:"你跑这来干什么?在家里烦我烦得不够是不是?我是又逃课了,怎样?你甭这么看着我!"

程威什么也没说,把思远一把拉起来,拽着就往外走。

思远使劲挣脱着,大声喊:"你干吗?你放开我!"

程威没有松一点点,硬扯着把他拖出了网吧,塞到了自己的车上。

程威一路上什么也不说,只是默默地开着车。

程威不吭声,思远也不说话。

到了小区门口,程威下了车,从车上拽下思远,拉着他上楼进了屋。

那一个晚上,程威又和思远谈了许多,但思远始终沉默,不吭声。

第二天早晨,程威说要送思远上学,思远赖在床上不起来,也不吭声。

程威说:"那好,你既然不上学,就在家里呆着吧。"

程威说完就走了出去,把门嘎吱嘎吱地反锁上了。

思远在屋里听见爸爸锁门的声音,愣了一下子,然后疯了一样从床上爬起来,只穿了一件睡衣拼命地砸门:"你把门打开,快打开!你凭什么把我关起来,你有什么权力这么做啊!你虐待我,我告你!"

程威背靠在门上说:"我说不通你,你就不要出来。你要是不想上学,也不能去那个地方。"

程威向楼下走,一任思远疯子一样砸着门。

程威去单位安排一下工作,请了假,然后返转回来。

程威全天候地在家做起了全职爸爸。他同时也给思远请了假,他想,就是宁可功课耽误一点,也不能让思远沉溺在网络里。

程威找出思远的课本,自己晚上啃完,白天就给思远补课,不会不明白的地方他就给王老师打电话求助。王老师也很配合,把几个主科教师的电话都告诉了程威,这样,程威就方便多了,不明白的问题那些老师都很热情地指点。

思远头两天还不适应,还不停地反抗,说程威把自己当成了小狗小猫,实行的是圈养,这完全是对他的摧残。但后来几天,觉得自己这样也蛮舒服的,不用上学,不用看那些老师的脸色,每天还能睡上懒觉,更重要的是,程威留的作业很少,他不用每天都挖空心思地逃避那些作业,还能每天和父亲呆在一起。程威那几天没去找陈子盈,这就让思远很受用。

所以,思远一个星期后就完全接受了这个生活方式。

陈子盈这边不知道程威的情况,她一个星期没有程威的消息,一开始还控制着,后来实在忍不住就往单位打了一个电话,但电话没人接,后来反复地打,还是没有人接。

陈子盈很担心,胡思乱想起来,怕程威开车出了问题,还担心程威的身体出了问题,就给程威打手机。程威正在给思远辅导功课,一听见手机响赶

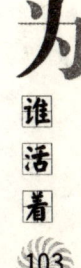

紧看号,见是陈子盈的号,扔下课本站起来,他走出了思远的小屋,躲到厕所里去打电话了。

思远悄悄地跟了过去,站在厕所门口偷听。听着听着脸色就变了,回屋后把课本摔得劈啪乱响,他也不明着说什么,就是来回地挑刺,一会说程威讲的是什么呀,他越听越FT(头大),不会当老师就别当,别癞蛤蟆上高速公路愣充迷彩小吉普!

一会又说哪个傻猫又在窗户下叫春了,真恶心。

程威没想到一个十五岁的孩子还懂什么猫叫春,程威那个气呀:"你跟谁学的这些乱七八糟的话,真不像话,以后不许说。"

思远说:"你怕我学这些乱七八糟的话把我的眼睛遮起来好了。"

程威无话。是呀,现在的世界发展这么快,孩子们可以在不同的渠道知道各种各样的东西,谁能遮挡得住呢,想不让孩子受污染是不可能的。

那天下午,程威还是反锁上门,借着去超市买东西的机会去见了陈子盈。

他和陈子盈已经好长时间没有见面了。

程威在陈子盈那消磨了二个小时,一回到自己家小区的院子他就懵了,他看见思远的窗户外面居然顺出了一条长长的布条子,从自己三楼的家一直到楼底下!他在下面看着这布条子整整愣了两分钟,心里是又气又后怕,这可是三楼啊,万一他爬下来的时候有个不小心摔个三长两短,自己可怎么活啊!

程威从网吧再一次把思远拖出来的时候觉得自己就快崩溃了。他不知道自己还能再说什么再做什么才能让思远回头,思远一副满不在乎甚至有点洋洋得意的表情更是深深地刺痛了他的心。

一回到家,程威立刻把所有的窗户都用小锁头锁死了扣眼,把所有的床单被罩都扯了下来丢了出去,他还把厨房里所有的尖利的器具都锁在了一个柜子里。做这一切的时候,程威感觉自己就像一只失去控制的发狂的狮子,表面上好像做得有条不紊,可他知道自己已经方寸大乱。他知道做这些根本起不了什么本质的作用。思远的问题在心里,不是做了这些就可以挽回可以避免的。可是他不做这些又实在是不知道自己还能做什么。

思远就一直冷冷地看着程威做着这一切,带着不屑甚至是嘲笑的表情。

他的人在这里坐着可脑子里却全都是刚才在网上玩的游戏和朋友聊天的内容。思远现在只是想着两件事情,自己在上网时的兴奋的感觉,还有就是怎么再从家里跑出去上网。

程威很快就发现自己想锁住思远几乎是根本不可能的。这天他买好了很多思远喜欢吃的东西,想在吃饭的时候再想办法和思远好好聊一下,他以为关了思远这么多天,思远怎么着也该想明白一点了吧。他把钥匙放在门里转开了门,可还没等他空出手来把门拉开,就听见门"嘭"的从里面被踹开了。被踹开的门一下子就狠狠地砸到了程威的腿和胳膊上,他一个没站稳,从门口的台阶滚到了下一层。钻心的疼马上侵入他的神经,他忍不住呻吟了起来。这时候他看见思远从门里跑了出来,从程威的身上跨过去就直冲向外面去了,连看都没看程威一眼。

程威身上的伤有多疼也没有思远这一下来得疼,他还在呻吟着,可是却没有抚摸伤口,而是捂住了心窝。他的心在疼啊,疼得他神情恍惚,他死也想不明白,自己的儿子怎么就成了这样了,那网络到底有什么魔力,能让一个孩子迷恋成这样呢?变得这样无情无义。

他在地上坐了好半天才慢慢地爬了起来。挣扎着回到屋里,腿上摔破的地方已经渗出了血,没破的地方也都淤青肿胀着,难受得很。

这一刻,程威几乎有了想放弃的想法。所发生的这一切,似乎他已经没有力量也没有能力再做什么改变了。

有一天,程威给附近的派出所和管理网吧的文化部门打了电话,并亲自带着一帮缉查人员,气势汹汹地把思远经常去的那个网吧里的电脑全部没收拉走,同时宣布网吧被查封。在这之前思远正百无聊赖的在网上的聊天室里瞎逛荡着,还登陆"四十想什么?"他一直默默地看,看着那些老网虫骂社会,也互相对骂,有的也说一些甜得发腻的让他的大腿阵阵发麻的话。他对那里的每一个人说帮助他找找妈妈,但没有一个人搭理他,他只好一个人一个人地亲自问。但很多人看他是个小孩子都不搭理他,还有的说:"去,小孩子,到你该去的地方,别捣乱。"

有一个坏蛋知道他妈妈丢了,开口就骂:"你妈下岗流眼泪,裸体走进夜总会,陪人吃来陪人睡,工资翻了好几倍!去夜总会找妈妈吧。"

还有一个人骂他:"你妈人见人爱!~!车见车载!~!~棺材见到你

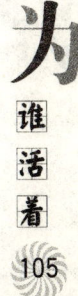

妈都打开盖!"思远来了气,于是破口大骂,用自己所能知道的一切污言秽语逢人就骂:"我是你大叔,站在路当中,谁敢把我碰一下,我炸他老祖宗。"

最后他对所有的人说:"你们这些老得发臭气的老家伙都是混蛋,你们都不是好人,你们都是流氓。"

他这样骂,就是为了发泄自己的情绪,他对这里的每个人都来气,看着那些名字都恶心。

他刚刚这样骂完,爸爸就领着那些人气势汹汹地破门而入,接下来思远就亲眼看见了那个网吧被封的嘈杂混乱的场面,那些人赶走了正在上网的人,然后乒乒乓乓地把电脑抬走,并且粗暴地把网线都从插孔里拔了出来,那些个拔不出来的线就用剪子剪断。

那个网吧老板脸色苍白地站在旁边,他的老婆号啕大哭,一下子晕倒在地。

网吧老板的孩子哭着上前扶妈妈,并且仇恨地盯了思远一眼。思远心如刀绞,他知道,从今天起,他又失去了一个好朋友。

这个网吧老板的孩子和思远关系不错,他曾经跟思远说过,他爸爸经营这个网吧很不容易,是用借来的钱买的电脑,有时候网吧的生意不好,爸爸和妈妈就吵架,妈妈不同意借那么多的钱做买卖,因为借钱的人总催着还钱,父母的压力就大,天天晚上睡不好觉,本来开网吧就得经常熬夜,再加上这些原因,所以妈妈的身体很不好。

程威在混乱中,上前去拉思远,让他跟着自己回家,但思远仇恨地看了父亲一眼,狠狠地甩开了程威:"你可耻!"

说着思远就自己跑了。

那以后,思远和程威的冲突越来越多,也越来越激烈,有一天,程威好像失控了一样,开始摔东西,他不能打儿子,只能用摔东西来发泄。思远看程威摔东西,也摸到一个玩具狗摔,没出来声音觉得和程威的叮叮当当声音不搭配,就摔自己的文具盒和书本等。他毕竟是个小孩子,不敢摔大东西,只能拿小物件来撒气。但程威摔一件,他就摔两件,家里的东西被他俩摔得一塌糊涂。后来程威真的冲上来扬起了巴掌,思远就头也不回地冲了出去。

那一个晚上,思远没有回家住,程威找遍了大街小巷也没有找到思远。

没有找到思远,程威失魂落魄地坐在小区的门口一边抽烟,一边等着思远,家属院里来来往往的邻居都盯着程威看,一个研究所的大所长,一个高级知识分子怎么这样落魄地坐在台阶上抽烟,很多人都很纳闷。

程威坐在这里呆呆地等,每一个细微的脚步声他都侧耳细听,很多次他都幻想是思远向他走来的声音。

到了后半夜,程威知道这个时刻思远不会再回来了,只好拖着脚步向楼上走。楼上楼下都睡得静悄悄的,程威踏出的脚步声由远至近在空旷旷的楼道上发出了很清晰的声音。

他推开了自己的家门,拉开灯,看着清冷的家,满心的凄凉,百般的滋味涌上了心头。

思远去了立明家。

说实在的,除了立明家,思远还真是没有什么地方可去。思远这个人在学校里冷漠傲慢,一般人他都看不上,一般的人他也不愿意搭理,更何况因为他学习不好,其他同学也不愿意搭理他。你不搭理我,我还不愿意搭理你呢,这成了思远的做人格言。

思远告诉立明自己在家里生活很不自由,他不想回家了,一分钟都不想回去了,在外边多自由呀,没人管我。

立明这孩子虽然表面傲慢,但其实是个非常胆小的孩子,但不知道为什么,一听说思远想不回家,立刻两眼放光,连连喊 OK,OK,表扬说思远简直就是勇敢的追求梦想的"凯依"肯定能成为一个真正的"圣堂战士"的。

立明问思远身上有没有钱,要不要他从妈妈放钱的抽屉里偷一点给他。

思远踌躇满志地说不用,一个一起玩游戏的网友答应赞助他了。

于是两个孩子开始畅谈离家出走以后的宏伟蓝图。

但还没等思远出走的美梦实现,可丽阿姨就当了叛徒,第二天半夜,程威就把思远捉了回去。

思远被父亲捉回来,瞪着眼睛对程威说:"你别那么狠毒好不好?家里都成了纳粹集中营了。你既然那么恨我,就像日本731部队学一招,设个毒气室得了!反正我也活够了,死在你的毒气室里,也算我的福气,你也能进吉尼斯大全,这世上狠毒的老爸真就是非你莫属了!"

思远总算是说话了,不管这话是好是赖,只要说了,程威就感动。

程威冤枉地说:"我怎么狠毒了?"

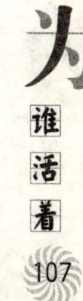

思远斜了程威一眼:"气走了老婆,接着想赶走儿子,然后再把如花似玉的年轻女人娶到家,这不是狠毒是什么?"

程威知道了,思远其实也许并不是真正的喜欢什么上网,只是想用上网来要挟自己。

程威气得脸都青了,不知道说什么好。

程威说:"思远,你妈妈和我离婚了,爸爸有权利再有新的生活。"

思远呼地从沙发上坐起来:"再让一个其他的女人走进这个家你不觉得多余吗?我听别人说再婚的家庭没有幸福的,那个女人到咱们家后肯定会给你增添烦恼的,肯定会处处排挤我的!"

程威说:"思远,这是不可能的,阿姨是一个非常有修养的人,她会善待你的,她和其他世俗的女人不一样。"

思远猛地推了程威一把,站起来恼怒地问程威,小脸变得和水一样:"这么说你是非要把那个女人娶回来了?"

程威咬了咬牙说:"是,我将来一定娶她。"

思远拔腿就走,恶狠狠地扔下了一句话:"你会后悔的。"

程威上前拉住他说:"你干什么去?"

思远大言不惭地说:"这还用问呀?上网吧去呀,我现在活着可就剩下这一点乐趣了,你不至于想把这一点撑着我活下去的乐趣都剥夺了吧!你要是不让我上网,我就nr(脑崩)了。"

程威一听,气得差点没晕过去。

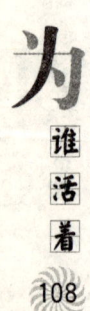

艰难的抉择

考虑了再三,程威决定和陈子盈分手。

程威觉得自己已经伤害了林叶,不能再用婚姻的名义伤害陈子盈了,他决心一心一意地把思远抚养成人。

程威那一天去了陈子盈的家,他给陈子盈很用心地买了点水果,还从自己的研究所拿了许多有参考价值的书。

陈子盈穿了一件黑色的连衣裙,给程威打开了门,看程威拿了一大兜水果站在门口,非常高兴,一下子扑上来,把整个身子都吊到程威的脖子上。程威两只手都拿着东西,不得劲拥抱她,嘴里说着:"等着,等着,等我放下东西。"

可陈子盈已经好久没有看见程威了,像个小女孩一样抱着程威的脖子不撒手,非要程威亲亲她才撒手。程威只好弯腰,把手中的东西就近放在门口,然后用脚后跟把门踢上,但他只轻轻地吻了陈子盈的额头,就把她抱起来,放在客厅的沙发上。他严肃地对陈子盈说:"你坐下,我们谈谈。"

陈子盈看见程威那么严肃,吓了一跳:"什么事情那么严肃?我先去给你做饭,等吃了饭再说也不迟。"

陈子盈说着就要站起来去做饭,程威拦住了她,他说自己已经吃饭了。

两个人坐在了沙发上,陈子盈真想坐到程威的腿上去,但程威的表情拦住了她。

程威很坦诚地把思远的情况和自己的心情都跟陈子盈告诉了,他最后说:"陈子盈,请你原谅我,我现在的情况不能结婚的,我不能耽误你,你别在我的身上浪费时间了。"

陈子盈沉吟了一下,幽幽地问程威:"就是因为思远吗?"

程威低下头去,老实地说:"是的。"

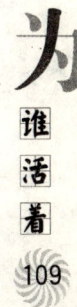

陈子盈说:"我希望你要把握住不同角色的内涵,以及每一个角色权利和义务之间的平衡。"

陈子盈的声音已经颤抖了,但她尽量控制着,装出一副不在乎的表情。

程威没有吭声,他明白陈子盈的意思,但他不知道应该怎么回答。

陈子盈见程威没有回答,接着说:"我最近要把一篇文章译成英文,文章有一段话说,当幼鹰长到足够大的时候,鹰妈妈便把巢穴里松软的铺垫物全都扔出去。这样,幼鹰们就会被树枝上的针刺扎到,于是不得不爬到巢穴的边缘。而此时,鹰妈妈就把它们从巢穴的边缘赶下去。当这些幼鹰开始坠向谷底时,它们就会拚命地拍打翅膀来阻止自己继续下落。最后,它们的性命保住了,因为它们掌握了作为一只鹰必须具备的最基本的本领——飞翔。在此过程中,幼鹰们虽然也会有受伤流血,也会有郁闷怨恨,鹰妈妈的眼睛里也会充满痛苦的泪水,但它们都懂得,这是在为自己的种族构筑生命的蓝天。"

程威很明白陈子盈举这个例子的用意。

程威说:"思远的情况很特殊,我并不是只知道一味溺爱孩子的父亲。"

陈子盈不再吭声,两个人沉默了好长时间也找不到话题。

气氛很压抑,过了一会儿,陈子盈站起来说:"我去给你沏咖啡。"

陈子盈走进了厨房。程威掏出烟来,给自己点上,想了想又掐灭了。

一杯咖啡陈子盈沏了好长时间。

夜深的时候。陈子盈送程威到门口。程威嘱咐陈子盈要锁好门,要注意安全。程威下楼。声控灯尽职地亮了。

程威看到门口的陈子盈没有离去,她穿着黑色的裙子像一只受了委屈的小猫,显得楚楚可怜,望着程威的眼神几乎要垂下泪来。

程威每下一级台阶,陈子盈眼睛中的神采就黯淡一分,程威在心中命令着自己走,不能够回头。

程威到楼下的时候,开始抽烟。

当烟盒里仅剩的几支烟都已经变成程威脚下的烟头时,程威又慢慢地踱步上楼,快到陈子盈门口的时候,他习惯地向上抬头,看见陈子盈就那样抱着自己蹲在门口静静地哭泣,好像是悲伤得没有力气再回屋里了。

程威几乎是飞也似的箭步上楼,把陈子盈抱在了怀里。陈子盈手脚冰凉,满脸的泪水似乎在控诉程威的狠心。

程威将陈子盈抱进屋里,把她放在床上,替她盖好了被子,然后站起了身,再转过身去向门口走。

陈子盈从后边伸出手来拉住了程威的衣角。

程威站住,用手扳下陈子盈的手,没有回头,拔腿就走……

下了楼,程威把车开得疯快,在夜色的大街上狂奔……

车上的程威眼睛里盈满了泪。人虽然没有留下来,但却没有办法扯断情缘,如橡树的根结,死死地纠缠,剪也剪不断。他的内心挣扎着想和陈子盈告别,但感情上还是少一点坚决。在失落与痛苦中找不到出口。他知道自己也许很长时间要被困在这段感情之中,不是因为陈子盈对他的爱,而是自己对陈子盈也有了当初和林叶一样的依恋、一样的情感。

其实在程威的内心深处,他还是在惦记着林叶,林叶的一切都牵动着他的心,让他痛,他对林叶的感情已经成为一种割舍不了东西,就像是身体一部分,程威不明白自己为什么会这样,人不可能同时爱着两个人的,但自己分明就是在同时爱着两个人,他现在也深深地爱着陈子盈。这份爱给了他激情、给了他快乐,但他不能为了自己而伤害了儿子。陈子盈是个优秀的女人,她离开自己能有一个很好的将来,也许不久之后她就会忘记自己,重新依偎在自己的新爱人怀里。但思远不行,思远才十几岁,他离不开自己,程威不愿意和儿子成为敌人,让自己的孩子在伤心和痛苦中离自己越来越远,而自己却因为一份爱而苟且地活着。

半夜回到家的时候,程威已经醉得不像样子了,他趔趄着打开门,趔趄着走进屋里,没有换鞋就横在了沙发上。他闭着眼睛,嘴巴上流着口水,呵呵地笑着。

思远听见动静从自己的屋里走了出来,他站在沙发前看着程威的样子皱了皱眉说:"你干什么去了?"

程威呵呵笑着说:"这回你高兴了吧?"

思远说:"面前躺着个醉鬼爸爸,我哭还哭不过来呢。"

程威忽然睁开眼睛,暴怒地摸起沙发上的布垫子向思远的脑袋上扔去:"你哭,你哭,我让你哭个够!"

找不到男人痕迹的房间

就在这时,程威又接到了明静的电话,明静说林叶的情况很不好,让程威去海南看看。

等程威千里迢迢风尘仆仆地赶到海南,出现在林叶身边的时候,林叶的身体和心理状况已经相当糟糕了。

这次,程威很顺利地就进了林叶的屋子,因为林叶躺在床上,已经没有力气和能力再和程威赌气了。她瘦得有些吓人,两腮全塌了下去,病恹恹地躺在那里,好像没有了任何力气。

让程威没有想到的是,那么追求整洁和完美的林叶却住在一个没有任何装修的非常简陋的房子里,客厅很小,只容得下一张吃饭的桌子和一大一小的两个沙发、有一个二十多平米的书房,还有一间只能放开一张床的卧室,这与程威原来研究所的房子也根本无法相比。

程威提着包站在林叶床前盯着床上的林叶看,心情痛楚地看着床上这个和他一起生活了十几年的女人。

林叶闭着眼睛,没有任何反应,像在昏睡。

程威发了一会儿呆,轻轻地从林叶的卧室退回到客厅,放下提包,在洗手间洗完脸,又站在北阳台上抽了一支烟,林叶才睁眼,程威走进屋来。林叶看看程威,与上次急于赶走程威的态度不同,林叶只是神态恍惚地翻了一个身,但她仍然没有说话,不知道是不认识程威了,还是采取了默许的态度。

程威坐到林叶的床边,鼓了半天嘴巴才说了一句:"你吃晚饭了吗?"

林叶没有吭声。

过了半天,林叶才说:"你又来干什么?"

程威说:"不干什么,看看你。"

林叶说:"你走吧,我爱人一会儿就回来了。"

程威说:"你爱人回来就回来吧,我想认识认识他。我没有其他意思,我要告诉他,你这样不行,你得去医院治病。"

林叶说:"我过去一直有病,你怎么没管过我?现在我跟你没关系,你走。"

程威不吭声了。是的,程威过去工作忙,多少次林叶上医院都是自己去的,为此得罪了林叶,但他没想到给林叶留下了这么深的伤害。现在程威千里迢迢地到了海南,林叶这一句话让两个人又同时想起了很多往事。只是林叶的委屈程威完全不理解,程威仍然觉得那些都是小事情,都不是原则问题。也许男人和女人之所以吵架就是因为思维方式不一样,对事情的理解有偏差。

为了弥补自己过去的过失,晚上,程威为林叶作了一顿细致的晚餐,他想唯一能让林叶幡然醒悟的,可能就是自己的表现了。他现在才明白,亲情的回归不仅仅依靠过去长期在一起生活所积累的那些感情,而更要依靠自己对她的关心与爱护。

可是林叶没吃,也始终没翻过身来看程威一眼,始终闭着眼睛。

那一夜没有任何人回来,也没有任何人来访,甚至连一个电话都没有。

那一夜,程威靠在沙发上一夜无眠。为了不影响林叶,他靠在那里始终没有动,他知道林叶睡眠轻,哪怕是极小的声音也会把她闹醒。

程威在这间房子里看不见任何男人在这里生活过的痕迹,当他想换鞋的时候,找不到能适合男人穿的拖鞋;当他洗脸想刮一下胡子的时候,找不到男人应该具备的剃须刀;房间里既没有烟灰缸,也闻不到男人的气息;衣橱里更没有男人换洗的衣服,哪怕是一条领带、一件衬衫。这在程威的心里都留下了深深的疑惑,难道林叶没有结婚?结婚只是林叶用来挣脱他的手段?

经程威再三劝说,第二天上午,在吃完早饭之后,程威带着林叶去海口最大的医院,验了血,验了尿,做了全面的检查。那医院还有中医门诊,程威又拉着林叶去搭了一下脉搏,看了一下舌苔。西医的化验结果第二天才能出来,而中医的诊断则当场写在了病历卡上。

中医的说法危言耸听：林叶脾胃虚弱，气血两亏，中焦阻塞，呼吸不畅，上有实火，下有虚寒，脉象十分不好。脸色灰暗，双手浮肿，反映肝肾都有病因。还气滞血淤，内分泌严重失调，才四十岁就停了例假，提前出现了更年期现象，这都是长期的压力和劳累以及心情不畅所致。医生告诫，应马上住院检查，全面治疗调养。那位年过花甲的老中医对林叶说："你这么年轻，刻不容缓啊！再耽误就酿出大病了！"

老中医给林叶开了十服中药让她先服。程威送林叶回家后，立即去药店照方抓药，抓完药后回家让林叶上床躺着，然后问林叶家里有没有煎药的砂锅，林叶摇了摇头。程威又去下边的土产门市买了一只砂锅，因为没有找到专门卖药锅的地方，程威就买了一只砂锅来代替，反正都是一样材料做的。

半个小时后，程威在厨房里开始清洗那只砂锅。

林叶躺在床上，有气无力地喊他：程威你在做什么，你走吧，你把思远放哪了？你为什么呆在这里，难道你也不想管思远了吗？

程威听了，身体发抖，但剧烈的抖动都遮掩在哗哗作响的水声中。这是林叶第一次主动和他说话，第一次主动谈到了思远。

程威说："你放心吧，我把思远安排好了。"

煎药的时候程威看到林叶睡了。他把煤气灶上的火苗，调得极其微弱。然后，他蹑手蹑脚，走进林叶的书房里，在写字台和书架以及厨房里搜寻，查看。

程威也觉得自己的行为有点鸡鸣狗盗，拿不上桌面，但他压抑不住自己，他太想知道林叶是为了谁这么决绝地出走，为了谁连自己的亲生儿子都可以不顾。林叶是一个心地善良的人，假如没有原因她不会轻易地放弃家庭的，虽然他判断林叶有一点精神上的抑郁，但程威想疾病还不至于让林叶做出这么大的决定。

但程威仍然没有看见任何可疑的东西。

他回到厨房的时候，仍然两手空空。

他轻轻关上林叶卧室的房门，然后又到厨房去看火上的药锅。水已经开了，但因为火小，药锅里只有微波翻动。程威调大火势，再去林叶的房里，林叶还在昏睡。程威看着病容满面的林叶,胸中万般纠扯,心情无法言说。

药煎好了,程威放在一边晾着,然后开始准备晚饭。他给林叶做了鸡蛋和蔬菜的汤卤,下了面条。做好后才叫起林叶,服侍她喝了药,再吃面条。

林叶说程威你真的变了,你过去在家衣来伸手,饭来张口,全让我伺候。你现在也会伺候人了,什么都会干了,是哪个女人让你改变的呀?"

程威说:"林叶,我命中只能有一个女人,那就是你。"

林叶靠在床头喘息了一下,好像在压抑什么,静默了半天说:"你以为我还会相信你的鬼话吗?"

程威说:"那我怎么做你才能相信?"

林叶说:"你怎么做我都不相信了。现在我是人家的人了。你最好什么都不要做。"

程威说:"告诉我那个人是谁好吗?我要见见他,他为什么不回来?"

林叶说:"他和你一样,都是工作狂,很少回家。"

程威说:"那就奇怪了。"

林叶说:"那奇怪什么?过去你不就是这样吗?"

程威说:"我不管多晚都要回家住的。"

林叶说:"回家住倒还不如不回家住,回家还得我侍候,这样反倒省心,这样的方法倒是更体贴我一些,否则我还得拖着病身子给他做饭。我觉得你比他残酷多了。"

程威被噎住了,不知道该说什么好。

林叶吃完了面条,说了一声:"麻烦你了!"接着就又躺下,不吭声了。

程威站在床边说:"林叶,你想出去走走吗,我陪你出去到河边走走?"

林叶说:"算了吧,我现在一动就累。"

程威说:"你明天想吃什么,我明天一早去买。"

林叶说:"我现在特别想吃北京的炸酱面,放上点黄瓜丝,好久没吃了。"

程威说:"那容易,我明天去街上买面条和黄酱,我给你做。"

林叶说:"我跟你十几年还不知道你有这个手艺。"紧接着又说:"程威,你明天别住这了,我丈夫回来见到你要生气的。"

程威说:"我有分寸,我想见见他,我想说服他,让他带你回北京看病,你知道你妈和你弟弟他们多想你吗？林叶。"

林叶听了这话，没有吭声。

晚上，程威帮林叶盖好被子后关灯，回到客厅里仰在沙发上却睡不着了。

第二天早晨，程威起床后，先去敲林叶的房门，敲了一下就听见屋里传出林叶有气无力的呻吟。程威推开门去看，见林叶仰面躺着，双目紧闭，面色枯萎，床上和地上都被呕吐物弄脏。程威叫了一声："林叶！"

林叶只剩下粗粗的喘息，没有回答的力气。

程威费了很大的工夫才把那些呕吐的秽物清理干净。他给林叶煮了稀饭，连煎好的中药一齐端到林叶的床前。林叶只喝了稀饭，中药坚持不再喝了，说喝了还会吐的。程威说那你不是说想吃炸酱面吗？想的话我这就去买。林叶说胃里很堵，吃不吃都行。程威说总要吃东西，我少做一点你中午尝尝。

程威让林叶在新换了的床单被子床上躺下，便独自出门去买面条和黄酱，以及做炸酱面的那些配料。程威走出楼门时头重脚轻。他千里迢迢地来到海南，到现在还没好好地睡一个完整觉、吃一顿像样的饭，身体有点承受不住的疲倦。

程威在超市买了面条、黄瓜和黄酱，出来后走到小区的门口才想起配料未买，又调头转身返回去买了配料。

中午他给林叶做饭时林叶又吐了一次，吐完之后精神反倒好了。居然还就着黄瓜丝吃了一小碗炸酱面。

吃完面林叶掐指算算，说爱人早则今夜，迟则明晨，就该回来了，让程威收拾收拾赶紧离开。程威一边点头一边却说："我待会儿还得到医院去取化验结果，取回结果再走不迟。如果遇上了我会解释清楚的。"

吃完午饭，收拾完厨房，程威心里始终沉甸甸的。林叶说头晕没劲儿，又上床躺着了，一会儿隔着门赶程威走。

林叶眼泪汪汪说："程威，你不会给我找麻烦吧。我和你一切都成了历史，我的心都死了，你走吧，思远还在家等你。"

程威低头坐在床边，姿势没变，声音也原样未变："林叶，要是他不回来了,你一个人咋办?"

林叶说:"他怎么可能不回来呢,他的家在这。"

程威说:"我看他对你也没什么感情,他明知道你生病为什么不回来?"

林叶冷笑一声说:"你当初不也这样吗?别说是生病,就是我给你生孩子的时候,为你摘环的时候,你不也是这么做的吗?男人还不都是一个样,都是这样没有人性吗!更何况他比你还要强一点,最起码他不会和外边的女人串通起来伤害自己的妻子,我知足。"

程威说:"我看你是得了被害妄想症,什么串通一气欺骗你,都是你瞎想的。你为什么不让我见见他?"

林叶说:"你有什么资格见他?你凭什么见他?"

林叶说完这些就掉转过头去,不再搭理程威。

程威看着林叶,但林叶背对着他,看不到她的脸色,从林叶呼吸的声音中不难猜出,她的脸上正泪流满面。

中午,程威先去了医院,取回了林叶看病化验的那几张单子,又拿着单子去见了医生。西医和昨天中医的说法大致相似,诊断林叶虽然没有什么器质性的病变,但身体各个功能都已衰退,和她的年龄极不吻合。长期得不到调整所致。医生建议病人应马上住院治疗,不说精神上的事情,就是肢体上也有严重的风湿症和贫血症,如不及时治疗,一旦恶化,很可能危及生命。

程威回来就劝林叶跟他回北京,他说在亲人面前治病会更好一些,北京的医疗条件也比这里好很多。林叶断然拒绝,她说自己既然选择了这条路就不想回头,她现在已经看淡了一切,对亲情都不在乎了,因为她当初在乎别人的时候,别人并没有在乎她。

林叶的话让程威大吃了一惊:"什么?你说什么林叶?没有人在乎你吗?你出走以后,你的母亲几次哭晕了过去;你的弟弟为了找你请了半个月的假;思远为此……"

程威想告诉林叶,思远为了你,眼泪不知道流了多少,心理受到了非常大的打击,他从一个快乐的孩子变成了一个自闭的孩子。但程威怕林叶听了这些话后病情会加重,下边的话没有往下说,另外程威也哽咽着说不下去了。

林叶说出这样的话来是程威没有想到的,他自觉自己很爱林叶。在跟林叶离婚前,感情的诱惑在外边不是没有,而是很多,但程威从来也没为那些情感所动。人都说两个人在一起,时间长了难免生厌,但他跟林叶过了十几年,不管林叶怎么误解他,他从来没有厌倦林叶的任何想法,对林叶的外表到内心程威都喜欢,林叶适中而苗条的身材、调皮漂亮的眼睛、高高的额头和智慧的头脑,以及为人善良宽容的个性,和她文雅端庄的气质配合得恰到好处。在程威的眼睛里直到现在也没有一个女人能和林叶比,程威虽然也很喜欢陈子盈,但如果今天让他选择妻子,他仍然会选择林叶。陈子盈的美是一种理性的美,带给程威更多的还是那种对女强人的尊敬和神秘感所带来的激情和冲动,但这种激情和冲动持续的时间是否长久,程威就有点拿不准,而林叶带给他的却是踏实和心灵的温情和宁静,失去陈子盈他痛的是一时,而失去林叶他会痛一生一世。

林叶既然已经把话说到这地步上了,程威也没有办法,他劝林叶去住院,而且说如果林叶没有钱,他可以给,没有人在医院陪床,他可以陪。

林叶断然拒绝,她说自己既不需要钱,也不需要人陪着上医院,她让程威千万别操心,而且她让程威快走。

程威磨蹭着不走,林叶忽然从床上坐起来,抓起旁边的水杯向程威砸来,而且尖声大叫:"滚,滚远一点,你过去干什么去了?我死了也用不着你管,我恨你!"

林叶的忽然变化,让程威大吃一惊:"你怎么变成了这样?"

林叶大叫,像一个泼妇一样:"怎么了?我早就该这样,你出去,我一分钟也不愿意看见你这张脸!"

说着林叶又摸起床头柜上的灯,咬牙切齿地扔了过来,像一头发疯的母狮子。

程威惊骇地退出了林叶的房间。

林叶这是怎么了?

无动于衷的男人

程威下午就坐上了返城的飞机,但在回来之前他以林叶的名义办了一个存折,并且将一笔不少的钱从自己的户头上划到了林叶的折上。他随身带了一个折,本来想把这些钱给林叶都支出来,但一是林叶不要,二是程威目前还不了解林叶的爱人是个什么样的人,如果这笔钱落到这个人的手里,而这个人又不拿来给林叶治病,程威不就白白浪费一笔资金吗?程威当然是不愿意将这钱白白送给一个陌生人的。

程威从北京一下飞机就给林叶原来的单位打了个电话,问林叶的工资关系情况。

会计科的一个姓张的女会计对程威说,去年就已经来了个人给林叶办了异地支取手续,现在林叶的工资可以在全国各地支取。会计还问程威说你们两口子现在上哪了,怎么不见她来单位呀,她的住房公积金已经停止了,她原来的那部分是在单位存着?还是支回去?如果支回去请拿身份证来。

程威说,先在单位给她存着吧。程威又问会计现在林叶的工资有多少?

会计很惊讶:"啊,你不是她的爱人吗?你连她的工资多少都不知道?"

程威说:"哦,过去很忙,我连自己的工资具体多少都不知道,现在打在卡上就更不知道了。她的我也从没问过。"

会计笑了,说:"你还真忙得可以,连自己挣多少都不知道,还是挣得多,要是和我们单位一样就那么几张票子,不用数都能看清楚。"

然后,会计就絮絮叨叨地跟程威发牢骚,说单位如何如何不好,就那点死工资,一点外快都没有……

程威这才知道林叶单位的效益很差,林叶每个月的工资仅一千多元,在林叶出走之前的前半年,林叶因为身体不好就请了半年的病假,这半年是按百分之八十开的工资。

林叶的这些事情程威竟然一点都不知道，如果今天不是给会计打电话，也许程威不问林叶这些事情永远不会告诉他的。程威一直以为林叶就是因为身体不舒服请的病假，而具体她到底有那些不舒服，程威也不知道，林叶在单位的烦恼和郁闷程威更是压根儿就不了解。

放下电话，程威心里一阵阵的发痛！为什么以前自己从不过问妻子的事情？为什么自己忙到这种程度，连自己妻子工作的烦恼都不知道？过去，林叶经常在他面前说单位的事情，谁家的婆婆厉害，谁家的丈夫打老婆，谁家的孩子上学早恋把母亲气病了，哪个领导有水平，哪个领导没素质……

可最近几年林叶不再说这些事情了，他以为林叶在他的指教下有进步了，不再婆婆妈妈的了，他以为林叶在他这个大知识分子的熏陶下人文修养得以提高，把用在琐碎的唠叨上的时间都用到看书上网看新闻上了……

程威真是又痛又悔……万般的滋味不知道怎么诉说。

他放下电话给林子又打了一个电话，约他见面。林子很快就跑来了，程威把存在海南的那个存折给了林子，并且告诉林子，去看看你姐姐，把她送到医院，这钱是我给她治病用的，我给她她不要，钱花没以后，我会定期往这个折子上划钱的，号我记下了，密码就是你姐姐的出生年月日。

对姐姐的情况，林子非常惊愕，姐姐出走两年，家里一直在想办法寻找，可就是没有一点点信息。知道姐姐还好好地活着，林子的眼圈有点发红，他详细询问了姐姐情况，把姐姐的地址都记在了一个本子上。最后他把存折推给程威说："姐夫，你带着思远也不容易，姐姐治病的钱我来想办法吧。"

两个人推了半天，林子最终还是收下了那个存折。

两个人分手的时候，程威拍着林子的肩膀好像还想说什么，但张了张嘴没说出来。林子说："姐夫，你还要嘱咐我什么？"

程威说："林子，你这次去一定要和你姐姐的爱人见个面，看看他到底是个什么人，他爱不爱你的姐姐，如果他不爱，你千万把她接回来。"

林子低下头说："姐夫，你别这样了，姐姐对不起你，你这样让我们心里就更有愧。"

程威哽咽着对林子说："林子，不是你姐对不起我，是我对不起她！"

程威说完这句话转身离开了林子。

林子惊愕地张大了嘴巴看着远离的姐夫,是姐姐离家出走,是姐姐背叛了姐夫提出了离婚,然后又跟别人结婚了,可姐夫为什么这么说呀?。

离开林子,程威把明静又约了出来,两个人就在明静单位附近的一家咖啡厅见了面。

明静来时,程威在咖啡厅里已经等了半个小时了,桌子上的烟灰缸里堆满了烟头。咖啡也已经喝了三大杯了。

明静一看见程威就大呼小叫起来:"怎么才一年不见,人就瘦得不像样了?"

程威说:"还不是你的好姐们儿给我折腾的。"

明静说:"得了,程威,你的幸福点在工作上,没在家庭里,家庭好不好你在乎吗?"

程威说:"林叶误解我,你也这么排挤我,我真活不下去了。"

明静说:"林叶跟你过了十七年,她正因为把你看到骨子里去了,所以才满怀失望的离开了你。"

程威给明静倒了一杯咖啡,严肃地说:"明静,说真的,在去海南之前,我确实一直都觉得自己没有任何错误,自感这么多年自己兢兢业业工作,对家庭、对单位我都问心无愧。假如你刚才这句话是以前说,我肯定觉得委屈,甚至是辩解,但今天我想对你说,对林叶所有的亲朋好友说一句对不起,我真对不起林叶。我没想到因为自己的忙,给妻子给家庭造成了这么大的伤害。"

程威说到这,眼圈一下子就红了。

明静说:"这些话你不应该对我说,而应该去和林叶说。"

程威说:"一切都晚了,林叶什么也不听。"

明静说:"程威,林叶不是不听,她的心已经都伤透了。她过去不是没跟你闹过,她也斗争了无数次,她让你善待自己的身体、善待家庭,可你听了吗?她让你别喝酒,你说是工作应酬推不开;她让你别吸烟,你一推再推就是不戒掉抽烟的坏毛病;她让你晚上早睡觉,可你天天看图纸到夜间三点钟再上床。你不仅糟蹋自己的身体,也糟蹋林叶的身体,你知道她天天在床上等你是什么感受吗?她的神经衰弱是怎么形成的你知道吗?她到后来晚上害怕灯光,害怕动静,希望你每天和她一起入睡,可你就因为单位的事情每

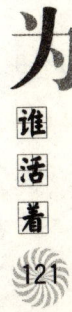

天大亮着台灯在那里工作,然后就是来来回回地制造响声脱衣睡觉,那个时候,你想过她吗?她的事情你管过吗?她为了你的事业、为了思远操碎了心……"

"好了,明静,你别说了……"

程威的眼泪都掉出来了:"为什么我们生活的细节你都知道?为什么她不跟我说这些,却偏偏跑到你那去说。"

明静喝了一口咖啡眯着眼睛说:"以前林叶不跟我说这些,她只说你多么好、多么优秀,她属于那种守着自己的痛苦忍辱负重生活的女人。她维护着你在外界的形象和那些虚无的名声,正是因为不说才造成了她更大的压抑、更大的痛苦,她一直生活在你的阴影之中,她走到哪里,哪里的人都知道她找了个好男人、好老公,她的男人兢兢业业,她的男人对家庭有责任感。她和你生气,人们首先指责的都是她,甚至连她的母亲和弟弟,那些最爱她的人都批评她,认为是她在挑剔、是她在无理取闹。可实际是这样的吗,程威?"

明静的眼睛死死地盯着程威说。

程威哆嗦着打开烟盒,哆嗦着抽出一支烟来,哆嗦着点上,他没有回答明静尖锐的问题,也不敢看明静的眼睛。

"林叶闻到烟味就头疼,她多少次哀求你为自己也为她把烟戒掉,可你戒了吗?你不是口口声声说自己爱她吗?我就不信,假如一个男人真的爱一个女人,会连这点事情都做不到?抽大烟的人都能忌,为什么你不能忌?林叶勤劳善良,个性安静,她没有其他的过分要求,她只要求自己的男人戒掉烟酒,和她一起上床睡觉,早晨和她起床一起去锻炼、散步,一起吃早餐,星期日一起去购物。但是这些人生的基本要求,她跟你这样的工作狂过了十几年也没有得到。你晚上很晚才进家,假如没有喝多,还要坐在写字台前忙你那永远也忙不完的书稿,一直到后半夜,如果喝多了,林叶还要拿出百分的耐心侍候你。你早晨爬起来就跑,从来没有吃早餐的习惯,无论林叶做好了饭怎么哀求你,你就是不起床吃,一年三百六十五天,天天如此。林叶天天担心你会得胃病,你有静脉炎,林叶多少次哀求你去医院看看,你都说忙忙忙不去,自己大腿上的血管全部都像虫子一样地鼓着,越来越严重,林叶为你担心得夜不能寐,精神紧张到了崩溃的程度,你不但不在乎自己的健康,也不在乎林叶的健康,你知道林叶这几年都得了什么病吗?你过问过吗?你领她去过医院吗?……"

程威不吭声了。是的,程威过去工作忙,多少次林叶上医院都是自己去的。有一次林叶去摘避孕环,要求程威陪她去,本来程威上午有个重要会议的,但考虑到这次林叶摘环是为了自己摘的,就答应陪林叶去了。

林叶戴避孕环一直就不适应,戴上之后就腰疼,例假流血多,有时候一个月要来两次例假,而且每一次都是十多天,这样算下来,一个月林叶要有二十多天处于流血的状态,程威在床上就很少有机会和林叶云雨,时间一长,程威就受不了了,就鼓动着林叶去把环摘下去,他说肯定是那环刺激的,所以才造成的流血。

林叶听了程威的话,就要求程威陪自己上医院把环拿掉,程威匆忙地把林叶送到了一家社区的小医院,因为那里离家里近,而且病人少,不用等。程威单位那天上午有一个全国规模的会议,他要在十点之前赶到单位。

林叶走进这家社区小医院,往里边看了看,看见有几个很脏的男人坐在屋里正打扑克,一个中年女医生正在给一个女孩子梳辫子,女孩和这个女医生的穿着都不十分干净。林叶皱了皱眉立刻退了出来,她对正和医生说话的程威说:"走吧,走吧。"

程威不走,他问了问摘环的价格,和摘环大概用的时间,就对林叶说:"就在这里吧,离家近。"

林叶看看程威一声没吭,但样子很不满意,她不想在这样肮脏的小社区医院摘,但她也怕到大医院又排队又挂号的耽误程威的工作。

程威也许在潜意识里根本就没把摘环这个事情当成什么大事。

林叶很不情愿地把自己的下身脱光,很不情愿地上了这个小社区医院的床,把自己的两条腿高高地架在了架子上,像当初生孩子、戴环一样把自己最隐私的地方露了出来。

女医生拿了一把长长的铁钩子,塞进林叶的会阴处来回搅动了半天,把林叶搅得痛苦不堪,血迅速地从林叶的下身里流出,一直流到了地上,林叶疼得大叫起来:"停下,停下!"

医生说:"好了,好了,再坚持一会儿。你的环不知道是什么形状的,滑,不好摘。"

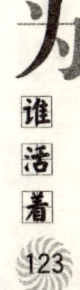

但时间已经过去了二十多分钟,医生也没有摘出那个环,林叶疼得头上冒出了虚汗。

程威站在身边焦急地一次次看表,说十分钟就完成的事情怎么用了这么长时间,单位的人还在等着他开会。

林叶疼得大叫,程威走上前去安慰林叶:"宝贝,一会儿就好,一会儿就好。"

程威的大手在林叶的头上来回地摩挲着,医生拿出了铁钩子。林叶停止了喊叫。

医生说:"你看,你一喊我的手就哆嗦,你别喊了好吗?"

林叶听话地点点头,林叶虽然是个四十岁的女人,但她心地善良,遇到事情总是先替别人着想。她想起自己生思远的时候,整个医院的产房,数自己喊得叫得最凶,也许自己真是一个痛感比别人强的女人,为了不给大夫造成压力,林叶咬住了自己的嘴唇。

医生又换了一把更长更大的钩子继续伸到林叶的身体里来回地搅动,更多的血从林叶的阴道里流了出来,而且不停,林叶又大叫。医生慌慌张张地拿着一卷卫生纸给林叶擦血,但血仍流不止,林叶大汗淋漓,头直发晕。

医生着急了,她给一个大医院的医生打电话,咨询这种情况怎么办?电话对面不知道说了什么,她放下手机又小心地试了一下,仍然没有将环拿出来。

医生征求林叶和程威的意见:"你的环是圆的,估计长在肉上了,很难拿,你又怕疼,你看,是今天给你拿下来,还是过两天我找个医生给你拿。"

林叶生气了:"你水平不行怎么提前不告诉我?"

医生说:"我怎么水平不行了?谁知道你这么怕疼呀,你不配合我怎么拿?"

林叶喊:"你今天必须给我拿下来,我就是死在这里,你也得找人给我拿下来,拿不下来我去告你。我现在流血这么多,如果出什么意外,我跟你没完。"

林叶说完这些立刻瘫了下去,浑身颤抖起来,头上的汗顺着脖子流了出来。程威站在旁边给林叶擦汗,安慰林叶别生气,别着急。

程威始终没跟医生发火,甚至林叶在跟医生对峙的时候,程威也没帮林叶说一句话。程威就是这样的一个人,他在公开的场合表现出来的历来是涵养和风度。过去她把程威这样类似的表现当成是一种修养、一种包容、一种淡泊、一种做人的大度。虽然有时候她多么想让自己的丈夫站出来替她说一句话,保护一下她!一个女人不管她的外表有多么坚强,不管她有多么能干,在自己的丈夫面前都不想当大树,她都想当藤,依赖着丈夫,希望丈夫能够给她撑出一片荫凉,哪怕这种荫凉只是语言构成的那种虚拟的东西,一见阳光就没,她也愿意躲在这种虚拟的世界里边享受一会儿。

林叶无力地闭上了眼睛,眼泪顺着眼角流了出来。

一个女人,为什么要毫无羞耻地脱了自己的裤子,把自己最隐秘的地方暴露给别人,忍受着搅肉和流血的痛苦,遭受着男人所不曾受到的屈辱?为了谁呢,还不是为了面前这个男人吗?面对一个长长的铁钩子伸进自己妻子的身体里边,既无情又无意义地搅动了半个小时,面对妻子鲜红的血液从身体里流出来,这个每天都在享受着这个身体,并从这个身体获取快乐的男人竟然会这样的无动于衷、这样的有涵养?这是林叶跟程威过了十几年都没有想到的。过去程威不会疼人,总是林叶在照顾他、在疼他,林叶把这一切都归咎到他事业心强,做事情心粗,是个男人,大大咧咧,不在乎小事情上。可当程威将林叶领到这个肮脏的社区医院,当妻子不停地流血喊叫而他却不停地看表还在担心单位的事情的时候,林叶的心都凉透了。

林叶颤抖地问自己:"难道,他就不怕我流血流死吗?他把我领到这种地方来就是为了节省时间吗?"

巨大的失望冲撞着林叶的心,使她的泪水不停地无声地往下流。

医生急忙走出去,让一个男人快去一个大医院,去接一个有名的妇产科大夫。那个男人急急忙忙走了,女医生走进屋来,安慰林叶别着急,别生气。她把林叶的裤子递给程威,让程威给林叶穿上,说得等一会儿。让程威扶林叶去外屋的床上休息一会儿。还拿了一卷粉色的卫生纸给林叶让他擦血,并且说本来这卫生纸是病人自备的,但既然你没拿就送你使,林叶冷笑一声拒绝了。

程威给林叶穿上裤子,把林叶扶到外边的床上,让林叶躺下,医生给林叶倒了一杯热水,还给林叶配了几片止血药,让林叶喝下,程威还说了一声谢谢。

服侍林叶吃了药，程威就站在旁边一边看表一边等，林叶看看他说："你忙就走吧。"

程威没走，但嘴上却说："是挺忙的，单位在等我。"

林叶又说了一句："你走吧。"就把眼睛闭上了。

大概过了十五分钟，那个大夫接来了，林叶重又脱下了裤子，重又把腿架在了床上，这个医生没费什么劲就很顺利地把环勾了出来。

程威看见环出来了，很高兴，交了钱，连声说："谢谢，谢谢！"就把阴沉着脸子的林叶送回了家。程威给林叶买了一袋速冻饺子，上楼就手忙脚乱地拧开煤气自己要煮。

林叶说："你走吧！我自己来。"

程威巴不得林叶说这一句话，把煤气关上说："那你可一定要吃呀，别偷懒不煮啊。"

程威说着就走了，林叶听见程威急促的下楼脚步声越来越远，眼泪顺着眼角又汹涌地流了出来。

摘避孕环的那几天按国家的规定应该是休息三天的，但林叶虽然是请假在家休息了，但躺在床上没人给做饭吃，思远恰好那一时期在学校住宿，林叶想给母亲打电话让母亲来侍候自己几天，但那几天正好赶上林子的媳妇生孩子，母亲正在侍候儿媳妇月子。

林叶没有起床去煮那袋饺子，程威一直到深夜才回家，但回来的时候已经是微醉了，单位开完会他就被别人拥着去喝酒了。

林叶躺在床上全身瘫软，浑身出虚汗。手腕和脚腕的关节处酸疼酸疼的，再加上一天没有吃饭，她虚脱的不行。想抬手给明静打个电话的力气都没有。

就这样，一直到第二天程威起床，她才喝上一袋奶。

早晨，程威上班前说好晚上按时回家的，但他仍然没有按时回来，林叶挣扎着起床，想熬点粥喝，但进了厨房，发现米没有了。于是穿好衣服打开门去楼下的超市买米。在超市里林叶买了二十斤米，还有一点青菜。从超市出来她就把这些东西放在自行车车筐里，推着车子慢慢地向家里走，但她的腿就像压上了千斤重担，心里也凄凉得很，想着自己这么多年在家庭里一直就这样的无私地奉献，顶着有一个非常优秀的好男人的名声，但除了晚上上床的时间,白天几乎见不到这个男人,无论是生孩子,还是生病的日子里,仍然要做饭要张罗生计,在应该休息的日子里还要自己照顾自己,连一口粥都喝不上,林叶心里的滋味真是要多苦有多苦。

是的,程威在外边有个好名声。程威给外边人留下的是:有知识,有修养,业务能力强,不花心,对家庭的责任感强,在这个腐烂风气越来越严重的时代,一个男人不好色,尤其是一个当官的,简直就是太稀罕了。程威的这个好名声让林叶无论走到哪里都受人尊重,单位的同事羡慕她找了个好男人,过去的老同学夸奖林叶有眼力……只有林叶自己知道,程威的这种优秀对于她林叶本人又有多少价值,他程威工作好,与她林叶又有何关系?林叶更希望自己的丈夫能在自己生病的时候守在自己的床前,给自己哪怕是端来一粥一水;更希望他和自己同进同出一起逛一逛街,早晨去遛一遛弯儿,可是这么多年程威的心里只有工作,程威的脑子里只有研究所里的那些业务……

那以后,林叶的情绪就越来越坏,经常一个人发呆,程威再晚回来,再出去应酬她不再打电话往回找了,一个人的时候就上网看新闻。程威因为忙,很少顾及到林叶的内心是怎么想的。反正不管林叶怎么发呆,每天都照样给程威做饭洗衣服,照样陪着程威上床。

林叶摘了环后,程威每次和林叶云雨必须要戴上避孕套,这让程威感到很不舒服,过了一阶段程威看林叶的例假恢复正常了,便劝林叶去把环再戴上,但林叶一直沉默着不去戴,有一天她幽幽地对程威说:"我这一辈子,不会再去为任何男人戴环摘环了,也不会去为任何人生孩子了。"

……

程威用双手捂住了自己的脸,泪水从指缝里哗哗地流出。

明静看程威哭,不再继续往下说了,她的眼睛也泪光闪闪,为了掩饰自己,她端着咖啡将目光转向了窗外。

天很晚了,大街上已经华灯初照,但人们仍在人来人往地在大街上穿行。

明静瞅着这些,内心的感慨很多,不知不觉地又自言自语起来:"住在这个城市里的人好像全是大忙人,他们每一个人都在为财富的增加、为自己的名利而到处奔波或者是焦虑不安,他们忽视了他们原本应该重视的一切。

程威呀，恕我直言，如果一个人的内心世界里，除了工作以外，别无所求，满脑子都在想着如何在工作中得到晋升和权力或者财富的时候，这个人的生命就变成了一具乏味的行尸走肉了，他只是一个机器。今天看到你能流出眼泪来我很惊讶！也为林叶高兴，它说明了你还是一个有感情的人，而不是一台机器！"

程威浑身颤抖了一下："明静，如果你觉得痛快你就骂吧！今天我就是来听你骂的。"

明静转过脸来："程威，林叶过去是个内心世界非常丰富的女人，是个理想主义者，但跟你生活以后，她就完完全全摔落在人间了，你嘲笑她全身都是小资情调，你的眼睛里只有工作是最积极向上的。你鼓励她好好工作，后来为了你，她就尽量改变自己，听苏芮的牵手不再流泪，不在过生日的时候因为你不回家呆在办公室看图纸而生气。她每天克服着自己身上的那些理想和浪漫的情调，把自己变成一个务实的工作型和家庭型的女人。就在她走之前你还在批评她不进取，你还逼着她去报研究生辅导班，让她去考研究生……"

"我只是想让她分散一下精力，别天天唠叨我。"

"林叶走之前对我说：在漫长的琐碎里，我时常怀疑，我和程威之间是否已经没有了感情？她告诉我有一天你正对着镜子刷牙。满嘴的泡沫，刚离枕的头发横七竖八，你穿着背心裤衩，双腿大张。她悄然走到你的背后，伸手圈住你的腰，脸伏在你的背上，安谧地嗅你温热的气息。你还记得她当时低低地向你呢喃了一句什么吗？"

明静眨巴着美丽的杏核眼，盯着程威问。

程威怎么能不记得呢，现在明静一说，程威的眼前就浮现出了当时的情景，但程威没想到连这么隐秘的两口子生活细节林叶也跟明静说，真是的，这些女人，真没办法。

当时林叶说："老公，回头亲我一下好吗？"

程威说："快闪开，我要洗脸了，都老夫老妻的了，让孩子看见。"

程威的语气铿锵有力，然后毫不客气地甩掉了林叶。镜中的程威，就像一个可恶的、不解风情的糟老头子。

对于每一个稍有纪念意义的日子，林叶都牢记在心。结婚的第二年林叶和程威约好了去公园,想重温恋爱时光中的滋味。结果一直到公园的人都走光了,林叶还在那里一个人无语傻坐。迷离的浮光中,有一对甜蜜的小情人,藏在墙角嬉笑嗔骂。回家后林叶看见程威舒展在宽大的床上,正打呼噜。

明静回忆了有一次林叶请她出去吃饭的情景。

几年前的一个晚上,在蓝宝石饭店,一个服务员走上来问林叶:"请问,您定的菜可以上了吗?"

林叶说:"可以退掉吗?我请的人来不了啦!"

服务员:"对不起,不能退,这是我们的规定,我们已经配好料,就等着炒了。"

林叶说:"那就上好了。"

林叶又拿出手机给程威打了电话:"干什么呢?"

程威说:"我在饭店,你和思远先吃吧,别等我。"

林叶:"你没有看见包里的纸条?"

程威说:"什么条呀,我没看见,今天上班就忙,没打开包。"

林叶:"那你忘记今天是什么日子了吗?"

程威说:"什么日子呀?我正忙,回家再说吧。"

林叶关上了手机,呆呆地坐着发愣,服务员一个接一个地上来往桌子上端菜。并拿来了两只高脚杯和一瓶红酒。

林叶闷闷地喝起来,红酒和着眼泪。一边喝一边自己嘟囔:"去你的吧,工作狂!"

服务员和一些顾客都侧头看着这个痛苦的女人。

林叶就这样一边喝着红酒一边哭,哭得头皮都发麻了。她忽然想起了明静,于是就给明静打电话,把她找来了。

明静风风火火地来了,一看见林叶委屈地坐在那里红着眼睛喝酒,吓了一跳:"啊,怎么啦,世界上最后的一个乖宝宝怎么忽然哭了?"

因为林叶是那种天生贤良的女人,属于忍辱负重型的,明静在学校里就常开她的玩笑,说她是世界上最后一个乖宝宝。

林叶苦笑:"我其实是个结了婚的单身妈妈!"

明静:"啊,怎么啦,我的贤妻良母。"

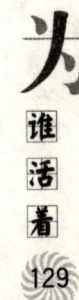

林叶说:"失望加绝望呀!"

明静说:"我看你脸色不好,你生病了吗?"

林叶说:"我现在整天都心情不好,不能入睡,感觉疲倦,没有胃口;全身绷紧、背部疼痛。反正哪儿都不舒服。"

明静说:"我记得你刚生完孩子的时候就有过这样的不舒服。"

林叶:"是呀,生完孩子后我失眠,情绪不好,焦躁忧虑,程威说我不够坚强,太娇气。他这样说,我就更生气。"

明静:"那时候我还帮你请了个医生,但吃他的药并没好,后来不知道怎么回事,你自己就调整过来了,你别太在意,找个中医吃点中药调一调。"

林叶说:"现在正吃着中药。"

明静说:"吃中药是要戒口的,怎么还自己跑到这地方来喝闷酒了!"

林叶说:"你知道今天是什么日子吗?"

明静反问:"什么日子呀?"

林叶说:"结婚纪念日。"

明静"啊"地惊叫了一声:"程威怎么回事呀,这么重要的日子怎么把你一个人孤零零地扔在这个地方?不行,我给他打电话,太过分了!"

明静说着,掏出手机就打。

林叶用手阻拦了她:"算了,强把他拉来我也不高兴。"

明静说:"那好,我陪你喝,咱们喝个痛快。"

林叶说:"不行,我只能再喝一个半小时,孩子在辅导班学习,我还得接他。"

明静说:"让他去接。"

林叶笑:"你问问他,他接过几次孩子。"

明静说:"我早就说过你,你别一个劲儿地奉献,两个人都有工作,他至少要承担一半的家务,敢于说出自己希望改变的事情。因为,在夫妻中,一方的幸福不能以牺牲另一方的幸福为代价。就如同在天平上,要掌握平衡,否则,大家都得摔在地上!"

林叶说:"其实我从没在乎谁干多干少的,我希望他工作出色,也愿意付出,有一个可以依靠的坚实臂膀,同时又能浪漫,时不时地陪着你散散步,带孩子老婆出去玩玩。知道拿我当回事。"

明静说："这其实不现实,我们应该公正些,不能既让他像骑士时代的男人那样勇猛,同时又要求他能表现出现代社会的温柔。你别没事净琢磨他,你把心思分散一下,两个人各有各的事业。如果一个女人把所有的心思都用在家庭上,更容易让自己的心走进死胡同。你呀,想开一些,如果程威在工作上没进取心,你又该嫌他窝囊了。如果你真的对他的粗线条有意见,与其和他吵,不如用行动去帮助他把身上柔和的一面显示出来。比如,经常亲口告诉他,自己真的需要他,这会对他大有好处。另外,跟他谈,家务他至少应该分担一些,生活的负担这么沉重,不能全压在你的身上。"

林叶说："我赞同他有事业,但并不是说要他成为工作狂,他这样太极端,不但家里人有病他没时间陪着上医院,连他自己有病他都一拖再拖地不上医院,单位的事情高于他个人的健康和生命。"

明静说："要是这样就有点过分了,有时间我找他说说。"

林叶说："没用,他那个人我了解,你跟他说什么他都答应,他都认为有道理,但转过身去就什么都忘了。"

明静说："不会吧,他要是那样不通情达理,怎么当上的官儿呀?"

林叶说："亏你还是我的好朋友,这么多年不了解他呀?他对同事比对我好多了,同事求他什么事情,他不管怎么忙都给人家办,所以他的人缘比我好。"

明静说："如果以后他再忘记孩子的生日,就把孩子的出生证明给他寄去,提醒他我们的孩子已经来到这个世界上几年了。到了周末对他宣布:周末让他洗衣服,搞大扫除,我要和朋友去聚会,提醒他,在他那些个不回来的夜晚,从来就没问过你的感受。"

林叶长长地叹了一口气："其实我对他的要求不高,哪怕所有的家务都是我干,他只要想着我就行了。可惜……"

明静说："你想让他怎么想着你?"

林叶说："一起度周末,或者在餐厅吃饭,一件小首饰、一束花,哪怕是一枝玫瑰,我也会很高兴,重要的是心意!"

明静笑："你怎么还是学校里的那个傻丫头呀,那些能当饭吃呀?最重要的是让他替你干活,干活!你懂不懂呀?"

林叶说："就这些小事情都满足不了你,还提什么干活。"

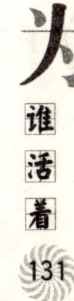

明静说："别躲在角落里自己委屈，那样你只能自己跟自己生气，要行动起来，把心中的不满和委屈说给他听。比如今天的事情可以让他找个日子补上，以后再有类似的事情，一定要明确地通知他。"

林叶说："天天追着屁股让人家重视你，我觉得没有意义。"

明静说："男人都是健忘的动物。"

林叶说："可惜他不是健忘，他是天生的就不知道关心人，他就是一台工作的机器。"

明静说："我原来可没听你说过他一个不字，一说起他来全都是好，今天我可是第一次从你的嘴里听到这些抱怨。"

林叶苦笑："过去是想维护他的面子。"

明静笑："我就了解你，什么事都强撑着自己扛，今天你是喝了点酒，情绪又非常不好，你跟我说了这些，说不定等明天就后悔跟我说了，告诉你，我可是什么都没听见。"

林叶嗔怪地笑："你讨厌不讨厌，人家把你当知心人，你还取笑人家。"

明静说："我呀，嫌你跟我说晚了，要是早呀，我早帮助你把他调教老实了。"

林叶："十几年前你把我藏起来，折腾他好几天，他到现在还耿耿于怀，我怎么能让你为了我，再遭他误会呢！"

明静笑："那一次好像是要挟他改了抽烟的毛病，我把你藏起来了，说好他要是不改，你就不回去的，但最后还不是因为你撑不住，又惦记家里这个，又惦记家里那个，半途而废了。"

两个人一起笑。

明静说："男人的浪漫情怀是需要女人帮助营造的，我看你自己要改变一下，要主动出击，我教给你一些方法……"

于是那以后，林叶再也不提那些事情。而把这种浪漫都改在了自家的餐桌上，每一个节日林叶都会买上一束鲜花，做上一桌子酒菜为自己斟上一杯酒，然后微醺着，等待着程威的归来，但大多数的时候都被程威给忘掉了，只有一次还是在林叶反复不停地叮嘱下他才推掉了外边的应酬回来，过去林叶不叮嘱程威，她想试一试程威自己对婚姻对她的重视程度，但这种实验几乎每次收获的都是失望。

程威那次仍然回来得很晚。但林叶还是把他等回来了,他回来的时候,思远已经睡着了,满桌子的菜也已经很凉,林叶正躺在床上赌气。

程威坐在床边,满身的酒气味,说明他已经在外边吃了,林叶就更加生气,程威扒拉她,她也不搭理。程威就把自己的嘴巴送上去,想亲林叶,林叶捂住了嘴:"闪开,想臭死我呀?"

程威见她不理自己就说:"今天我在网上看见了一篇文章,说有四种女人不能给有志的男儿做妻子。"

林叶眯着眼睛问:"哪四种?"

程威几乎是把网上的这篇文章都背诵下来了,可见他对这文章的重视程度:"第一种:以"漂亮"自居型,这种女人一般非常漂亮。但她们有着极强的虚荣心,只想收获,不懂得付出。这样的女人做老婆,你不是男人是奴隶。

"第二种:理想型。较少计较物质,在恋爱的时候是非常可爱的。但成家以后,她们的优点也就成了最大的缺点。为事业奔波的男人回家时可能已经筋疲力尽,根本没有精力给她营造浪漫,而无知的她会以为你已经不爱她了,甚至是变心了,跟你哭哭啼啼。可若是干脆不理睬她,那更惨,甭说外面有诱惑,就是她自己也会红杏出墙。到时你前方正打得火热,她却在你后院点火,你岂有不败之理。

"第三种:愚蠢型。有些女人表面不错没啥优点也没啥毛病,但是她们有一个致命的缺点就是愚蠢。'妇人之见'这个词就是用来形容这些女人的。她就只看重你手里的这点钱,而不看重你和朋友之间的友谊,以及更长远、更大的利益。他们可不怕得罪人,因为天塌下来有你顶着呢。因此他们要么得罪你的朋友,要么为蝇头小利断送你的前程,清廉官员栽在这种妇人手上太多了。

"第四种:弱智型。无法体会你的艰辛,当你在职场上拼杀后,拖着疲惫的身躯回到家,想找个人倾诉,但她没有倾听的能力,在你疲惫之后却无法得到有效的恢复,同样会使你精疲力竭。"

林叶坐起来,怒视程威:"那你说我是哪一种?"

……

"好了,明静,你就告诉我,林叶的爱人是做什么工作的?我想见这个人。"

程威简直是在跟明静喊了,咖啡厅里的人都转头盯着他们两个,不知道发生了什么事情。

明静没有接程威的话茬继续折磨程威:"这么多年我的耳朵里灌满了林叶内心的挣扎和痛苦,你知道吗?她多少次设计的自杀都被我阻拦住了,她生活在你优秀的阴影里每天却享受着你背后那些不优秀的行为。她无力抗争,没有人理解她,没有人同情她,她甚至希望自己的丈夫是个赌徒、是个家庭暴力者,那样她还有可能得到理解、得到同情,唯独不希望自己的丈夫是你这样一个在外边冠冕堂皇的人……"

"好了!明静,你别再逼我了!你告诉我呀。"

明静把眼睛一挑,把咖啡杯子往桌子上一蹾:"我只负责告诉你林叶走之前的心理状态,没有权力向你通报林叶现在的生活状态。我告诉你去看看她,已经让林叶很不满意了,关于你问的问题,对不起,无可奉告。"

明静说完抬腿就走,程威追出了门口:"明静,明静,你等等好吗?你就这样对待朋友吗?"

明静转过脸来冷笑:"朋友?这么多年你把我当过朋友吗?你只把我当成和你争夺林叶感情的敌人,把我当成离间你们夫妻的坏蛋。我说错了吗?"

明静转过头去接着走,一边走还一边自言自语:"我是林叶的朋友,不是你的朋友,林叶走了,我就不认识你了。"

程威一阵眩晕,身体趔趄了几下就仰身摔倒在了地上。明静听见身后发出了一声沉闷的响声,回头一看,程威正仰面朝天地躺在咖啡厅门口。明静大惊失色,掉转身子跑了过去,她跪在地上,扶起程威的脑袋:"程威,程威,你怎么啦?"

程威脸色苍白,一声不吭!

明静急了,对跑过来围观的人说:"快,快,请麻烦给叫一辆车!"

咖啡厅的一个跑出来观看的女孩在路上拦了一辆出租车,帮助明静将程威抬上了车,明静挤进车里就要关车门,但那个女孩把住车门不让关,明静以为她也要上来帮助往医院送程威,就说:"小妹,谢谢你了,我自己去吧。"

那女孩红着脸说:"阿姨,刚才你们喝咖啡还没结账,你们走了,老板会说我的。一共是一百七十块钱。"

明静抽出 200 元钱扔给她,然后把车门砰的一声关上。

明静对开车的司机说:"师傅,请立刻到最近的医院,快点!"车子立刻飞速地向医院驶去。

走到半路,程威的眼睛忽然动了一下,随即汗水淋漓。明静一边招呼程威,一边给程威擦脸上的汗。

程威睁开了眼睛,他看看司机又看看明静,问:"这是上哪儿?"

明静按下程威的脑袋,让他重新躺下说:"上医院。"

程威说;"上医院做什么?"

明静说:"你晕倒了。"

程威坐起来说:"哦,可能是这两天太疲劳了,又没好好吃饭,回去好好吃一顿就好了。"

程威说完就对开车的师傅说:"师傅,麻烦你,我不去医院,您向东走,送我回家。"

明静不满意地说:"程威,你怎么这样,你应该去看看,我看你的脸色不太好。"

程威说:"不用查,我知道自己的情况,结实着呢。"

明静说:"既然你不去医院,那我陪你吃饭去吧,先别回你们家了,在外边吃吧。"

十分钟后,两个人在附近的一个很清净的饭店里坐下了。明静给程威要了一碗软面条,要了点青菜,要了一罐乌龟汤,她说,"别大鱼大肉地吃了,吃点清淡的对你有好处。"

程威说:"你不吃呀?"

明静说:"我喝点汤就行了,我晚上一般吃得很少。"

程威笑了:"为了美丽呀。"

明静笑了:"都成老太太了,什么美丽呀。"

被烧掉的日记

那一晚跟明静告辞后,程威回到了自己的家。他轻手轻脚地打开门,没有开灯就走进了屋,思远前几天被林子接到了姥姥家,因为程威回来没告诉他具体时间,所以思远不在家。程威换了鞋就把自己放倒在沙发上。

程威什么都懒得干,就窝在沙发上想心事。

想了一会儿,他就站起来打开一个箱子,拿了两本黑皮笔记,第一本日记在林叶走后就发现的,第二本是程威搬家的时候,偶然从一个书堆里翻出来的。第一本日记程威已经不止一次地读了,但每一次读,每一次的感觉都不同,林叶和他生活了十几年,就留下了这么两本日记,第一本是在和他相处的头一年,记载的大部分都是甜蜜,后来就再也没有了,是不是像明静说的,不写日记的日子就是她完完全全摔落在人间的日子?

林叶在第一本日记里写得全是程威和家庭。

×年×月×日:

程威让我去他那玩,我"顺便"叫上了明静。程威看明静陪我来了,又叫上了一个同学,我们一起打球、喝啤酒。程威自己有间单人宿舍,虽然很小,但走廊里有一间公共厨房,可以做饭。程威的洗漱用具都摆在了走廊上的一个桌子上。我们打完网球回去的时候,那个公共厨房里的人已经满了,研究所里住在这个走廊的那些年轻的夫妻们都在做饭,程威就把灶台搬到走廊的桌子上,其实程威平日吃食堂,很少自己做饭吃,就是做也是煮些面条吃而已,这一套餐具,还是他父母来看他的时候,母亲让他买的,母亲给他做了一阵饭。

虽然程威并不会做菜,但他还是吹牛说要亲自炒菜给我们吃。我虽然是家里唯一的女孩,但因为下面有个弟弟林子,林子很得妈妈的宠爱,我从小就在家里做饭,所以什么菜都会做,看着程威在灶台前忙乱的样子我觉得非常可笑,就过去帮忙。

程威的菜炒得不好,但看见我来帮忙就非常兴奋。他叫我一起和他去买菜。但他并不会买菜,都是我帮他在菜场里挑挑拣拣,他跟在后边的任务就是掏钱结账,我要拿钱结账,他不让。然后他把大包小包全挂在自行车车把上,我就坐在他的自行车后边回到了他的宿舍。

那一顿饭,大家都吃得很痛快,都夸我的手艺高。

回来的路上,明静和我开玩笑,说程威看我的眼色就像狗盯着肉骨头一样。她说傻妹妹,先吊吊他的胃口,可别那么快就让他叼到嘴,男人就是这样的,太容易得到的东西他们不珍惜。

其实我没好意思跟明静告诉,他在厨房已经亲了我一口,这是不是算让他叼到嘴了呢?

×年×月×日

突然间收到程威的礼物,有些激动。他来单位门口接我,走到我的宿舍门口的时候,他送了一个小小的包装起来的盒子给我。我不好当面拆,带回宿舍。打开一看,是一个银的手镯,今年北京女人忽然流行戴手镯。

我心里非常的温暖。

×年×月×日

今天收拾自己当姑娘时的书才忽然看见了这个日记本,这半年我沉浸在幸福里连日记都没写。我和他已经结婚半年了。

这个房子是他单位的,也就是他原来的单身宿舍。周围环境很好,旁边就是一个大公园,每天晚上都对外开放到十点钟,一吃完饭,我们就手拉手去散步。每天都这样的慢慢地转悠一个多小时,走累了,就在公园湖边的长椅子上坐下来,这时候我便倚在他肩上,有时候他躺在我的腿上,看星星、看月亮,有时候聊工作,有时候聊我们自己,计划我们什么时间要孩子,春节是上他家过还是我们家过。有几次他在我的腿上睡着了,我还不知道,以为他在眯着眼睛听我说话,我就傻瓜一样的一直说呀说的,等我发现的时候,也到了公园关大门的时候。他就对我说,对不起了,我工作太累了,脑袋粘在你的腿上就想睡觉。我想睡就睡吧,这样在月亮和星星的下边躺在我的腿上睡,我也很高兴。日子真的很美好。

×年×月×日

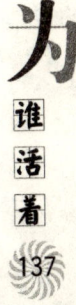

今天周末,我拉着他出去吃,我说我不想做饭。他是个馋家伙,当然是举双手双脚赞成了。因为最近我怀孕了,嘴很馋,他就说你想吃什么呀?一幅大款的嘴脸,好像我要吃月亮他也要上去摘下来一样。

我说我喜欢吃辣的,不管什么只要是辣的就行。

不知道为什么最近忽然就喜欢吃辣的东西,妈妈说:"酸儿辣女,你的孩子肯定是个女孩。"

我说女孩好,我就喜欢女孩。因为潜意识里知道自己会生个女孩,所以就准备了许多女孩的东西,程威倒不在乎,他说什么都可以,只要健康就好。

……

在这本日记里程威寻找不到林叶对自己半点的不满和非议,有的只是甜蜜和幸福,当然了,这是他们婚姻最初的日子。

看见林叶的日记,程威想起了林叶看自己日记的那一次事情。

虽然程威经常很晚才回家,有时已是半夜。但毕竟林叶知道他要回来的,他会回来的。偶尔他去开会,也不过是一天的时间,他还常在深夜赶回来。可有一次,程威到外地去为一个女作者开作品研讨会,很久没有回来,林叶的心里空荡荡的。

林叶整理程威的写字台,为他清理抽屉里的乱东西,程威生活上历来不拘小节,钱到处乱放,东西也到处乱放,他的抽屉里各种笔,能用的、不能用的都堆在那里,证件、小刀、橡皮、稿件、过期的钥匙、照片、电话交费单、医疗证、电脑软盘、CD盘……真是应有尽有,杂七杂八。

无意中翻到程威的日记。她盯着日记犹豫了一下,毕竟有种偷窥的感觉。但还是好奇心占了上风,想看看自己在他眼中、心中到底是什么样子。但程威整篇的日记几乎没有提到林叶,都是在讲他的工作,他对人、对己的评价,还有下一步的工作应该怎么开展。林叶非常失望。自己的日记通篇都是感情、情感、家庭、老公;而他的日记,全都是工作,根本连提都没提家庭,这让林叶怀疑程威根本就没把自己放在心上。看了程威的日记以后,林叶生气地给远在外地开会的程威挂电话,程威正忙,有时候就把电话挂断,这更引起了林叶的不满,只要程威下一次接了电话,林叶就不停地抱怨,抱怨他不关心自己、抱怨他没有情趣、抱怨他没有时间陪自己、抱怨他上了外地开会连个电话都不往回打。程威回到家里后,林叶就开始和他吵架、冷战。搞得程威烦不胜烦。程威就一个人插上门躲到书房里去自己看书,不搭理林叶。林叶气得不行,就一个人坐在厨房里生闷气。

程威把自己沉浸在看书工作里完全忘记了林叶还在生气,等睡觉的时候去卧室,没有看见林叶,就各个屋里去找,到了厨房发现林叶一个人坐在黑乎乎的厨房里,没有开灯,雕像一样地坐着。

程威去拉她,她冷冷地甩开了。

那时,程威真的没有去体会去感觉林叶的心情,只是觉得女人吗,都会这样的发些小脾气的。

程威的母亲和父亲就很相爱,但母亲时常要和父亲发点小脾气,每当母亲生气的时候,父亲就躲到一边去,父亲说这是化解夫妻矛盾最好的方法,女人生气的时候你千万别跟她吵,越吵她越来劲儿。最聪明的方法就是闪开。程威就是按着父亲处理家庭矛盾的方法来处理他和林叶的矛盾的。

现在程威真的很后悔。那时候为什么不常坐在一起沟通一下,要知道林叶和母亲是不一样的人,母亲是那种吵了架十分钟就过去的人,吵完了也就好了,可林叶却是个很内向的人,她是个生活在自己内心世界的人。程威不经意的一举一动她都深印在内心了。

林叶休病假那半年,自信心很低,吵架的时候总说程威看不起她。也许内心深处觉得程威是研究所的所长,正是风华正茂的年龄段,正是男人最成熟、最吸引女人的时候,而自己已经四十多岁,身体也不好,和程威上床,用不了几分钟就腰疼腿酸,每一次程威都是为了照顾她而不得不把时间缩短,所以在内心深处她总是自卑。总是觉得程威是因为自己人老珠黄才这么不愿意回家,才把自己整个的心思都用在工作上的,才找个茬子经常出去开会和外边的那些女人泡在一起的。但是林叶在程威的单位没有听到有关程威的任何一句绯闻,相反的是,听到的都是有关程威怎么正直、怎么优秀的话语,程威单位的人都说林叶找了个好丈夫。

林叶听了这些话,没有任何的高兴。她在结婚的前些年,听到这些话还兴奋、还高兴,但这么多年过去了,她才知道,程威的这些个优秀对她没有任何的益处,相反却伤害了自己。因为程威的优秀才显出了自己的平庸。他是工作努力,在单位里肩挑大梁,但家庭的一切却全部由自己来承担;他是没有什么绯闻,自己没有抓到他和其他女人来往的任何证据,但他也没有把心思全给自己……

在林叶的心里,唯一对程威还算满意的是,和他争吵了那么久、那么多,就算多么生气,程威也没有说一句分手的话。

林叶想,也许程威知道自己的脾气,如果他提出来,林叶这样自尊心强的女人一定会转身就走,连头都不会回,是的,林叶就是这样的女人。

有几年,程威工作上的竞争很厉害,回到家里就累得不行,从身体到精神上都很累,有时候看看书就在沙发上睡着了。林叶洗干净身子招呼他,他动都懒得动,在沙发上一睡就睡到天亮。一次两次这样,林叶可以理解,次数一多,林叶就对程威说:"你是不是讨厌我,所以才选择躲避?"

程威大喊冤枉,并抓住林叶解释,但林叶同样不理解他的解释。

林叶同时也不理解他的冤枉,那以后程威再在沙发上睡觉,林叶就连招呼都不招呼了,一切随他去的样子。

第二天程威问林叶为什么不招呼自己,林叶说:"你记住,我是个有记性、有脸皮的女人。"

林叶的第二本日记就是最近两年记的,程威看了几页就把它烧了,火光在程威的脸前跳动着,把他的脸搞得非常复杂和迷离。

风雨恋情

因为程威去找林叶,思远结束了他自己所认为的"圈"养,回到了学校上课。

可能是为了报复程威找女朋友,也可能是这一阶段程威去见林叶对思远的监管失控,思远上学以后就以迅雷不及掩耳之式交了一个小女朋友。

有一天,思远回家很晚,程威以为他又旧病复发上了网吧,于是就去找思远。他找了三十多家网吧也没找到思远,最后他想到酒吧里喝杯饮料,结果却在这里意外地看见了思远。

程威绝没有想到思远会在这种地方,这可是一个情人们来的地方呀,程威惊呆了。

每个小桌子上的花瓶里都插着一朵红玫瑰,围绕着红玫瑰的是四根点燃的红蜡烛。整个咖啡厅灯光幽暗,一对对的情侣坐在灯火摇曳的桌子前,音乐在低徊,时隐时现。思远和一个和他一般大的小女孩正在边聊边喝咖啡,就像两个大人一样在品味浪漫。

在他们邻座有一个妖艳的女人,正边喝红酒边抽烟。右手夹着一根细细的More(摩尔烟),柔软的红唇吐出一圈圈的白雾。

程威的心比刀子剜了一下还痛,他真想上前就拉上思远走,但理智告诉他,必须要有耐心。

程威在思远没有发现的情况下,悄悄地退了出来,他走到一个僻静的地方,从兜里掏出烟来边抽边观察着酒吧的门口。

他就一直这样站着等,一直等了一个多小时,思远和那个女孩子才从酒吧里走了出来。

程威跟着他们走,发现他们正向公共汽车站走。

公交车咣咣当当地向前走着。车里边,思远和那个女孩子相依着站在通道上,程威的车跟随着这辆公交车在后边慢慢地行驶着。

车两边的景物越来越暗。车在小区外的一个车站停了下来,两个年轻人走下了公交车,向一个陌生的小区走。

程威把自己的车停在一个拐角处,就坐在车里观察。

走到一栋楼的单元门前,女孩子站了下来。两个人站着说了一会儿话,没有任何的亲昵动作就分手了。车里的程威一颗心落了下来,看来他们的关系没有发展得太近,估计是刚刚开始。

等那个女孩子走远,程威迅速掉转车头,自己开车回家。

思远返回在车站等候。

程威一直在寻找合适的机会,琢磨着怎样和思远开这个口。自己没抓到他们亲热的镜头,你怎么就判定人家是早恋!

程威犹豫了很久也拿不准到底该怎么开口和思远说他早恋的事。他太了解思远了,如果话说得不合适一定会适得其反,思远甚至可能就为了气程威、为了和他作对,还有可能会变本加厉。可是不说的话任其发展又势必会影响思远的学习和以后的感情观。所以程威思考再三,还是决定和思远谈谈。

为了找一个合适的时机,程威可谓煞费苦心,好几次都想开口又觉得时间不大合适而硬咽回去了。

这天,程威回家的时候发现思远很开心地坐在电视机旁,在看一个自己喜欢的明星的小品,一边笑一边说:"这恶棍,这恶棍。"

思远给这个明星起了个恶棍的外号。思远就是这样,本来很喜欢人家,却起这样很不恭的外号,他的那些狗友们反对,他就说:"你以为他是什么好东西呀,我喜欢他的作品,未必就喜欢他这个人。这些恶棍,凭什么凭一张嘴巴就挣那么多钱呀?"

原来他这样给人家起外号是嫉妒人家挣钱多。

他的那些狐朋随声附和,连连点头,很同意他的看法。

程威看思远心情很好就很高兴,他把包放在沙发上,坐在思远的旁边陪他一起看了一会儿电视。

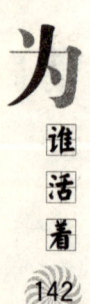

程威盯着电视看了一会儿:"我就看不出来有什么好。"

思远转头看了程威一眼,往嘴里扔一根薯条:"哦,我这个人很容易晕菜的,受不了这家伙一句搞笑的话。"

程威觉得现在谈话效果肯定不错,但那个小品忽然结束了,思远站起来向自己屋走去。程威说:"你干什么去?"

思远说:"累了,我上床横一会儿。"

思远走进自己的屋,撩起后脚跟就把门关上了。

程威想,自己这样直接谈也不好,连证据都没有,光凭一次酒吧约会还不能说明什么问题。

为了寻找思远早恋的把柄,程威开始密切地注意思远的一切行动,甚至有失身份地去搜查思远的抽屉,想从那里边发现一点蛛丝马迹。

程威忙乎了好几天也是灯草织布——枉费心机。

思远是个懒孩子,他别说是日记了,连记叙自己心情的一个小小纸片程威都没有找到。

程威想,这个懒小子要是生在文化大革命时期倒不错,谁想从他的桌上寻找点罪证都寻不到。

跟思远来往的电话也很正常,他除了喜欢和立明以及顺畅偶尔褒电话粥外,几乎很少往外打电话。

程威没有想到,还没等他找到证据,学校那头就来了电话,而且肯定地告诉他,思远谈了恋爱。

因为经常逃课,谈恋爱,思远和佳佳在学校受到了警告处分,他们的名字和照片都出现在了学校操场上的警示栏里。

班主任王老师也针对这件事情在班级里特地开了一次班会,让思远和佳佳在班级会议上做检讨,但两个孩子拒绝检讨,态度还非常地生硬。这样佳佳的父亲方钟山和思远的父亲程威被同时传到了学校。

两个人几乎是在同一时间到达学校的,走进了教学大楼办公室的走廊。他们径直向语文组办公室走来。

走廊里很昏暗、很压抑。

王老师打开了门,把两个人迎进了屋。

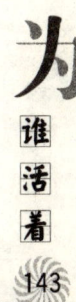

雨点叮叮当当地敲打着教导处的窗户,透过窗户向外看,校园已是烟雨蒙蒙。

这是程威和方佳佳的父亲第一次见面。程威第一眼就看出佳佳的父亲是个知识分子,他严肃儒雅的外表、整齐讲究的着装都给人一种完美的印象。

两个人不长时间就怀着非常复杂的心态从王老师的办公室里出来了。

佳佳父亲方钟山的脸上是巨大的失望。他匆匆忙忙地跟程威摆了摆手,打开停在校门口的车,飞速地掉转车头,向远处行驶而去,柏油路上刚刚积下的雨水被他那飞转的车轮溅得四处飞扬。

方钟山在车里阴沉着脸,手把着方向盘,点燃了一只烟,狠狠地吸了一口,又从嘴里拿出来狠狠地掐灭。

程威愣愣地站在空落落的校园里,茫然地抬头四处看看。

天已经晴了,树上的几片叶子慢慢地飘落,一阵风吹过,使得树叶向上飘去。校园里很安静,刚刚下过一场秋雨的地面还很湿,天上还有大块大块发黑的云彩没有散去,好像随时就要下雨的样子。

程威心事重重地一个人向门口走去,他的心乱极了。

等程威找到思远的时候,思远正在家门口的台阶上坐着等程威。他今天没有带钥匙。

程威远远地看着思远一个人坐在台阶上,寒风把他额前的头发吹得一绺一绺的,他的两只手很紧张地绞在了一起,心事重重的样子。

程威一下子辛酸起来,刚才对思远的那份冤和恨一下子就没有了。

他想到思远是个尖酸古怪的孩子,容易惹人讨厌,有时候甚至让人恨。从母亲离开的那一天,他的成绩就一天天地下滑,他上网、逃课……一天天地让程威失望、让老师失望。而现在他又开始早恋,那以后在学校伴随他的可能就是批评、白眼、指责和嘲讽……如果自己再不理解他,那么他的身边可能就更没有温暖和理解了。

程威今天去学校才清楚,王老师教育孩子的方法也很简单,她这样的在班级和学校粗暴地教育思远和佳佳,两个孩子是否能承受得住?尽管自己在知道了这件事情之后也很意外、也很惊讶,但程威觉得不想在这件事情上去刺伤思远的自尊。

程威在心里说,错误并不都是孩子的,青春期的少男少女有了爱的懵懂意识是正常的,绝对不能这样粗暴地解决,不应该给予这么严厉的惩罚。

可是反过来想,如果老师不管,小孩子都谈恋爱,影响了学习也不好,老师对学生严厉,归根结底都是为学生好。老师图什么呢?图挨骂?没有哪个老师愿意费力不讨好的。

这样一想,程威又糊涂了,他不知道是该可怜自己的孩子,还是该体谅老师的一番苦心?

程威把车开到小区的门口,停下了车。

思远看见了程威,显出很紧张的样子,好像怕挨骂一样,一反平日蛮横霸道的样子。

程威走到台阶上把思远拉起来说:"看,这地面多潮呀,不能坐,要生病的。"

程威的样子慈祥又亲切,不像是生气的样子,思远悬着的一颗心终于放了下来。

思远担心爸爸受了老师的挑拨会对他下手的,没想到爸爸很平静,和没事一样。

思远担心地问:"爸爸,老师和你说了什么?"

程威平静地说:"没说什么。"

思远说:"我不相信!"

"真没说什么,她就说以后希望你把精力都用在学习上,别跟女孩子在一起浪费精力和时间了。"程威轻描淡写地说。

"就这些?"思远不相信地问。

"难道你还有什么事情怕老师不告诉我吗?"程威笑着问思远。

"不,不,不,我没有什么事情怕你知道。"思远急忙辩解。

思远的眼睛在程威的脸上滴溜溜地乱转,心想,看来老师真没说什么过分的话。

程威也正在想自己的心事:看来,思远的情绪还可以,并不像自己担心的那么糟。

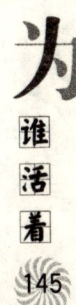

程威问思远:"思远,老师批评你,你有意见吗?"

思远说:"怎么没有?她就看着我不顺眼!"

程威说:"怎么就看着你不顺眼呢?她想罚别人,人家别人遵守纪律,她罚也罚不着呀。还是你自己的问题,你要是遵守纪律,她能罚你吗?"

思远说:"她也罚别人,她就是对学生狠!她 NR(脑崩)"

程威说:"别瞎说!你不要记恨老师呀,老师对你严厉也是对你好。"

思远说:"我就不明白你们大人,打你骂你,反过来却对你说,这都是为你好。"

程威说:"就是的,这都是教育你们怎么成材的。"

思远说:"酱紫(这样子)让我成什么材呀?我都快被你们这些大人折磨死了。"

程威看看思远:"真的呀?心里真这么想呀?"

思远说:"那还有假?有时候我真想出走,永远永远离开这个地方,让你们永远也找不到我。"

程威吓了一跳:"思远,你别吓唬爸爸,我可有高血压。"

思远说:"偶没有高血压,但偶的心脏早被你们这些大人闹破了。"

程威说:"不许再说网络语,难听。"

程威训斥思远。

思远说:"好,好,我改还不行吗?唉,真拿你们这些老老人类没办法,一点新东西也接受不了。"

程威问思远:"你心里真记恨大人对你的态度吗?"

思远叹了一口气,像个大人一样地说:"学校就是纳粹集中营。我和佳佳也不过就是喜欢在一起呆着,老师就恶毒攻击批评我们,你们大人恋爱拥抱干什么都行,却对我们小孩子这限制,那限制的,连玩个虚拟的 WL 都不行。"

程威问:"什么叫 WL"

思远说:"看看看,这都不知道,就是网恋呀。"

程威说:"你网恋没网恋呀?"

思远大咧咧地说:"那种 baby leg 早就被我玩腻了。"

程威听了思远的话吓了一跳,这孩子,怎么会这样?程威追着思远的屁股问:"你啥时候玩过?我怎么不知道你网恋?"

思远往前走,冷笑:"初一的时候就玩过了,让你知道还了得,你的吐沫还不得把我淹死呀,你这个LS(罗嗦)大王。"

程威气得在后边直喘粗气:现在这些孩子真不能叫他们孩子了。

两人很快就走到了麦当劳门前,思远带头走了进去,看来他今天想吃这口儿,程威就跟了进去。

叫了两份套餐后,思远开始低头吃东西,程威没话找话地跟思远搭讪,但思远只是偶尔瞥他一眼,哼唧一声,然后就边吃边游移不定地把眼光向各处瞟去,看看前台那些忙个不停的服务员,又一个个地观察那些吃饭的、说话的顾客……好像他的面前坐着的不是自己的父亲,而是想跟他搭讪的陌生人。

程威想,刚才自己是太乐观了,其实思远并没给他发出什么和解的信息,他的笑肯定是跟他和佳佳的事情有关,他只是害怕父亲会教训他,现在看见一切都风平浪静,于是就可能又恢复了和父亲赌气的现状了。

思远吃完了东西,就想起身回家去,却被程威叫住。程威说:"再等我一会儿,喝杯咖啡。"

程威没话找话,不是真的想喝咖啡就是想拖延一下回家的时间,他知道一回到家思远就会把自己关进小屋里一晚上都不理他。

他真想和思远彻底交谈一下。

程威示意思远坐下,他自己又跑到前台点了两杯咖啡回来了,一人面前放一杯。

思远往咖啡里加着奶和糖,不说话也不看着程威。

程威调着咖啡不知如何开口。

如果一开口就说他不赞成思远和佳佳在一起,思远肯定是马上起身就走,或者是不承认,程威暗自想。要是和他说现在的任务就是学习,其他的都应该先放下,那思远肯定也是不屑一顾的。

"思远,我认为你现在谈恋爱还过早,你现在正处在很关键的学习阶段,你如果在这一两年不努力,考不上大学会造成终生的遗憾,所以我希望你把

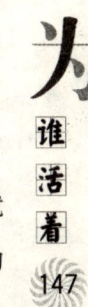

这一段感情先放一放。"

思远冲程威喊到："就许你放火烧山，不许我百姓点灯呀？"

程威说："我怎么放火了？"

思远说："你抛弃妈妈和我，和其他的女人恋爱，不是放火是什么？"

程威说："我和陈子盈早就结束了。"

思远说："可惜，我刚刚开始，我要将革命进行到底！"

程威说："思远，如果你在成长的过程中完全排斥来自成人世界的意见是很愚蠢的，我承认你有自己的个性和思想，但大多数人都在成长的过程中通过付出代价而积累下很多的人生经验。我是你的父亲，我不希望自己的儿子在人生的道路上遭遇太多的折磨。如果早恋不影响你的学业还能让你身心愉悦我很高兴，但事实是像你这么大的少男少女一旦进入恋爱角色，必然会导致学习成绩的下降，因为你们还没有自控能力。更何况，恋爱在给你快乐的同时也会带给你很多的伤害，比如你和佳佳之间的争吵、误解、赌气啊什么的。你不但要在这些事情上伤神伤心，也会占用你的大量时间，即使是回到家里睡觉，也要要用一定的时间回味约会时你们之间的话语和动作。是不是呢？"

思远不得不承认程威说得有道理，他不知道程威怎么会知道这些的，自己从来也没和他说过这些。

程威又说："那些在中学期间凡是涉及到这类问题的孩子，在考大学的时候，基本都会被淘汰。但是如果你考不上大学，就意味着你将来会进入一个平台很低的状态之中。一个丧失接受大学教育的人，将来的职业就是那些重复性的机械劳动，也无法获得体面的生活，那时你要承受巨大的生存压力。我就你这么一个儿子，我不想让你的将来承受任何的压力。你不要为了现在的曲折难受，将来考上大学，你就有'出头之日'了。"

提到考大学思远又有点烦躁了，他反感地冲程威挥挥手，"别跟我提考大学，一提考大学，我更心烦。都是这个大学闹的，大人就是被这个大学都闹得鬼迷心窍了。"

思远突然放下手里的咖啡，起身就走。一边走一边嘟囔："哼，这个BT老师，以为把这事公布出来就可以打击我，怎么可能！"

程威没有站起来去追,他知道追了也没多大作用了,现在的思远听不进去任何劝。而考不上大学对于他来说似乎根本不能引起他的惶恐甚至是不安,他追求的和程威希望他走的路有太多不同。

程威看着思远走远的背影迷惑了,自己想的和儿子想的有太多不一样的地方,现在明明看到他在走一条歪路自己却无力扭转。自己很希望儿子能和自己的期望一致,但又不愿意逼儿子,让儿子不快乐,甚至背负很沉重的包袱,这让他进退维谷。

程威也曾想过,是不是考大学就是现在的孩子们唯一的出路了呢,他抱着希望不是的心一直在观察和思考,可很遗憾,最终他还是觉得绝大多数的孩子确实只有考上大学才有比较好的出路。所以在他希望孩子快乐的同时也一直觉得孩子还是必须得好好学习,考上大学才可以。

程威太清楚思远的个性了,如果生生地把思远和佳佳给分开一定是不会成功,万一把思远刺激大了,他可能会做出更加绝情的事情来。如果为了让他们分开到最后却弄得思远出了更大的问题,那绝对不是程威想要的结果。

后来的几天,思远一直情绪低沉,说自己再也不想上学了。程威问他为什么,他也不吭声,每天早晨为了他能背上书包走出家门,程威都要费很多的口舌来说服他。

暴力家庭

有一天,思远哭着对程威说,爸爸,你救救佳佳吧,你跟佳佳谈谈好吗?佳佳被她爸爸打得鼻青脸肿,她说要自杀。

程威一听吓了一跳,立刻答应说:"行行行。"程威自己巴不得想跟佳佳见面,他一直想跟这个思远迷恋的女孩子见面,他想知道她到底是什么样,他想知道思远喜欢的到底是哪类的女孩。但是他自己不好在思远面前提这个要求,现在思远主动让他们见面,程威真是巴不得。

思远告诉程威说,那天方钟山从学校一出来,就飞车赶回了家。当时佳佳已经回家了,妈妈正在往桌子上端饭。佳佳正站在窗台前向外瞭望,她看见父亲的车嘎吱一声就停在了家门口。父亲怒气冲冲地从车上走了下来,并迅速地走进了楼梯口。

佳佳跟思远说,她当时吓得蹲在了地板上。她听见楼道里传来父亲急急的脚步声:咚,咚,咚……然后就是巨大的"嘭!"地一声。

她知道这是父亲踹门的声音,她听见这一声,立刻紧张地弹跳起来。

一张恐怖的被怒火扭曲的脸出现在她的屋门口。她蜷缩在自己小屋的地板上恐惧地坐着。

父亲冲进她的屋子,抓住她的衣服领子,不由分说地就左右开弓扇了她几个耳光。

父亲双手插腰站在她的屋里,像一头愤怒的狮子咆哮起来:"我给你交学费就是让你找男孩子的吗?……"

父亲的咆哮声把屋里的家具都震晃荡了。

母亲将父亲拉了出来,追问出了什么事情。

父亲愤怒地指点着站在屋门口的佳佳对妻子说:"你问问她自己吧。(用手点呼着佳佳的脑袋,气愤地)我怎么有你这么个不争气的孩子,说出去我都替你丢脸！你差十分没考上重点，为了让你考上大学，我掏了钱把你送进去,可你进去干什么了？谈恋爱！啊,你想气死我呀？你的脸皮怎么就这么厚呢,老朱家祖宗八代也没有你这样不要脸的人呀。你这么小就搞对象,得搞到什么时候呀？"

佳佳妈妈听了丈夫的话,嘴都气哆嗦了,手指着她："佳佳呀,佳佳,让我怎么说你！"

父亲又冲了过去,随手抄起一条皮带,没头没脸地冲她打起来……

思远跟程威说："难道当爸爸的都这么狠毒？"

程威说："你说我狠毒吗？"

思远说："方式不一样。"

程威知道思远所指的方式不一样是指什么,他没有吭声,他走到录音机旁打开按钮,屋里立刻飘荡起一首歌：

吃了多少苦受了多少累

你们为抚养儿女遭了多少罪

头发白了不会再变黑

皱纹添了不会再消退

起过多少早贪过多少黑

你们为培养儿女多少心力被操碎

眼睛花了走路已驼背

牙齿掉了说话常琐碎

常言说可怜天下父母心

直到我们有了儿女才能真正的体会

最感动就是天下父母心

……

思远听了一会儿走过去把录音机关掉说："我烦。"

程威提前十分钟来到酒吧,那酒吧暗藏在一条小街的深处,一向默默无闻。

把见面地点选在这里,是思远的主意,因为这里在学校附近,佳佳放学就可以进来,不用受坐车的苦处。从这个细微之处程威就感觉到思远是很体贴佳佳的。程威觉得和一个未成年的孩子在酒吧见面似乎不好,倒不如在公园里。

思远就说爸爸老土。

程威过去在等待思远放学的时候曾经到过这个酒吧,知道那是个很清净、没有多少顾客光顾的地方,谈话倒是很方便,于是便同意了。

程威是在估摸着学校正好放学的时间去的。推门进去,看到这里与往常一样,每个角落都晦暗不清,只有吧台被灯光打出一片温暖的亮色,在那迷迷糊糊的亮色里,已经坐了两个人,一看背影程威就知道是思远和佳佳。

思远背朝着程威,正在喝一杯果茶,听见门响,就回头看,他看见程威就又转头不知道对佳佳说了什么,佳佳立刻放下手中的饮料局促地站了起来。

程威向她注目,并示以微笑。

佳佳马上还以微笑,却笑得勉强而又短促,甚至还有几分尴尬,她一脸稚气地说:"叔叔好。"

程威说:"我们去那边坐好不好,那边亮点。"

程威一边说,一边率先向外面走去,语气中带有一丝命令的威严。

佳佳和思远果然听话地跟上来了,亦步亦趋地随着程威走向最外面的一张小桌,又随着程威在那张小桌的面前,拘谨地坐下。

程威不愿意在那个阴暗的角落和两个阳光少年谈话。思远这回没做任何的抗议,也许他了解自己的父亲不会像一般的父亲那样给佳佳难堪的。

程威的语气虽然严肃,但面容始终和善,脸上始终带着微笑,竭力消除佳佳的局促和不安。程威又为两个孩子要了两个冰淇淋,他自己要了一杯果汁。

佳佳的左半边脸是青肿的,两只眼睛都充了血。端着杯子的那只手在微微的颤抖。

程威的心里立刻酸了:天下哪有这么打孩子的父亲!何况还是个女孩子。

程威的心里立刻升起了一种怜爱,他怕佳佳尴尬,尽力不盯着看她的脸。

他们随便聊了一会儿,似乎是漫不经心的,无非是一些学习和生活上的一些小事情。程威平静的态度、亲切的话语给佳佳留下了很好的印象,也使思远消除了戒备,思远站起来对佳佳说:

"我爸爸要和你单独谈谈,我走了好吗?"

佳佳点点头,思远转身就走了出去。

思远走了以后,佳佳好像是立刻就没有了依靠,马上变得局促不安。说话低头含胸,语言也是断断续续的,自卑、自怯的样子让程威很反感。看着那张年轻的脸,即娇嫩又稚气,和程威眼中看到的形象显得格格不入。十几岁的孩子就应该有十几岁孩子的样子,她这个年龄应该是阳光灿烂的季节,语言、姿态都应该是青春朝气的,怎么会表现出这么严重的卑怯和懦弱?

程威尽量不表现出自己内心的东西,平和地问佳佳:"佳佳,今后有什么理想呀?"

佳佳茫然地摇了摇头:"爸爸说让我考重点大学。"

程威又问:"你自己想做什么?"

佳佳说:"没想过。"

程威说:"你喜欢什么?"

佳佳说:"没什么喜欢的。我是个各方面都很不行的孩子,我知道自己配不上思远,叔叔放心,以后我不会找他了。"

佳佳这几句话说得很突然,把程威闹得一愣,他没想到佳佳先发制人,堵住了自己的嘴。其实今天程威来主要还是受思远之托。佳佳在家里挨了打,有了轻生的念头,在佳佳心情非常糟糕的时候他不想谈思远和她的关系,那下一步怎么办的问题,他不想再给佳佳的伤口上抹盐,关于这个问题以后会有时间谈的。

可是也许佳佳误解了,以为自己是来找她谈这个问题,也可能是自己问她有什么理想让她以为程威在谴责她没什么志向。

程威说:"别这样说,谁说你各样都不行,我看你就很好,是个非常好的女孩,思远喜欢你很有眼力。"

程威说到这温和地笑了,满脸是笑容、满眼是希望。他想让佳佳走出灰色的心境,恢复自信。

其实程威在内心深处并不喜欢佳佳这样卑怯寒冷的孩子。是的,佳佳的眼睛可以用寒冷这个词来形容,那里边有太多的伤感、太多的懒散、太多的失意、太多的自卑和怯懦,还深藏着太多的仇恨和愤怒。这样的孩子程威自觉自己是无法把握的。

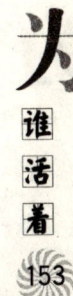

程威不明白,一个高级知识分子家庭,怎么会培养出这么一个孩子。听思远说佳佳的父亲是科学家、工程师,自己也见过佳佳的父亲,那真是一个仪表堂堂、气质高贵儒雅的知识分子,他真的不相信,这个人会把自己的孩子打成这样,伤害不仅仅是身体上的,心理上的伤害在眼睛里就能读得出来。

程威沉吟了一下,试探地问佳佳:"脸上的伤疼吗?"

佳佳摇了摇头,又点了点头。

程威问:"父亲经常这样打你吗?"

佳佳点点头说:"有一次还把我打骨折了。"

程威问:"都因为什么事情?"

佳佳说:"什么原因都有,老师告我的状,说话不好听,成绩上不去,自己的卧室收拾不干净什么的。"

程威问:"他不跟你讲理吗?"

佳佳说:"也讲,但讲两三句就烦了,伸手就打。"

程威问:"有人劝过他吗?"

佳佳说:"没有,我从来不跟外人说。就跟思远说过。"

程威问:"父亲打你,你反抗吗?"

佳佳说:"反抗就打得更厉害。"

程威问:"父亲打你的时候,母亲怎么办?"

佳佳说:"大多数的时候是帮凶和旁观者,有时候也替我说两句话。"

程威想,如果父母的教育不一致,一个打,一个护着,只能加重孩子不理解父母的心理,佳佳的母亲那样做其实是有道理的。如果丈夫打得不对,妻子也不能当着孩子的面和丈夫争执,一般都是背后提醒,这是人人都知道的教育原则,但佳佳把母亲说成是帮凶,看来对母亲也是持不理解的态度。

程威问:"父亲打你,你恨他吗?"

佳佳迟疑了一会儿点了点头。

程威叹了一口气:"佳佳,别恨爸爸,他可能是太希望自己的女儿好了,望子成龙。我是父亲,我理解他,打在你的身上,疼在他的心上呀。"

佳佳好像不爱听这话,仍然低着头,没有任何表示。

程威就这个话题又谈了很多,大意都是希望佳佳理解父母,说天下父母都是希望子女好的,无论他们采用什么方式教育孩子都是可以理解的,反正他是想用各种证据来证明佳佳的父亲打佳佳的合理化、无奈化,把父母的恩情也讲得很伟大……

他觉得自己已经是非常耐心细致地讲了一切,动用了自己的一切智力,他讲到了生活是多么美好、未来是多么光明,他让佳佳珍惜生活,珍爱生命,别恨父母,要学着爱他们……

可是佳佳似乎并不爱听这些,佳佳听了这些话,眼睛变得更空洞,脸上没有什么表情。

后来程威带思远去看心理医生,在听治疗师给家长讲座以后才知道,当初自己跟佳佳的这番谈话是多么愚蠢、多么的不科学!其实他的谈话也在无形中加重了佳佳的心理负担,推动了佳佳的自杀历程。

在医生推荐程威后来阅读的书籍中,他看到美国著名的心理医生说:"无论父母多么恶毒,你还得神化他们,即使孩子在某种程度上已经知道父母打你是错的,可能还觉得他有理……我们的文化和宗教在维护父母至高无上方面几乎是一致的。"

是的,程威当时就是帮助佳佳进一步地神化了他的父母,强化了佳佳父母的正确、自己的糟糕,是自己给父母丢了脸,他其实是真的犯了很大的错误,也许就因为这些才使佳佳失去了再生存下去的勇气。

可程威当时并不懂这些,他懂了以后就很长时间地陷入自责的状态中,也许自己的谈话更增加了佳佳自轻自贱,为佳佳的父亲推卸了责任,让佳佳感觉父亲没错,都是自己不好、自己坏,所以才挨打,这种感觉可能在佳佳原本脆弱的心里又加了一个秤砣。

那一天的谈话,程威没有说一句谴责佳佳父母的话。

在我们传统的文化中,父母打孩子总是有他们打的道理,他们会找出好多理由来证明自己的正确,而旁观者也不会谴责他们的父母。何况佳佳当时"早恋"的行为也确实是让大多数父母最头疼的事情,换了任何一个家长也许都会使用拳头对付一个在青春期像野马一样不服管教的孩子。

程威是接受传统文化长大的人,尽管他受过很系统的教育,在社会上闯荡了好多年,但我们国家到目前为止还没有一所学校或者是培训机构有为家长所开设的课程,程威教育孩子和教育别人的方式只能是一种大众所认

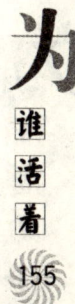

可的方式,他自认为自己的方式在目前的中国已经很开明、很进步了。但当他见了心理医生,带思远参加完治疗后,他才知道自己所认为的开明和进步是多么有限,自己所认可的那些理论是多么愚蠢。

心理医生说:"一个人不可能挨打、受辱,遭惊吓、被诽谤或因自己的痛苦遭责骂而不生气,但是挨打的孩子是无法发泄自己的怒火的,时间长了他的内心深处就会有一口因愤怒而沸腾的锅,总有一天他会找一种发泄的渠道的。"

可程威在跟佳佳谈话的时候完全不知道这些。

可是我们不要责怪程威,换了我们中间的任何一个人,在当时的情况下都不可能在佳佳的面前去谴责她的父母,谴责他们的不称职,去引导佳佳认识她父母的错误。

为了让佳佳恢复一点自信,程威又说:"你和思远现在还都小,还不懂得什么叫爱,现在你们集中注意力好好学习,将来等你们考上大学,有了工作再来往也不晚,到了那一天如果你们彼此对对方还有好感,叔叔会帮助你们的,到那一天我一定会像爱思远一样疼爱你的。"

佳佳抬起了头,眼睛里闪出了泪花:"叔叔,谢谢你。"

程威又说:"你们这个年龄多好呀,到……"

佳佳已经没有耐心再听下去了,她开始一遍遍地看表,好像有事情的样子,程威问她是不是有事情,佳佳说"没有"。但说完没有,还是心不在焉地紧张,程威看她这样就草草地结束了谈话。

佳佳和程威说了声再见就推开咖啡厅的门走了。

其实佳佳没有事情,她是怕回家晚了又挨父亲的打骂。

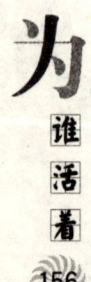

飘落的生命

周末,思远坐在家里看电视,正看得津津有味时电话铃声忽然响了起来。思远接起来,原来是佳佳。思远问佳佳有什么事,佳佳在电话那边几次欲言又止,好像有什么不好说的。思远便催佳佳:"你倒是说啊,和我还有什么不想说的啊!"

佳佳在电话里喘了一口气,如释重负般地说了一句,"思远,你能出来一下吗,我很想你。你到咱们经常去的那个街心花园里去等我吧,我一会儿就去。"

佳佳安静地说,说完了就把电话挂上了。

思远觉得佳佳的声音和状态有点奇怪,可他说不好是怎么奇怪。他把电视关掉收拾收拾就出了门。

思远一边往花园走一边嘀咕,佳佳的声音怎么怪怪的?

思远来到街心花园时佳佳还没有到,因为这个花园在思远家附近,佳佳要赶过来还需要一点时间。他坐在公园的长椅上,看来来回回的汽车在马路上穿行。

"思远!"

思远听见佳佳在大声地叫自己的名字!他马上站了起来,四处看着,寻找佳佳在哪里。

"思远!"

思远又听见一声。

这回他找着了,佳佳就在他正对着的马路对面,冲他笑着挥着手。

思远从长椅旁离开,跑到马路沿儿上,看着马路对面冲他笑着的佳佳。他竟一时看得呆了。

此时的佳佳站在阳光下面,头发在阳光的折射下发着光,脸上闪烁着一种思远从未见过的轻松和舒适,那似乎是一种她从没拥有过的轻松,这种轻松在她身上挥发出一股魅力,仿佛是脱下了一切重负的孩子正快乐地微笑。思远发现今天佳佳比平时要漂亮得多。

思远冲佳佳使劲挥着手,示意佳佳过马路这边来,他好想告诉佳佳,自己的 MM 今天看起来好漂亮!

这之后佳佳的每个动作不管多么微小,思远都看在了眼里,在以后每个思念佳佳的夜里都折磨着思远的神经。

佳佳依然笑着冲思远走来,她脸上的微笑从一开始到最后都一直保持在她的脸上,似乎想把以前十几年没尽情笑过的都补回来。

这时,人行道上的红灯亮了,想过马路的人都停了下来,佳佳也随着人群停在了对面。

从东到西的车流立刻迅速地在思远的视线里穿行,思远知道,佳佳要过来得等到绿灯亮起来才行,可就在这个时候,佳佳突然出人意料地冲着车流飞奔过去。

随即,佳佳就撞在了一辆正在飞奔的大卡车上,那长长的身子像小鸟一样飞了起来。

大卡车在一片行人的惊呼中急刹车,滑行了好几米才停住。

佳佳飞出去七八米才轰然落地,狠狠地砸在地上。

思远听见了"啪!"的一声!

思远的大脑轰的一下子炸开,他的世界仿佛在瞬间坍塌了一般。鲜红色,尖叫声,越来越多的人,缠绕着他剧烈疼痛的心。

"谁家的孩子啊,赶紧打电话啊!快不行了!"

一个声音炸响在思远的耳边,使思远清醒过来,他疯了一样向着马路中间冲过去。

"佳——佳——!"

思远变调的声音吓倒了周围一些围观的人,那些人眼神异样的连忙让开了路。

思远拨开了围着的人,看到了那令他终生难以忘怀的永远让他撕心裂

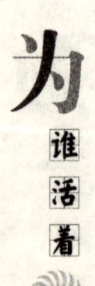

肺的疼痛的场景。

佳佳躺在一片鲜红的血液中，眼睛失神地看着天，四肢软绵绵地搭在地上，刚刚还洋溢着笑意的脸僵硬着，嘴边还吐着血沫儿。

思远冲到佳佳身边，抱起了佳佳的头，佳佳的血立刻渗到了他身上，浓重的血腥味刺激着他的鼻腔。

因为佳佳落下时是背后着地，她的脑袋软软的，用不上一点力，脑后有很多血，还有很多还在继续往外流着。

思远的心剧烈地跳动着，好像马上就要从胸膛里面跳出来了。

"佳佳，佳佳！你能听见我说话吗？你看看我，看看我好不好！佳佳，佳佳，佳佳！"思远轻轻摇着佳佳的头，不知所措，只是一个劲地叫着佳佳的名字，哭得波涛汹涌。

"孩子，别哭了，赶紧打120吧！"

有人提醒思远，可思远哪里听得下去，他现在眼里只有佳佳，血泊中的佳佳，他感觉耳边轰轰作响，自己的头也晕眩得厉害。

有个年轻人掏出自己的手机打了120，还打了交通部门的电话找人来现场。

那个卡车司机也早就吓呆了，自己开了这么多年车，还没见过自己往车上撞的呢，他一个劲地冲着围观的人嚷嚷着，"你们大家可都看见了啊！我没撞她啊，她自己撞上来的啊！你们可得给我作证啊！她真是自己撞上来的啊……"

他身边的几个人就安慰他，说很多人都看见了，确实是孩子自己冲上去的，让他别着急。

思远听不见别人纷杂的声音，他满眼满心只有此时躺在他怀里的佳佳一个人。佳佳的嘴角还上扬着，似乎还在笑着，就像刚才一样。思远实在是懵了，刚刚一切不是还都好好的吗，不是佳佳还在马路对面冲自己笑吗，不是好像非常轻松快乐的样子吗？怎么突然间一切就成了这样？

佳佳已经没有任何反应了，安静地躺在思远的怀里，思远感觉她似乎是小小的，自己可以完全把她包住，又感觉她是那样从未有过的宁静和听话，就那样停在自己怀里。她可真是任性的孩子，虽然她总是说思远太任性，其

实，她不是也一样任性吗，想怎么样就怎么样。现在不就是吗，自己想安静，就这么安静下来了。

比救护车早来到的是交通警察的闪着红蓝色光变换尖声鸣叫的车子，交警一到，就把围观的人群驱散，他们围着思远迅速地在地上画了一条线，还有个交警不知道冲着发蒙的思远说着什么，可能是让他放下佳佳，思远的意识已经完全地游离了自己的大脑，像傻子一样抱着佳佳，发呆、出神。

新的围观人群又涌了上来。

这时候，救护车的尖叫声也传了进来。

"救护车来了！大家快让开啊！让医生进来再说！"

外面有人大声喊道，围观的人们马上让出了一条路来。

救护车开过来，从上边跳下几个穿白大褂的人，他们从车里抽出一只担架床，一只很窄很窄的担架床，把血葫芦一样的佳佳搬了上去，然后他们跳上车，关了后门，吱吱叫着开走了。

思远眼前一模糊，身子随即往下一沉，栽倒在马路上。

一切的喧闹，真的就可以这样结束了吗。

等思远再睁开眼时，已经躺在了医院的一张床上，四周白得刺眼。他看到的是一个医生和程威焦急的探过来的脸，医生看到思远醒了，嘴里说着："醒了，醒了。"

程威看到思远醒了，深深地松了一口气。

医院给程威打电话的时候他都快急疯了，早上从家走的时候思远还好好的，怎么没过一个小时就突然躺到医院里去了！

等程威十万火急赶到医院的时候，才知道是佳佳出了车祸，他简直都不敢相信这一切是真的了。怎么会这么突然呢？他一边焦急地守着思远盼他赶快醒过来，一边非常疑惑这一切的发生。

"思远，你还好吗？身体有没有什么地方不舒服？医生说你就是一时激动导致的晕厥，你自己感觉呢？有什么更严重的？"

程威关切地问了一大串问题。可是思远根本丝毫没在意他这些问题。

"佳佳呢？"思远盯着程威问道。

程威不说话了,刚才关切的表情立刻变成了难言的苦楚。思远抓着程威,几乎是喊着问他:"佳佳呢!你说啊!"

程威把思远抱在怀里,想要控制一下思远的情绪。"儿子,你别激动,你听爸爸和你说,你先躺下,爸爸和你好好说……"

思远一把挣开了程威,起身往外跑。他跑到走廊里就喊:"佳佳!佳佳!你能听见我说话吗?你回答我一句啊!你在哪儿呢?"

程威和听见思远喊叫的护士一起上来把思远拉进病房:"孩子,你别这么激动,很多病人都在休息呢。你要找人阿姨帮你找,你别急啊!"护士摸着思远的头安抚着他。

思远听了死死抓住护士,他哭了出来,声音哽咽地问护士,"阿姨,我求求你,你帮我找找刚才被卡车撞倒的那个女孩儿,她在哪个病房,她叫佳佳……"

说到这里,思远已经完全控制不住自己了,他几乎哭倒在护士的身上。程威连忙上去把思远抱住,思远倒在程威身上放声哭了出来。

程威低下身轻轻地对思远说:"思远,今天咱们先回家,有什么事等你情绪稳定点了咱们再说好吗?"

思远看着程威,也轻声地问程威道:"爸,她死了是吗?"

声音轻得几乎听不到,程威也从没听见思远这么说过话。程威没有回答,只紧紧地抱着思远。

思远把程威推开一点,程威看到思远的眼里蓄满了泪水,哀求说:"爸,咱们去看看她好吗?不等明天,就现在。我求你了。我不会闹的,我安安静静的,好吗?"

程威的泪也滚落下来,似乎怕砸疼了思远一般。

程威很为难。他刚才去看的时候佳佳的尸体刚从病房里往外推,可能是推到太平间里去了。佳佳的父母跟着,号啕大哭。围观的人很多,现在也不知道他们还在不在,如果还在,万一思远被他们的情绪再感染了怎么办。而且,程威最担心的是思远再看到佳佳的遗体会受不了刺激。思远的身体一直很好,在现场时会晕倒肯定已经受了很大的刺激,现在再去要是受了更大的刺激伤了身体怎么办?程威想着,不想答应思远去,可他看着思远的目

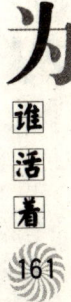

光又实在不忍心说拒绝或是还骗他说不知道之类的话。

"爸,我求你了,你带我去吧。"

程威看到儿子痛苦的表情心都碎了,他能想象,佳佳的死对于思远到底意味着什么。

他想了又想,决定还是带思远去看。人的一生,总有事情要自己承担,也总有些事情,得自己面对。程威觉得这样的承担和面对虽然实在是太过残酷了,可毕竟是自己和其他人不能代替他去做的。于是,程威对思远点了点头。

程威在医生的指点下,拉着思远往停尸间走,远远就听见了一个女人惨厉的哭叫声,那哭声的哀痛和悲惨,能撕碎所有人的心。

停尸间的门口放着一个窄窄的担架床,上面有一具盖着白布的尸体。

那个女人就趴在白布裹着的尸体上哭。旁边站着许多人,看来都是佳佳的亲戚,他们都在唏嘘,有的擦眼泪,有的往起拉那个女人,说着安慰的话。

佳佳的爸爸也呆呆地站在妻子的旁边,他低着头正在抚摩佳佳的脸。

程威抱住了思远,不让他再往前走一步。

程威明显地感觉到思远在自己怀里剧烈地颤抖,程威把思远搂得很紧。

"那是佳佳的尸体。"

思远突然冒出一句,程威也不知道他这是说给他自己听还是说给程威听。

思远又说了一句。

然后他的身体就抖得不行,忽然尖叫起来:"那就是佳佳的尸体,她怎么死了?"

虽然还离停尸间的门口很远,但思远凄厉的惨叫声几乎所有的人都听见了,所有的人都回过头来,连那个趴在尸体上痛哭的女人都抬起了满脸是泪的脸。

思远发疯一样要挣脱开程威,程威把思远抱得死死的,连拖带拉地将又哭又叫的思远拖回了病房。

医生给思远打了一针镇静剂才让他安静下来,十多分钟后他慢慢停止喊叫和抽泣,沉入睡眠状态,他躺在病床上睡了,脸上挂着泪痕。

看着思远睡在床上的那个样子,又想着停尸间门口的那具尸体,程威心里也难受得不行,不知不觉地眼泪流了下来,无声无息地在脸上肆意流淌。

多么小的一个孩子呀,前些天还在咖啡厅里和自己交谈,下一刻居然裹上一块布就要送进冰冷的太平间,然后不久就要化为灰烬,这让任何一个她身边的亲人都无法接受。

他能体会到思远和佳佳父母那种痛楚的感觉,对爱佳佳的人来说这件事情不能说是残忍,而是残酷了。

第二天早晨思远睡醒过来以后,异常地安静,他不说话,也没提任何的要求,就那样直愣愣地躺在病床上看天花板。

本来,昨天医生说就可以出院的,但因为去看佳佳的事情,出院又耽搁了,所以思远醒来后,程威就办了出院手续。程威想,能早一点回家就早一点回去,这样的环境对思远很不利。

就在程威想带着思远离开医院的时候,交警队的人来了,他们说要让思远配合做一下事故调查。

程威说现在孩子这个样,怎么配合,等两天吧。

交警队的人说,两天后记忆可能就不真实,还是现在好。

于是在医院的病房里,交警队的人又让思远回忆一下当时的情景。思远边说边哭,最后说着说着又哭晕了过去。程威生气地把两个警察赶了出去:"你们去找别人好不好,旁观的人那么多,你们为什么非要找一个孩子。"

两个警察怏怏而去。

谁害了她

第二天,程威把思远带回家把他安置好就去了学校,他找到王老师给思远请了假。并拿出 1000 元钱请老师转交给佳佳的父亲,并让王老师转达他的意思,请佳佳的亲人节哀顺便。他说自己找不到佳佳的家,这点钱就代表思远表示点心意。

王老师昨天就知道佳佳的事情了,所以现在一说到佳佳王老师的眼圈立刻红了。程威看她眼圈红了,就不好意思看她的眼睛,打个招呼就走了。

走过思远的教室门口,程威往里边扫了一眼,看见同学们正在正常上课,他很清楚地看见了思远和佳佳的位置上空着,程威忍不住地一阵心酸。

程威感慨地想:人生的路真是荆棘丛生,祈祷自己和亲人的人生道路是坦途大道纯属美好的幻想,希望自己的孩子能永远绕开艰险和死亡也是不可能的。

思远在床上一躺就是很长的时间,一开始是没什么体力,后来是根本就不想起床了。他一天里能睡十四、五个小时,其他的时间除了吃饭上厕所之外也全都在床上躺着。程威试图和思远谈过几次话,却都以思远说累了想休息结束。程威对思远的状况非常担心。

那几天程威一直苦口婆心地劝思远,跟他讲道理,讲了如何对待生死,如何对待挫折。

"思远,人死不能复生,你要接受现实。一个心理成熟的人,在灾难面前都坦然如常,无论你怎么喜欢佳佳,她都离开了你,你不能因为这些把自己的生活秩序搞乱了。"

"思远,爸爸不想看到你这样委靡不振的样子。佳佳肯定也不愿意看见,人人都喜欢活泼的孩子,你这样整天愁眉苦脸把泪挂在脸上将来就没有人再喜欢你了。你的路还很长,你将来会碰见无数优秀的女孩子的,佳佳只是你人生的一个小小的驿站。"

无论程威说什么怎么劝,思远还是每天迷迷瞪瞪地躺在床上,想和佳佳在一起的事,想佳佳死那天的笑容,想那令他昏厥的车祸场面。想完了哭,哭完了就迷迷糊糊着睡。

思远深深自责,佳佳自杀之前对他说过很多可以看出端倪的话,可都是思远太任性没有更好地安慰佳佳。他觉得自己实在是太差劲了,在佳佳最需要安慰的时候却让她更烦。也许她真的很累,直到决定放弃生命的那一刻才真正快乐地笑了起来。

收音机里正播放着一首忧伤的歌曲:

你走后我才知道

你对我有多么重要

时间抚不平我的悔恨

一万滴的泪水也无法让你返回

后悔有多深

爱就有多深,

……

这是思远最近一段时间最爱的一首歌,也是他最喜欢的偶像唱的!每次听到这首歌思远都特别难受。

佳佳,我想对你说:你活着的时候,我不懂得珍惜,假如有来生,我还愿意和你做朋友,我那时候一定好好好好地珍惜你。

思远一边流泪一边自言自语。

思远把自己的网名改成了"雨夜飘摇",然后注册进入佳佳所在的那个"英雄会"。(一个游戏玩家的群体组织,佳佳是这个组织的一个会员。)

过去思远也进来过,那是佳佳让他一起来玩一个叫《魔兽世界》的游戏,她说这个游戏里的怪物非常难打,一百多个会员谁也没打下来。

思远那时候跃跃欲试,大话说了一大车,说打不下这个怪物自己就不是程思远了,但没有一个回合就败下阵来,思远在这个玩家组织里丢了脸,那以后就没再上。

佳佳原来的网名叫 ruins,这个单词是废墟的意思,思远一直让佳佳改名字,但佳佳一直固执地不改。她还在自己的网名旁边个性留言:"我不知道我来自哪里,也不知道我要到哪里去。"

可见佳佳一直都很低调。

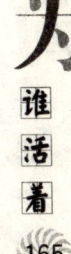

思远上来以后,立刻发了一个帖子,告诉这个组织的所有成员,说 ruins 死了,她自杀了。

立刻就有许多帖子跟了上来,他们说思远造谣,思远说,你们可以上网查。

有个会员立刻查了相关的报纸,并快速把相关的内容复制贴了上来。

会员们这下相信了,他们有的惊讶、有的感叹、有的追问原因、有的哭泣。

哀悼的帖子一个个地跟了上来。

"我们的组织失去了一个出勤率最高的优秀会员。"

"为什么啊,她为什么要这样啊,半个月前她还在跟我说话呀。"

从会员们的帖子上,思远才知道佳佳在此之前一直沉迷在网络游戏里,为了挡住父亲的眼,她是前半夜学习和睡觉,凌晨以后起来打游戏。

那一个晚上,这个组织的一百多名会员为佳佳在网上举行了虚拟的葬礼。悼词是由思远执笔的,这个差事他是从一个组织的"人事官员"手里抢来的。

为了抢这个差事,思远在网上公开了自己和佳佳的关系,他说自己是佳佳永远的最亲密的GG。

"人事官员"立刻没了脾气。

葬礼在一个叫阳光的虚拟礼堂举行的,很华丽很隆重。

那几天程威竭尽全力地在生活上照顾思远,在精神上安抚思远,同时他还代表思远又去了一趟医院,思远说让程威看看佳佳是不是还一个人躺在那冰冷的水泥台子上。

程威在那个停尸间没有看到佳佳,问管理人员才知道佳佳的尸体已经转到了医院冷柜中。

佳佳的父母一直接受不了佳佳死的现实,一直想找到佳佳被撞的原因,所以到现在还没有火化孩子的尸体。他们一直认为那个司机有责任,他们不相信佳佳自杀,因为佳佳在临死的那几天非常的乖顺,父母让她干什么她就干什么。而且在他们看来,那几天佳佳的情绪也很稳,没出现什么波动。再说佳佳的生活可以说是非常幸福的,要什么有什么,衣来伸手,饭来张口,她想花多少钱,就花多少,她想吃什么东西妈妈就给她做,想穿什么名牌服装只需要一张嘴。他们对佳佳唯一看得紧的就是学习和一些生活习惯的问题,那是因为他们想让佳佳有个很好的前途,她的爸爸就是在爷爷的严格管教中,在爷爷的棍棒教育中才考上博士的,才成为一个对社会有用的人才,所以佳佳的父亲信奉不打不成材、树木不剪长不成的道理。

佳佳的父母不太相信交警队的解释,两个人亲自走访了那些旁观者,通过走访他们知道了,佳佳在撞车之前曾经热烈地招呼过马路对面的那个男孩,而且是横穿过马路向那个男孩子奔过去的。

这样,佳佳的父母又找到了佳佳死的第二个原因,那么这个男孩肯定就是和她早恋的那个思远了。

而程威通过老师送的那 1000 元钱,立刻就引起了佳佳父母的警觉:无亲无故地他凭什么给我们送钱?是不是他儿子觉得内疚?

佳佳的父母上学校向学生打听有关佳佳和思远的事情。有个叫于风荣的女生跟佳佳的父亲说,就在佳佳死的头一天,她看见思远和佳佳在一起吵架,而且他们经常到学校的后山上约会。

于风荣跟佳佳是好朋友,这个于风荣表面看着老实,很少出头生事,但背后却是个爱蔫拱事儿、爱挑是非的女孩。这种人的敌友是经常变换的,不变的是她那张烂嘴巴,无原则地到处说人坏话是她的习惯。她跟佳佳的父母告诉这些并不是她痛恨思远,就是不说难受,她的肚子要是有话,你就是不听她也会追着你说,恨不得倒贴一些钱让你听她说才痛快。

可以想象得出,方钟山那样脾气的人,听了这些话该是怎样的气愤。

方钟山气势汹汹地开着车直奔程威家而来。

程威正在厨房里给思远煲黄豆排骨汤,这两天思远一直不吃什么东西,只喝些汤水,他想煲些汤给思远增加一些营养。

程威听到一阵急促的敲门声。

程威慌忙地走出厨房,赶到门前把门打开。门外站着一个中年男子,是方钟山。

站在程威面前的方钟山,此刻表现出来的焦虑、悲伤和愤怒已使他的脸变了形状,和第一次见面时的儒雅截然不同。

程威有点惊讶,他不明白方钟山忽然到访是什么意思,他马上热情地请方钟山进屋。

方钟山没有动,脸上显出激动的表情,"请把你儿子叫出来!我有话问他!"声音很大,程威从屋里出来,把门掩上。他从这句话中听出方钟山来者不善,他不想让思远听见。

"请您小点声,我儿子还在休息。前两天的事他受了很大刺激,现在身体很虚弱。您有什么事情我可以转告吗?"

"我来问他我女儿的事。"方钟山很不客气地吐出这几个字,仿佛现在站在他面前的是他的阶级敌人一样。

"佳佳的事我真的也非常难过,不提她和思远的关系,单是说一个孩子就这样去了,我也觉得很难过很遗憾……"

程威看着方钟山的脸,很真诚地想对他表达一下自己的感情,可是方钟山冷冷地一笑,从鼻子里挤出一个不屑的"哼"字。

"我是来问你儿子,佳佳到底是怎么死的。你儿子当时也在场,你把他给我叫出来!"

在医院里程威见到了几个目击者,这两天思远愿意和程威交谈的时候也对程威谈了一些当时的情况,所以程威对于事件的大概状况比较了解。

程威对方钟山说,"我儿子现在身体状况真的不太好,让他回忆当时的情景对他刺激太大。出事之后我见到了几个目击者,思远也对我讲了一些当时的情况,您想知道什么就问我吧,好吗?"

程威见方钟山没反对,就对他说,"咱们进屋去说吧,我儿子在睡觉,咱们去里屋好好谈。"程威把门打开,方钟山犹豫了一下,跟着程威进了屋。

程威把方钟山引进里屋又把门带上,请方钟山坐下。

"思远和我说他也不知道那天佳佳是怎么了,突然打电话叫他出来。他们约好在街心公园见面,谁知道佳佳过马路时突然在机动车道上向一辆卡车跑过去了,当时人行道上是红灯,所有过马路的人都站在那等待,只有佳佳一个人……"

程威说着,心里一阵发酸。

"这根本不可能!你儿子怎么净胡诌呢!我女儿好好地怎么自己往车上撞?她有病啊!你的意思是她自杀了!"

其实,交警队早把这些情况告诉方钟山了,但他就是固执地不相信,程威想,失去孩子的痛苦是可以理解的,但是事实终归是事实。

"虽然毫无预兆和出乎意料,但从现场来看,确实是佳佳自杀,交警队的人也这么说……"

"我女儿就是自杀也是你儿子造成的,他肯定做了什么过分的事情,导致了佳佳的自杀!"

方钟山的妄加判断让程威非常生气,他遭受了失去孩子的重创却不反省自己教育的过失,还蛮不讲理地追究一个小孩子的过错真是太没有风度了。思远已经够自责的了,如果这些话让思远听到只能会更加重思远的负罪感。

"你说我儿子做什么过分的事情?您不能乱讲啊!说话要负责任。"

程威的头嗡嗡响,他感到自己说这些话的时候底气有点不足。

虽然方钟山的态度实在是没有礼貌,甚至有点无理,但是程威很能体会他的心情。中年丧子绝对是人生巨痛,失去理智是很正常的。他也想能多帮帮他们,希望他们能走过这一关。可是别说佳佳的父母想不明白佳佳为什么会自杀,就是冷静思考的自己也不完全明白佳佳到底为了什么会选择一条这么绝的路。也许,这孩子背负着很多别人还不知道的苦楚和压力吧,难道真跟自己的儿子有关?程威暗自地想。

方钟山从椅子上站起来,咄咄逼人地用手指着程威说,"我告诉你,我今天来就是要告诉你们,咱们这事没完!你别以为我孩子死了你们也能好过!我一定得找出真相,到底是不是你家思远害的我孩子,我要求尸体解剖!"说完方钟山就摔门而去。

这个方钟山,失子之痛已经完全让他失去理智了。

方钟山走后,程威在门厅一回头,发现思远站在客厅的角落里正盯着他。

程威马上走过去,"思远,怎么起来了?"

思远没有回答他这个问题,而是对他说,"爸,你一会儿给佳佳的爸爸打电话,告诉他就说是我害死的佳佳。"

程威一听,知道思远已经听见了他和佳佳父亲的对话。

"胡说!你怎么会害死她,她是自杀的。"

思远转身走进了屋,一边喃喃地说:"是我害死的,是我害死的,我是个害人精。"

程威冲过去,抱住思远:"思远,不许你这样说自己,你只是一个旁观者,佳佳的死不怪你,你没有任何责任。"

思远哭倒在爸爸的怀里:"不是的!爸,是我害死的佳佳!她在学校受

了打击,在家里又挨了打,可是我不理解她,我还跟她吵架,是我害死她的……"

思远一边说一边伤心欲绝地哭,哭得程威的心都碎了。

程威本来以为等方钟山情绪稍微稳定了之后就不会再找上门来闹了,谁知道方钟山居然真地找了很多人来查这查那的,几天之内居然陆陆续续地来了好多人,交管局的也跑到家里来询问案发时的情况,程威非常头疼,能挡的就挡回去。

后来他索性把思远送到林子家让丈母娘照管思远,以此让思远躲避那些人的烦扰。

在私下,程威也很担心佳佳的真正死因,害怕尸体解剖之后真地会出现什么让他尴尬的事情。

一连好多天程威没有睡踏实觉。好在尸体解剖的结果很快就出来了,佳佳既没有中毒,也没有失身的迹象,处女膜还好好的。程威才把一颗心放了下来。

但方钟山还是又来了一次,这回还有佳佳的妈妈。这对父母在自己孩子去世之后没有更多的时间去悲伤,而是用尽全力寻找"杀人凶手",真不知道他们是真的对自己孩子不了解还是对别人不了解。

方母一进门就狠狠瞪着程威,让程威把思远叫出来,程威解释说思远去外地了,没在家。

方母便像抓住了思远的把柄一样大叫,"心里没愧怎么会不在家里呆着?一定是他心里有鬼吧!我告诉你,我已经知道到底是怎么回事了!你们不用再隐瞒了!"

程威很奇怪,但还是耐心地听她讲。方母见程威不做声了,还以为自己说中了他的要害,更加理直气壮地说,"我查出来佳佳死的前一天给思远打过电话,还有人看见他们在马路上吵架!肯定是你家思远对我女儿说了什么才会让她想不开的!"

方母说完就声嘶力竭地哭,一点知识分子的样子也没有。过分的悲痛扭曲了她的形象,程威看着她的样子非常反感。

但程威还是强压着耐心说:"我能理解你们失去孩子的痛苦,可你们的孩子你们应该比较了解,她可能会为了朋友几句话就去自杀吗?你们既然已经看到了事故鉴定上说孩子确实是自杀,而司机不用负任何责任,就应该冷静下来分析一下自己的家里是不是出了什么问题,让孩子想不开。思远和佳佳在一起也有一段时间了,他对我说佳佳描述你们的家庭应该是存在很多问题的,你们怎么就不能冷静地分析一下呢?"

程威实在没有办法了,直接说出了好久都没有说出口的话。其实,如果不是方钟山这样三番五次地逼他,他也不会说出这一番话来的。家庭问题毕竟是隐私,他不愿意去揭人家的隐私。

佳佳的父母认为程威这样说,其实就是在给自己找借口。方母哽咽着冲程威大声说:"就算我们家里有问题,怎么这么多年她都没事呢?怎么一和你儿子谈了恋爱就突然想自杀呢!你倒是给我解释一下啊!"

方钟山夫妻在这里嚷嚷了很长时间也不走,最后对门的可丽过来连哄带劝才把他们支走。

他们走以后,可丽和老梦陪着程威坐了一会儿,见天色已晚,程威又一脸疲倦的样子,两个人就回家了。

程威非常沮丧地坐在了沙发上,环顾这两天被闹得乱糟糟的家,心里非常不是滋味。前些天有个朋友看了程威的房子,对程威说,你的两个卧室的门口相对,将来可能要犯口舌,另外,你厕所在屋子的正中央,主家人容易患疾病,还有,马桶面朝北方也属大凶,祸来难测。

朋友说,你当时买房子的时候,应该找人来看看。

这个朋友原来也在研究所工作,后来辞了工作专做书的生意。他卖了几本风水学的小册子,一下子发了家,现在成了北方地区一个很大的书商。风水学让他发了家,所以他走到哪儿都宣传他的风水学。

程威笑笑,他是个唯物主义者,那些个东西他从来都不相信。

但是,此时此刻,他忽然想到了这个朋友的话,心里立刻就疑惑起来。

程威是个知识分子,与人为善,他害怕一切争吵和口角,别看工作上他怎么干都行,但与人交往的能力很低。

他真怕了方钟山两口子,害怕他们这样不停地闹下去,这样对思远和自己都不利。

但那以后的几天,一直很安静,方钟山和他的妻子就像忽然消失了一样,那以后再也没来闹过。程威后来推荐方钟山去看心理医生的时候才知道了原因,原来方钟山接到了女儿在自杀前发给他的信!方钟山接到了这封信,自然就消停下来了。

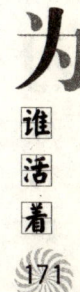

其实思远知道爸爸把自己送到姥姥家的意思是想躲开佳佳的父母,这两天思远在姥姥家想了很多,他仔细地琢磨了佳佳的死因,尽管佳佳的父母恨自己,但思远并不恨佳佳的父母,也不恨司机。自己的孩子父母能不爱吗,就算伤害又能伤害到什么地步呢。至于司机更不用说了,是佳佳自己撞上去的,根本就不怪司机。

思远恨的是老师。

思远心里清楚。距离佳佳自杀最近的事件就是王老师在班上公开"批斗"他俩的事了。这事不仅伤透了佳佳的心,更让佳佳父亲对她的打骂变本加厉。所以思远想来想去便把所有的错都归结到了王老师身上。

思远从姥姥家被程威接回来以后,在父亲的劝说下开始主动吃饭。虽然吃得很少,可毕竟不用程威哄着吃了。

程威觉得思远恢复到这个程度已经很不错了,他知足,觉得自己的唾沫并不是全部白费,也起了点作用。毕竟心理的创伤要靠时间来平抚,有了时间,佳佳的事早晚会被思远正确地看待的。

思远和程威开始有意回避谈论佳佳的事情,思远不愿意谈是他认为大人无论如何都不可能理解孩子的想法,总是站在大人的角度想问题。程威回避是因为想尽快让思远忘记佳佳。

又过了两天,程威决定让思远尽快去上学,学校里的环境应该更容易让思远高兴起来,因为那里有他的朋友,那些年轻的伙伴走到一起对思远忘记佳佳是有好处的。

当程威提出来让思远去上学时,思远特别特别的不愿意。他不想回去,不想看到学校里的人,不想看到和佳佳一起呆过的班级,更加不愿意看到王老师。

程威很耐心地和思远谈,说明白希望思远回去上课的原因,思远知道如果自己不去上学程威一定会不放心他一个人在家里呆着,也不想让爸爸唠叨起来没完,就先搪塞着答应回去上课。

臭三八，我让你烂嘴

十五天后，思远脸色苍白，眼大如灯，摇摇晃晃从家里走出来重新走进学校的时候，教他的老师和他同班的同学都惊呆了，这还是那个调皮捣蛋的程思远吗？他看上去病入膏肓，皮肤粗糙，连原本细嫩的手都蜕皮蜕得粗粗拉拉的。整个人似乎比过去小了一号，真有脱胎换骨的模样了，早已经不是那个被女孩子追逐的帅哥形象了。

但更让老师和同学们吃惊的是思远性格的改变。过去满嘴幽默到处嘲讽别人很是反叛活泼的思远，忽然变得萎靡不振，沉默寡言，似乎是非常听老师的话，他跟别人说话很简单："行""是"，就这两个字。

更多的时候他就是看着佳佳的座位发呆。

他本来是不想上学的，也许就是想看看佳佳曾经坐过的座位才勉强来上学的。

课程周而复始。思远木偶一样地坐在课堂里，目光空洞，没有一点兴趣，但也不像过去一样的煎熬，他的脑子里转悠的全是佳佳的事情，想她那忧郁的眼神，想她那明净的额头，想她死前躺在地上那软软的身体……

上午后两堂的课要比前两堂讨厌一些，因为文体课都安排在三四节。学校要开运动会，所以最近的队列训练和走步队形训练比较多，还要喊一些什么："发展体育运动，增强人民体质……"等等一些从小就被喊烂了的口号。

小学的时候喊这些东西觉不出什么，现在思远听来，才发现歌词全是豪言壮语、陈词滥调。老师嫌学生喊得不洪亮，学生们就大声地喊，喊得声嘶力竭。

思远无比烦躁、无比反感，他开始还假装跟着张嘴，但嘴里没声，后来干脆就把嘴闭上了。

就在初三的队伍喊得最响,队伍走得最起劲的时候,夹在队伍中间的思远忽然倒了下去,队伍一下子大乱。

在体育老师的指挥下,思远被一个男生背在了背上,背到半路,思远醒过来了,挣扎着要下来。

思远下来旁若无人地一个人往班级走。

体育老师往回招呼他:"程思远,就这样走了?人家同学背你,你连一声谢谢都不说?"

思远愣在那里,半天才机械地说了声:"谢谢。"

中午,思远走到食堂只要了一碗粥。他没有胃口,也不在乎体虚气弱,更不在乎自己已经没有了人样。

思远端着一碗热粥,转身从领饭口要走,忽然听见排在后边的一个女生在说他:"就是他,我们班的程思远,那个方佳佳就是因为他自杀的。"

思远回头,看见好几个女生指指点点地正往他这边看:"哪一个?哪一个?"

"就是那个!"

"啊,也不好看呀,为这种人去死,太不值得了。"

排在另一个窗口的人也好奇地把脖子伸了过来。

思远愣在了那里,他看清楚了,那个指着他告诉别人他是自己班级的人是自己的同班同学于风荣。这个人是个烂嘴婆娘,思远刚转来的时候,她在思远的耳边就把班级里的各种是非绯闻全抖落出来了,你不听也不行,她好像肚子里憋不住东西,宁可倒贴钱也追着告诉你。

思远低头含胸,机械地转身,他想尽快地逃出这个地方。

但就在这个时候,那个于风荣又说了一句,这句话像箭一样刺穿了思远的肺腑,让他浑身颤动了一下:"那个方佳佳也不是什么好东西,他们两个都是差等生。苍蝇不叮无缝的蛋。"

思远的脸在转过来的刹那间已经迅速地变了形,因为极度的愤怒和羞耻使他的面目变得异常狰狞。

他迅速地冲到于风荣的身边,高高地扬起手中的粥碗向她的头上扣去,这一连串的动作在两秒钟内就完成了,餐厅里立刻就响起了尖叫的声音和噼里啪啦的脚步声。

"臭三八,我让你烂嘴!"

思远还在大喊。

至少有三个老师冲了过来,他们立刻架走了被粥烫伤的于风荣。

紧接着校长和班主任王老师也冲进了餐厅,他们一人一只胳膊拉走了还在愤怒叫骂的思远。

思远被他们强行拉着穿过操场,押到了校长室,被命令站在校长室的办公桌前。

校长命令王老师赶紧去医院看于风荣的烫伤情况,还让王老师尽快找到于风荣的家长。

思远从校长严肃的表情上看,知道自己犯下了不可饶恕的大罪过。

校长并没立刻和他谈话,而是去餐厅找了几个当时的见证人,和他们调查了一下事情的前后,还给医院打个电话问了于风荣的伤情,又给思远的父亲程威打了个电话,让他马上到学校一趟。

好在那碗粥泼来的时候于风荣用袖子挡了一下脸,并歪了一下头,也好在那粥并不是太热。所以,于风荣的脸上只是烫了几个小红点,但那只挡脸的手却被烫红了。

因为伤势比较轻,于风荣在医院里处理了一下就被老师接回了学校,但于风荣的家长很厉害,说什么也不让程威,非要程威赔一万元的医疗费不可。当然这是后话,我们还是先回头来说说那个还在校长室里站着的思远吧。

校长第二次走进办公室的时候,思远已经蹲在了地上,他有点头晕。

校长一进来,思远赶紧摇晃着站起来。

校长上下打量了一下思远,他的目光像剑一样,居高临下地审视着思远,在他的身上慢慢移动,过于肥大的校服裹着瘦小而干巴的思远。

校长原来是不认识这个程思远的,但思远和佳佳的早恋又加上佳佳的死亡,让思远在这个中学的名声一路飚升,全体老师没有一个不知道他的。

思远没有正视投过来的目光,他低落的视线,缘自他低落和糟糕的情绪还有做了错事以后巨大的恐惧。他的表情,两手的位置,都能看出他的恐惧。

校长看着虚弱的思远有点心疼。但思远这样的故意伤害他人,如果到了法定的年龄已经是构成了犯罪,是无法原谅的一次重大的事故。但这个

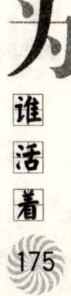

伤害事件的由来,可算是有原因的,佳佳的死亡、同学的嘲讽都是造成这个事件的客观原因,但也不排除思远这个孩子冲动、暴躁的性格缺陷,他完全可以借助老师的力量来保护自己。

校长严厉地批评了思远,他的表情可以说是非常难看的,一个学生干出这么恶劣的伤害事件在这个中学应该说是开天辟地头一回,这个学校已经连续五年没有重大的事故,连年被评为精神文明先进单位。但最近佳佳自杀,于风荣被烫都和这个孩子有关系,这不能不让校长恼火,看来今年的精神文明学校要泡汤。

但思远似乎一句都没听进去,等校长说得口干舌燥之后,忽然从思远置若罔闻的样子上发现,自己的那些唾沫全白吐了。他的这番慷慨激昂的批评全变成了自说自话的放屁,校长立刻非常的恼火,对着思远咆哮起来:

"程思远,你必须对自己的行为负责任。先写一份检查,明天交到学校里,我看了检查后,再和你们老师商量怎么处分你。我告诉你,你不但给学校造成了极为恶劣的影响,还故意伤害了同学,如果你是一个成年人,就得承担刑事责任,去蹲监狱,所以学校最低也会给你个警告、留校察看的处分。"

这时候程威走进屋来。

程威已经从王老师的口中了解了大概事情。

看见程威走进屋来,校长的脸色开始缓和,语调也比刚才变得柔和,大概他不愿意给家长下不来台。

思远看见父亲进屋了,可能胆子就壮一些了,他抬起头盯着校长说:"于风荣也应该处分。"

校长一愣:"她是受害者。"

思远说:"难道她伤害了我的心灵就拉倒了吗?我觉得心灵的伤害比身体上的伤害更重,如果让我选择,我宁可让她烫我一下。"

这句话让校长费了半天思量。

是呀,肉体的伤害别人看得见,还能得到同情,心灵的伤害没人能看得见,只能自己躲在角落里去舔。

一个小孩子说出这么有哲理的话,这让校长立刻刮目相看。

但校长还是又训了思远一句:"程思远,不管你有多少客观原因,你的做法也是不对的,而且造成了恶果,于风荣的手上有可能留下终生的疤痕,这对一个女孩子来说是很残忍的事情。"

程威在那边也批评了思远一句:"思远,好好听校长说,不许顶嘴。"

思远听了父亲的话,委屈的眼泪又流了出来,在他看来,于风荣是罪有应得,烫得还轻,可为什么大人都向着她,不为自己说话呢?

校长要和程威单独谈,程威就把思远拉出了校长室。程威说你在外边等我,我一会儿就回来。

思远从校长室出来,正好碰见气势汹汹从医院刚回来的王老师,王老师蔑视地看了思远一眼,没搭理他就进了校长室。

思远迟疑地站在校长室的门口,他听见王老师进屋就喊:"程威同志,今天咱们当着校长的面把丑话说到前头,你儿子这样暴躁的性格如果以后再出现什么伤害事件我可不负责,我看给他个处分也解决不了什么问题,我可不想再教这样有暴力倾向的孩子了,你还是想办法给他转学好了……"

思远听见父亲低声下气地说:"王老师,我知道思远这孩子给您增加了不少麻烦,但孩子现在的状况不适合转学,更何况我在学校附近已经买了房子,关于于风荣的医药费我一定赔付……"

思远脑袋嗡嗡乱响,他听见父亲还说:"校长,我没有想到自己的儿子会主动伤害别人,出现这些事情我真的非常痛心,我觉得自己作为一个父亲真的很失败。但是思远最近的情绪确实处于低谷之中,在冲动之下才伤害了别人,我相信随着时间的推移他会好起来的,心理的伤痛毕竟不是一天两天才能够恢复过来的……"

校长说:"程思远的问题不能单纯地看做是一个小孩子偶尔在冲动之下犯了错误,你作为一个研究所的副所长,你的法律道德观念应该并不淡薄,程思远之所以这样主动伤害别人,没有一点控制力,要让我说是性格上的缺陷造成的,经不住愤怒,受不了刺激,自我控制能力低,一受刺激对事物的认识就容易偏,行为也就一下偏了,这就属于性格意志的缺陷。具有这种人格特征的人,一个是遗传因素,一个就是病态。我看你得从这方面找找原因,分析分析,而不应该反复强调客观原因,替自己的孩子开脱。"

王老师接着校长的话说:"说实在的,把这样一个具有危险倾向的孩子放在身边,我真的觉得就像放了一颗定时炸弹,佳佳的自杀对我刺激真是太

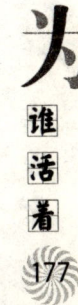

大了……"

　　王老师说到这，好像是哭了，还边哭边慷慨激昂地抖落了思远一大堆缺点……程思远在王老师的嘴巴里成了一个品质恶劣、性格粗暴、行为异常、不解人情、学习极差的学生……

　　思远不想接着听下去了，他走出了办公大楼的走廊，他没向教学楼里走，也没有进班级，也没有拿书包就低着头急急地走出了校园。

　　他不愿意回那个班级，他不知道他回去还要受到什么惩罚，他也不愿意写什么检查，他更不愿意回去再看王老师那气势汹汹的嘴脸。

　　现在他的心里只有仇恨，恨王老师，恨于风荣……

　　路过一个网吧的时候思远毫不犹豫地拐了进去，他打开了 QQ，找到了自己想找的那个网友，他看到那个网友居然在线。这个网友是个比他大两岁的男孩子，也是北京的，他们两个聊得特别投机，还约着见过一次面。那个男孩子说为了思远他什么都愿意做。

　　思远和这个网友聊了一会儿，并且约好了见面的时间。

　　思远没有回家，在街上买了一个面包，坐在约定的地点一边吃一边等。

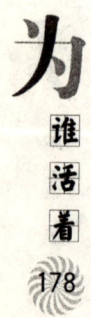

他想杀谁

晚上九点的时候,正满大街找思远的程威接到了派出所的电话,派出所的人说思远拿着刀子和一个男孩子准备合伙杀人!

程威简直要急疯了,放下电话就拼命往派出所赶。他非常奇怪,思远想杀人?这简直不可想象!他想杀谁?

进了派出所,程威看见思远坐在一个民警的对面发呆,他身边还坐着一个身着怪异服装的男孩子。那个民警正和他们说着什么,两个孩子都心不在焉地听着。

程威赶紧走过去,思远看到程威眼睛一亮,像是一直在等程威去救他呢,可马上又把头转开,不敢看程威。

程威走到民警的办公桌前面吓了一跳,桌子上赫然摆着一把很长的水果刀,闪着令人充满生畏的寒光。难道电话里说的都是真的?思远真拿着刀子去杀人了?程威身上出了冷汗,两条腿都打颤了。

民警看到程威一脸焦急地走过来,知道这应该就是孩子的父亲。

"你是程思远的父亲,还是陈晨的父亲?"民警问程威。

程威连忙说:"我是程思远的父亲,我儿子到底出了什么事了?"

"他们两个在路上持刀堵截你儿子的班主任,声称要杀了她,被人发现扭送到我们这来了。"

程威心里炸开了花,赶紧问:"那王老师现在怎么样了?"

"没事啊,好好的,叮死了我们非得把这两个孩子关起来,还说一定要判他们的刑,然后就回家去了。"

程威听见民警说王老师没事大大松了一口气,可是听见民警又说要把思远他们关起来还要判刑,心马上又提到了嗓子眼儿。

"真的要关起来吗？还判刑？"

程威满脸都是汗，害怕民警嘴里吐出肯定的答案来。

民警看看程威："这两个孩子都不满16周岁，法律规定是不允许拘留的，更别说判刑了，而且王老师没有伤着。"

听民警这么说程威松了一口气。

"不过，"程威听民警又蹦出来一个不过，神经马上又绷紧了起来，"不过，你把孩子带回去可得好好管教，这么小就拿刀子出来吓唬人，这还了得啊！现在的孩子，真是不管不行了！你说说，吓唬老师啊，咱们那时候哪敢想啊，谁不把老师当神一样供着啊！现在的孩子，真是的……"

民警一谈起现在的孩子来就和程威打开了话匣子，程威只能"是是是"地陪着说，一个劲儿地保证不会有下次了。

那个男孩子的父母这时候也进来了，看见那个男孩子就要打，让民警给拦住了。

又折腾了半天，才算把思远从派出所里给弄了出来。那个男孩子也跟着父母走出了派出所。

路上，程威在车里一直沉默，他的耳边想起了校长说的那几句话："程思远的问题不能单纯地看做是一个小孩子偶尔在冲动之下犯了错误，你作为一个研究所的所长，你的法律道德观念应该并不淡薄，程思远之所以这样主动伤害别人，没有一点控制力，要让我说是性格上的缺陷造成的，经不住愤怒，受不了刺激，自我控制能力低，一受刺激对事物的认识就容易偏，行为也就一下偏了，这就属于性格意志的缺陷。具有这种性格的人一个是遗传因素，一个就是病态，我看你得从这方面找找原因，分析分析，而不应该反复强调客观原因，替自己的孩子开脱，你这样为孩子开脱，只会让他将来的路越走越歪。"

当时程威听校长说这几句话的时候，心里还有点抵触，现在，程威不得不承认，这个校长看问题还是比较深刻的，思远伤害了同学，又找人要杀老师，看来并不是一般的冲动了，那思远到底是遗传还是有病？

林叶肯定不是暴躁的性格，她是比较能容忍的人，也是较温和的。否则她也不会跟自己这个工作狂生活了那么多年才爆发。当然林叶的爱钻牛角是出走以后才发现的,她把程威那些无意的伤害全当成了程威对家庭没有责任心、没有爱心了,她没有完全理解程威对她的爱。

而程威自己给自己的评价是:包容,有涵养,他没有什么性格缺陷遗传给孩子。

那就是说,思远这样不是遗传,而是病态,那是什么病?

难道是抑郁症?

不会的,思远原来多活泼呀,抑郁症的人是那种对生活没有任何兴趣的人、整天不开心的人,思远是个笑起来就要死要活、玩起来就疯疯癫癫的人,他只是个情绪变化无常的孩子而已。

程威一边开车一边对思远说:"思远,爸爸求你一件事情,明天和爸爸去给老师赔礼道歉……"

思远说:"愿意去你就自己去吧。"

程威说:"思远,第一天上学就伤害同学,又伤害老师,连我都不明白你了,你跟我说说,你这么做到底是怎么想的。"

思远说:"想死。"

程威吓了一跳:"死?死就是逃避责任,是自私的表现,你死了爸爸怎么办呀?净说小孩子话!"

程威这么一说,思远哭了起来,他一直想忍着,但忍住了声音没有忍住眼泪,索性抽泣起来。

程威看了看思远说:"人的一生会犯很多错误,也会出现很多挫折和低谷,在这些错误和低谷面前就看你怎么认识、怎么对待,想死是最无能的表现。"

思远仍然绝望地哭:"爸爸,我真想死,我觉得很没劲……"

程威听了思远的话,握着方向盘的手都哆嗦了,他控制着自己把车开出马路,开到一个商店的门口,然后停了车,回头对思远说:

"思远,我知道佳佳的死给了你太大的打击,但是你不应该钻进这件事情里就出不来。你得接受现实、适应现实,佳佳死了这个现实你必须要接受、要适应,无论如何你还得正常地生活和学习下去。人死不能复生,这个简单的道理难道你就不明白吗?另外,你暂时不愿意对别人敞开你的心灵

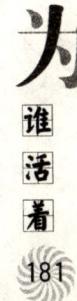

可以,但你至少要跟我把你的心灵敞开,爸爸不会害你,爸爸只会帮你,你这样把所有的人都当敌人,只把佳佳当亲人,这会让你更痛苦。"

思远把脑袋仰到车座的靠背上,眼睛闭着,仍流眼泪。

程威又说:"一个人无论走到哪,都必须处理好人际关系,都要礼貌待人,都要学会容忍,只有你容忍了别人,别人才会容忍你。现在你们这些孩子都是独生子女,都很自我。养成包容别人的习惯对你一生都有好处。嫉恨别人其实是最愚蠢的事情,它惩罚不了别人,只能惩罚自己,让自己不开心,所以我劝你还是明天跟我去跟老师赔个礼,去医院看看那个于风荣,你们的矛盾化解以后,我保证你立刻就会心情开朗的。"

思远迟疑了一会儿睁开了眼睛说:"他们不是那么好说话的。"

程威说:"思远,爸爸向你保证,只要你明天和我去,按着我的说法做,爸爸肯定摆平这件事情,让你们之间的矛盾烟消云散。"

思远没吭声。

程威很高兴,他知道思远已经默许了。

第二天上午,程威先从银行里支了一万元钱,又去超市里买了一大堆礼品,然后就兴冲冲地往外走,思远已经答应他下午和他去看老师和于风荣。

可就在程威把这些东西装上车,坐在驾驶室想开车的时候,他的手机响了,程威马上接通手机。

"你好?"

"是程思远家长吗?我是程思远的班主任。"

"啊,是王老师吧,您好!我是思远的爸爸。昨天思远和他朋友在路上堵您的事我真抱歉,我下午就和思远亲自去给您道歉……"

"我很忙,你们就不用来了!我打电话是想告诉你,学校已经决定,开除程思远……"

程威半天没吭声,王老师说完没听见动静,就又问了一句:"程威同志,你听见我的话了吗?"

程威说:"我听见了,好吧,我尊重学校决定,开除就开除吧。谢谢王老师您通知我。"

说完程威就挂断了电话。

挂了电话,程威就开始发愣,发了半天愣,程威又点上了一支烟开始喷云吐雾。

本来刚才他是想说点小话,让学校手下留情给思远一个机会的,但在那刹那间,程威不知道为什么脑子里忽然有了一种情绪:开除就开除吧,没什么大不了的,学校到处都是,不就是一所中学嘛!何况那里留下了太多佳佳和思远的记忆,不让思远去触景生情也好,再说,思远在那里被大家指指点点也不好受,换一个环境对思远也许要好一些。

现在程威已经不太在乎思远是否能考上学了,他在乎的是思远的健康,只要思远能够健康快乐地活着,程威就知足了。

但放下电话,程威又犯难了,思远这种状况,往哪个学校转才合适?

思远从派出所回来以后就每天都把自己关在屋里,头不梳、脸不洗,连饭也要程威端进来给他吃。也拒绝再转什么学,去什么学校。他不见任何人,不管程威怎么劝怎么想办法让他出去他都不干。要么躺在床上两眼看着天花板发呆,要么坐在电脑前上网。

他还把所有的窗帘和可能见光的地方都遮起来,不想让自己见到一点光,不想看到一点光。

思远顽固地生活在自己的内心世界里,不肯再往外走一点。回忆着佳佳和他在一起的日子,想着他们在一起的快乐和幸福,也想着因为吵架而带来的那些个痛苦,还有佳佳眼睛里的那些忧郁和困惑,思远恨死了自己那时的幼稚和不解人意。如果早知道佳佳会那样离开自己,他绝对不会说出任何让她痛苦的话和做出让她伤心的事。可惜,现在怎么明白都晚了。

有时思远也陷入幻觉当中,看见佳佳站在面前,笑容和她死的那天一样温暖而阳光,然后身上的鲜血开始蔓延,渗透她的衣服。

思远也常常陷入自责的状态中,他觉得自己也是害死佳佳的凶手之一,和自己痛恨的王老师一样,是个刽子手。自己还有什么资格去给佳佳报仇,自己首先就是个刽子手!

最让思远心痛的,是佳佳曾对他说过:"如果这个世界上还有什么能支持着我有勇气活下去,那就只有你,你给我的温暖和爱。"

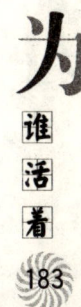

思远悲哀地想：自己的爱也无法让佳佳勇敢地活下去，那么爱的力量到底多么大？妈妈曾经那么爱他，但是却那么果断地抛弃了他，连一个电话都没有打来；爸爸曾经那么爱妈妈，但妈妈失踪以后，他虽然去寻找了，但不久就爱上了其他的女人！

也许爱本身就是值得怀疑的一个存在。什么叫爱，怎么做才算爱，自己以为自己付出了爱可别人并不能感受到你的爱，那这份感情又算是什么？思远混乱的头脑中夹杂进这些东西变得更加混乱，他想着想着就狠狠地撕扯自己的头发，敲打自己的脑袋。他不想再想，却又控制不住自己去想，他想让自己安静下来不去一遍遍回忆以前的事，可那些东西就是止不住冲进他的脑袋里。

程威坐在思远身边同思远说话，思远根本没有任何回应，眼睛发木地看着他。

程威拉着思远，想把他拉起来让他出去见见阳光，却忽然发现他的胳膊上布满了带着血的牙印，每个牙印都很深。他还发现思远床边有一缕缕的头发，有一簇头发上居然还带着血，那分明就是思远自己用力扯下来的。

程威心疼得要死，也非常地生气："思远，你怎么这么的不珍惜自己？"

思远蜷曲在被窝里不吭声，一脸的倦容，病恹恹地不想活下去的样子。

"你自己不想活，你应该想想爸爸。"

"我凭什么要为你活着。"

思远暴怒地冲程威大喊。

程威跌坐在床边，心里想：那么，我在为谁活着！

一时间，程威处于十分忧郁的状态。

但很快，他就调整了自己的情绪，振作起来。

程威想，不能让他这么躺下去，每天就这样躺着，就是好人也躺出病来。程威提出很多出去游玩的建议，可思远丝毫不为所动。

思远有时候不自觉地有一种自残行为，比如，他看见走廊里的电闸铜片就有一种想触摸的感觉，后来程威就把电闸箱子上了锁。

而且饭桌上的那普通的牙签，他看着也发呆，有一次吃饭的时候，他趁着程威不注意猛地拿了一把牙签塞进了嘴巴里就往下吞，多亏程威手疾眼快,上前捏住了他的嘴巴,但牙签还是把思远的嘴巴扎出了血。

有一天早上,程威早早地起了床,去早市给思远买了他最爱吃的麻团和面茶,为了思远程威再次请了假,他打算带思远出去玩玩散散心,换个环境和心情再和思远好好聊一聊。

回到家,程威把早餐摆好了就去推思远的房门,但推不开,看来思远在里边锁上了。程威就敲,但敲了半天喊了半天也没有动静。

程威敲门节奏开始加强:"思远,思远!你说句话,你先说句话让爸爸听听!思远,你怎么了,怎么不说话啊!你在干什么呢!"思远还是没有回答。

程威往后退了几步,一个箭步上来,"咣"一脚把门踹开了!

程威看见思远平躺在床上,一动不动,身上什么都没盖。

"思远!"程威冲到思远身边,发现思远呼吸很微弱,他枕头旁边放着过去林叶失眠时常吃的一种安眠药。

"完了!"程威心里大叫一声,这是自己屋里的药瓶,怎么会在他这里?

程威马上打了120,抱起思远就往楼下跑。

在医院的急诊室,医生给思远洗了胃,又打了点滴,然后走出抢救室对站在外边正焦心等候的程威说:"他一会儿会醒的,洗胃比较伤胃,不要吃刺激性太强的东西。"

"那,他什么时候可以回家呢?"程威问。

"输完液就可以,但他身体很虚,要多增加营养,这几天吃点软的。"

医生说完走了。程威走进病房坐在思远的床边,看着儿子瘦瘦的小脸,细细的脖子,程威的眼圈一下子红了,他控制着自己没流出眼泪来。

"思远,有什么事是咱们不能解决的呢?你干吗要这么做啊!"

程威抚着思远的脑袋自言自语地说。

晚上,程威把思远接回了家,安顿他睡了觉,就一个人深深陷在沙发里,身体上的疲惫和精神上的高度紧张使他好像忘记了睡眠。他一根接一根不停地吸烟,然后他抓起了电话,拨了一个号码。

他对着话筒刚说了一句:"明静",眼泪就毫无控制地流了下来。

明静的声音在电话里响了起来:"程威,怎么了?你的声音不对。"

程威哽咽着说:"明静,我刚把思远从医院接回来,他喝药自杀!"

明静在那头大叫了一声："啊!? 你怎么搞的？我立刻去！"

程威说："你别来,这么晚了。明天再说吧。"

明静说："他为什么要自杀？"

程威说："因为他的女朋友自杀了。"

明静："怎么这么小就有了女朋友？你怎么教育孩子的？"

明静的口气中带着谴责。程威叹了一口气说："唉,说来你可能都觉得可笑,我都无颜说出口。我和思远已经好长时间不怎么说话了,自从我有了女朋友他就不再搭理我了,他失去了对我的信任,甚至认为我在林叶走之前就有了女朋友,认为是我搞婚外恋气走了妈妈。他可能是为了报复,也加上前一阵子我忙着找林叶耽误了对他的监管,所以他就早恋了,后来跟那个孩子就真有了感情,谁知道,那个孩子忽然不明不白地就自杀了,这对他的打击非常大。从那以后他就变得抑郁,而且有自残行为。"

明静说："程威,没想到你把思远带成了这样,这让林叶知道得痛心死。"

程威说："你千万别让林叶知道,林叶的身体本来就不好,不要给她添心病了。"

明静说："程威,我不会告诉林叶的。"

程威说："那就好,现在我真不知道怎么办好了。"

明静说："看来他抑郁得很严重了,你应该带他去看心理医生了。"

程威说："去看过了,医生说可能是孩子心理障碍,并且开出了几种药：舒思、丙戎酸钠片还有一些调整睡眠的药,每天都吃,但不见效。"

明静说："程威,思远的肢体未必有病,我看问题出在心理上,你应该带他去看心理医生,你有时间上网查一查一些心理网站。另外我去年看过中央电台的一个心灵成长节目,那节目办得很好,专门针对有心理问题的一些孩子,你看看,我想对你教育孩子会有益的。"

程威说："唉,过去把精力都用在工作上了,还一直自诩是一个责任心强的男人,现在我才知道自己对孩子、对家庭别说是给予,连起码的了解都没有。"

明静说："其实,家庭是社会的一个小细胞,如果一个男人家庭问题都解决不好,你说他还能很好地安邦治国吗？"

程威感慨地说:"是呀。"

第二天,明静带着她的儿子顺畅来了。顺畅和思远从小就是好朋友,经常在一起玩,但最近几年两个人有点疏远,原因是顺畅的学习越来越好,思远的学习越来越差,两个人的共同语言也就越来越少了。尤其是林叶走了以后,他们几乎就没了来往。

程威正在厨房做饭,他身上系着围裙,在厨房里正忙乎着,听见铃响,赶忙从厨房出来,一边在围裙上擦手,一边走到门厅开门。

明静提着大包小包东西和顺畅走进屋来,她把东西放在沙发上就问思远在哪里,程威用手指了指小屋,说:"还在躺着。"

明静把顺畅招呼过来,趴在他的耳边嘀咕了两句,顺畅就拿起一包东西悄悄地向思远的房间走去。

程威和明静就坐在沙发上聊。

顺畅走进思远的房间,看见思远正木呆呆地盯着天花板发愣。

顺畅也不吭声,蹭到思远的身边,侧身坐在了床上,打开包就大口地往嘴里塞薯条等乱七八糟的东西。

思远不搭理他,仍然盯着天花板。

过了一会思远的眼珠斜了过来,瞪了顺畅一眼:"你他妈的上一边磨牙去,不知道我正烦着呢吗?"

顺畅眼一瞪:"喂,这好像不是你自己的地盘,这是我程大叔买的房子。我想在哪坐着就在哪坐着,想怎么磨牙就怎么磨牙,想在哪放屁就在哪痛痛快快地放。"

顺畅说到这,竟然恬不知耻地往床里边爬,盘腿坐在了床的中间,还歪着屁股真地放了一个屁:"砰!"

思远的眼睛一亮,嘴巴一撇笑了:"真不要脸!"随手抓起了一把薯条就往嘴巴里塞。

顺畅说:"这年月,脸皮厚着点好呀,脸皮厚着点不容易受伤害,像佳佳那样的大傻瓜太少见了,一点挫折就自杀,我真瞧不起那样的懦夫。"

思远说:"你当然瞧不起我和佳佳这样的人了。"

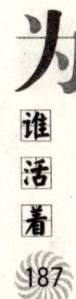

顺畅说:"思远,你怎么会认为我瞧不起你呀,你在我的心里一直是一个勇敢的敢说敢做的好兄弟,你长得帅,有那么多人喜欢你,我在心里不知道要多羡慕你呢。"

思远说:"有多少人喜欢我我都不在乎,我就在乎佳佳。"

顺畅拍了拍思远的头说:"我原来以为你是老手了,不会被爱情给毁了,现在看来你也被MM弄糊涂了,想着点,兄弟,自己比谁都重要,活着比啥都好。"

思远蔑视地看了顺畅一眼:"顺畅,别以为你懂得点生命的精义,就在我的身边充大尾巴狼,你浅薄得连隐私都没有,还有什么资格来规劝我,真是癞蛤蟆上高速公路——愣充迷彩小吉普!"

顺畅一听思远说自己没有隐私,好像受了多大的侮辱一样,脸和脖子都红了:"谁说我没有隐私呀,我的隐私当然不能让你知道了,就班级里的那些傻瓜我才不喜欢呢,我是专爱陌生人。"

思远的眼睛又一亮:"啊,你搞WL(网恋)?"

顺畅立刻捂住了思远的嘴巴,把一个指头竖起来放在嘴边,神神秘秘地说:"可不能让我老妈知道呀,她要是知道了,我就死定了。她是我们家的后勤部长,她知道了会断绝我的后方补给的。"

思远丧气地说:"那我更气愤了,你们都快快乐乐地活着,每天和MM在一起,只有我的M死掉了。"

思远说完又泄气地躺下了。

顺畅眼睛一瞪说:"思远,你怎么会爱上傻M,而且被一个死掉的人整得这样的神魂颠倒的?我真替你可惜。"

思远猛地从床上坐起,抓一把薯条狠狠地向顺畅的脸上砸去:"你算什么东西!"

顺畅气愤地跳下地:"你神经,你不可理喻!"

思远也坐起来喊:"滚,带着你的大道理从这屋里滚出去。"

思远的喊声惊动了客厅里的程威和明静,两个人赶忙从外边冲了进来:"怎么了啊?怎么啦?"

顺畅站在地上,好像在用力地克制自己的怒火。他指着思远说:"思远,今天要不是看叔叔的面子,我还真想扇你两大嘴巴解解气,你真好歹不知了。好,这可是你说的让我滚,以后咱们就谁也别搭理谁。"

思远鼻子向外冒冷气:"哼哼,你以为我过去就搭理过你吗,自做多情。"

思远说到这向后一仰就躺在了床上。顺畅这边已经气得腿都哆嗦了,他说:"好,好,程思远,你够狠,算我对你的关心是自做多情好了。"

顺畅说完转身向外走,明静拉他,顺畅狠狠地瞪她一眼:"你还自做多情什么!"

顺畅冲出了思远的小屋,冲出了程威的家。程威尴尬地站着看着明静,明静可能是为了缓解气氛,就走到思远的身边,坐在床上说:"思远……"

明静刚开口,思远就举起手来不耐烦地向她摆摆手说:"都走,都走,让我心静一会儿。"

明静耐着性子说:"那好,思远先休息,阿姨过两天再来看你,你可要好好的调养身体呀,养好了身体,阿姨带你去旅游。"

思远没吭声。

明静拉过毛巾被给思远盖上,然后就退了出去。

等明静走了以后,程威气愤地冲进屋对思远批评道:"思远,我可以容忍你的懒散和偏激,但绝不容忍你的没有礼貌和傲慢,你怎么这样对待顺畅和明静阿姨。"

思远"扑棱"一下坐起来:"我没让你容忍呀,容忍不了你也走,走呀!"

程威气得站在地上直发愣,不知道该怎么对付他才好。

程威说不出话了,再这样下去不仅思远快崩溃掉了,程威也要疯了。他流着泪想着办法,看来必须得给思远找个心理医生了,马上!

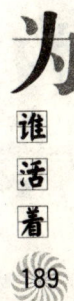

迟来的信件

思远的自闭情况已经非常严重了,程威就近找了医生咨询。根据他提供的症状,好几个大夫都一致地认为:思远可能得了抑郁症。

医生说得看见思远本人,才能最后确定到底是不是抑郁症,光听程威说症状不行。

于是程威就劝思远跟他出来看病,思远断然拒绝,他说自己没病。

程威这里着急得不行,他进入百度网查询了抑郁症的症状,他想自己根据症状判断一下,思远到底有病没病。很快,页面上就出现了很多介绍抑郁症症状的网站,他点了其中的一个,仔细地看起来:

程威看完了忧郁症的症状以后心脏加速了跳动,他把所能找到的有关抑郁症疾病的一切网站和信息都做了深入仔细的研究。研究完了,他就长久地一个人坐在沙发上发呆。一支接一支地吸烟。

网上传来了福莱的《大提琴奏鸣曲》,低回而忧伤的曲子在屋子里来回地冲撞着,也撞击着程威的心。

通过研究,程威惊恐地发现,不仅思远是个忧郁症患者,林叶也非常像一个患者,只不过是林叶的反应和思远的情况有所不同而已。比如:"心境不良,情绪消沉,或焦虑、烦躁、坐立不安;对日常活动丧失兴趣,丧失愉快感,整日愁眉苦脸,忧心忡忡;精力减退,常感到持续性疲乏;常常出现食欲、性欲明显减退,明显消瘦,体重减轻;失眠严重,多数人睡觉困难,噩梦易醒,早醒,醒后无法入睡,抑郁症常表现晨重夜轻的规律……"等等,都很符合林叶的症状。

最近几年,林叶的睡眠一直不好,睡前怕喝茶、怕喝酒、怕激动,倘若哪一天忘记了这些,而稍沾点茶酒,就会翻来覆去地睡不着。睡眠又极轻,在睡眠中任何微小的动静都能惊醒她,醒了以后就再也无法入睡,一直睁着眼睛瞪到天亮。

头一天睡眠不好,第二天早晨起床后林叶就嚷着脖子酸硬,头大腿沉,反正一整天都不舒服。她的记忆力也越来越不好,丢三落四的现象非常严重,经常忘记自己的煤气罐上还烧着开水。每天早晨她要花很长的时间来寻找她的钥匙、手机、手帕……她一个夏天要买几把伞,一个冬天要买若干副手套,也许上午买来,下午出去就丢了。

程威对林叶的这些零碎小事一直没放在心上,有时候林叶跟他说,他还当做笑话一样笑。直到有一次派出所给他打电话,他才觉出了问题的严重性。

那一次是早晨,程威和思远走的时候,林叶正在卫生间里冲凉,林叶在夏天有一个习惯,早晨起床也要洗个澡,她说那样一天她都舒服。

上午11点的时候,程威正在办公室里和一个作者谈话,忽然接到从居委会打来的电话,说他们家出事了,让他立刻回家。

等程威气喘吁吁地赶到家时,发现自己家的门口站了不少老太太老大爷,这些人都是他们这个小区里的热心的积极分子。

老太太老大爷们一见到程威,立刻围拢过来,你一句我一句地责备程威。

程威这才知道林叶没关门就走了!

不关门小偷进门丢自家的东西倒也罢了,但要命的是林叶洗澡时没关掉煤气热水器的阀门,致使那轰隆隆的声音惊动了邻居大妈。邻居大妈就怕噪声,出来在走廊里喊了半天也没人理她的茬,于是她就亲自敲门,想好好教训一下这不讲社会公德的一家子。

程威家没关门,老太太站在门口就生气地嚷:"你们还讲不讲一点公德啊?这楼里可不光你们一家!"

屋里没动静。

老太太的火腾腾地往上窜,好,你们竟敢不理我这个茬,我要让你们知道我的厉害。

老太太腰板一插,大骂起来,但骂了半天屋里仍是没有动静。老太太觉得自己受了侮辱,也不顾私闯民宅是犯什么法的事情了,径直闯进了屋,但她在屋里气乎乎地寻找了半天也没找到人。

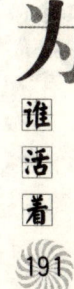

老太太出来后,立刻就找到了居委会,居委会于是就给程威打了电话。

林叶过去每周要往娘家跑两次,父亲死了以后,母亲就去弟弟家住了,林叶回家的次数也就渐渐少了,到最后这一年几乎是几个月都不回去一次。林叶也不像原来那样关心娘家的事情,对亲情似乎越来越冷漠。程威一直以为是林叶怕给弟弟弟媳造成什么压力才不回去,因为林叶天生善良,很疼爱弟弟林子,她曾经说过,自己一回去弟媳就放下手里的事情,忙活一大桌子饭菜,侍候公主一样地侍候她。

现在程威才知道,林叶的这些感情冷漠现象其实就是一种抑郁症,林叶的焦躁和多疑应该也是抑郁症的表现。

程威忙于工作,业余时间很少顾及妻子和儿子,每天回到家累得连话都懒得说,只想倒头就睡。一开始林叶还能忍受,默默地奉献着,但后来脾气变得越来越坏,动不动就罢工,常常抱怨程威不爱自己了。而程威忙于工作,没有重视妻子的感受,而是批评林叶对生活太理想化,还像个中学生,想法很幼稚,满脑子都是浪漫,现实中哪有那么多的闲情逸致。林叶生日他开会迟迟不回家,林叶在医院还没下手术台,单位的一个电话来了,程威扔下妻子抬腿就走,林叶生病没有人照顾,自己一个人咬着牙起来做饭吃,还要照顾思远……在林叶的心里这一切都成了程威不爱她、有了外心的证据。林叶焦虑,多疑,对程威不满,也经常和思远哭诉。她开始跟踪程威,盯着程威的一举一动,总想找一点蛛丝马迹来证明程威有了外遇。程威的正常出入在她的眼睛里也成为不正常了,弄得程威也烦不胜烦。遇到程威在外边有应酬,又很晚不能回来的时候,林叶就一遍遍地打电话,有时候就在电话里歇斯底里地对着他吼,数落程威的种种不是,甚至把离婚提到日程上了,而且就是一句:"我再也不想跟你过了。"她悲伤委屈,以至于睡眠越来越恶化,只有当程威回到家里躺在她的身边,她的心里才踏实。

有一次,程威陪着一个女作者吃饭,林叶知道后就在家里拧开煤气设计自杀,幸亏思远回来得及时,才幸免了一次灾难。

程威把自己关在屋子里想了很久很久,抽完的烟头堆满了烟灰缸。

以前,他根本没把这些症状当成一种病态,林叶的记忆力不好,他认为是人到了年龄可能都要这样,只不过林叶提前一点罢了;对林叶的睡眠不好,程威认为是林叶的心眼太小,承受能力太低,爱琢磨事,太女人;对林叶对自己无中生有的怀疑他认为是林叶太爱自己了,怕失去自己,为此他有时候还自鸣得意。

程威想到这,才知道自己的知识面真是太狭窄了,一个人看来必须得多懂一点知识,其中包括医学知识。

当然,程威只是从抑郁症的症状上这样判断林叶有病,但林叶到底是不是抑郁症他也没有把握。而且到现在林叶也没说过自己有抑郁症,也没治疗过,中国有心理医生也没有几年的历史,中国人不相信、也没有去看心理医生的观念,中国人只重视生理上肉体上的疾病,而不重视心理上的疾病。

思远目前的这种萎靡不振的状态,已经影响了他的健康、影响了他正常的生活,还要死要活地闹自杀,想不重视也是不可能的。

程威着急得不行,到处打听治疗这种病最好的方法和医院。

他还上网查询能够治疗心理疾病的医院,按着网上提供的咨询热线电话,他给一个医院的心理疾病治疗室打了电话。

接电话的是个女医生,程威问如果孩子有了抑郁症第一步应该怎么治疗,女医生说怎么治疗我现在还不好说,治疗方法是根据每个孩子的具体病情而定的。

女医生问孩子的表现,程威说表现不好,有暴力倾向和轻生现象。

女医生"哦"了一声,说情况已经很严重了,必须带他看医生了。

女医生问孩子有心里话和家长说吗?

程威说原来还说点,现在几乎不说了。

女医生又问孩子的自理能力怎么样?

程威说可以说很差,原来他母亲很宠他,他什么都不会干,现在也是等着人侍候。程威还不问自说地介绍了思远得病的经过,最后程威问:"您说,根据我孩子的情况应该怎么治疗?"

女医生说:"方法有很多,有团体治疗,有一对一治疗。"

程威说:"那你说我的孩子应该团体治疗,还是一对一治疗?"

女医生说:"那要根据你孩子的病情,采取哪一种方法也应该让孩子自己选择,你不能包办代替。我们认为孩子得这个病跟家长也有关系,我建议你在带孩子来治疗之前先来听一听课。这是我们医院免费讲座,这个周六正好是针对病人的家属而开设的科目。"

程威说:"好的,我去!我去。"

程威详细询问了讲座的地址,又在女医生的建议下在网上给思远挂了一个门诊号,门诊号是半个月以后的日子,时间是7月6号8点到8点30分。

也就是说正好有两个周末程威能听医院的讲座。

周六早晨,程威急急忙忙吃完了饭就开着车往医院的讲座会场赶,他自以为来得很早,走进会场大厅才知道,讲座已经开始了,一个医生正坐在前边侃侃而谈,他的面前放着个笔记本,身后是一个大屏幕,投影器把讲座医生笔记本里的内容都投在了幕布上。

大厅里坐满了人,程威这才知道竟然有那么多人的孩子都得了抑郁症。程威急忙走进大厅,找了个角落坐了下来。他巡视了一下那些听课的家长,发现家长各色表情的都有,忧郁的、焦躁的、平和的……

程威没想到这么多人都来听这样的讲座,它说明了中国人也开始关心心理上的疾病了。

他还看见了许多一般的市民和乡下人,这些人有这种意识让程威感到很羞愧。他一直以为自己是中国的高级知识分子,而且是在相对优越的物质和精神的环境中长大,他的开明程度和文明意识应该是最前列的,但是情况却不是这样的,否则思远的病情、林叶的状况也不会耽误到这种程度。

坐好之后,程威开始把注意力收回来,专心听讲。

讲座的周医生说:"……心理疾病病人年龄的越来越低龄化,警示我们,独生子女的心理问题已经不仅仅是浮出水面……一个孩子出现心理问题,甚至对两代人、三个家庭、六位以上的家庭成员造成直接的影响和心理创伤……我说一句让你们不爱听的话,有有问题的孩子就有有问题的家长……现实生活中,什么职业都需要岗位培训,可你想过吗?父母也是一项在生活中很重要的职业,可当父母前我们又有几个人接受过培训,当你与孩子发生冲突的时候,父母经常说的一句话就是:我就是这样长大的。这话道出了你教育孩子的方法是从你父母那里学到的,是从自己成长经历中学来的……"

有一个家长举手,讲座的医生示意他可以,他站起来说:"我的孩子已经连续两次自杀了,你说在家里我们什么都不让他干,连内裤都是我给他洗,家里的钱大部分都花在了他的身上,几乎是他要什么,我们就给他买什么,你说,他还有什么不满足的?我觉得都是吃饱了撑的。"

家长们都笑了,有的家长还同意地点头。

周医生也笑了,说:"在你的眼睛里,给孩子丰厚的物质生活,好像孩子就应该感到满足和幸福,其实孩子的需要和父母的期望产生了巨大的错位。青少年在成长过程中遇到的一切问题都跟家庭结构及家庭人际交往方式有密切的关系。"

家长们纷纷提问,周医生耐心地解释,越往下听,程威的内心受到了的震撼就越大,一个个扭曲的心灵原来都来自于家庭内部的伤害,压抑的怒火可以表现为暴力,肉体和精神上的虐待,那些垄断着家庭权力和信用的不知道怎么恰当表达自己愤怒和爱的方式的成年人是亲手把孩子推向悬崖的主要"罪魁祸首"。

程威不想在这样公开的场合谈,他想单独找一个时间和这个医生谈一次,他坐在那里静静地听着其他家长的痛楚和他们孩子的问题。

接下来,周医生手持鼠标,翻动笔记本电脑里的文档,他身后的幕布上立刻出现了几幅插图,他讲解着图文的意思给家长看。

第一幅画中画了一个人正遭到老板的责骂;

第二幅画画的是这个人回家后对妻子咆哮;

第三幅画,妻子正对孩子吼叫,孩子踢了狗,狗又咬了猫……

周医生说:"这几幅图生动地刻画出了我们是怎样将怒火从应该接受的对象身上移开,发泄到弱者的身上。"

几个有家庭暴力的家长看了那几幅画都深深地低下了头。

程威忽然想到了佳佳,想到了佳佳的父亲方钟山。他想,这个讲座真是太好了,佳佳的爸爸真应该来听一听,他计划下周一定要设法把佳佳的父亲拉来和他一起听,但程威不知道下一次是不是还是这个医生讲,是不是还讲这个话题。

中间休息的时候,周医生被一帮家长簇拥着解答各种问题,程威也挤进去,他问周医生,下周的讲座内容是什么,周医生告诉他,下周的内容和今天一样。

程威非常高兴,他还想听一次,更重要的是他要拉佳佳的父亲来听一次。

程威还想问周医生几个问题，但挤在周医生身边的人太多了，他想还是算了，这种情形下即使是问，在这种情形下周医生也不可能针对他提出的问题做出充分细致的回答。他跟周医生要手机号码，周医生没有给他手机号码，而是给了他两个坐机号码，一个是家里的，一个是办公室的。

下半场的讲座，周医生谈的是怎样才能减少父母和孩子间的认知错位，在父母和孩子交流和沟通上，他提了几点建议。

程威听完讲座以后的第二周的周五，就在电话里找到了佳佳的父亲，他说有事情和他谈。

佳佳的父亲不知道是怀着什么心态竟然没有拒绝，一口答应下来。

他们见面的地点是一个很有名气的大饭店的日本餐厅一间雅室的"榻榻米"上。

程威之所以选择这里，是因为过去听思远说佳佳的父亲是在日本读的博士，然后还在那里工作了几年才回国。程威想，一个在日本呆了十多年的人想必是喜欢日本菜的，所以本身并不喜欢日本菜的程威今天选择吃日本料理完全是为了讨好佳佳的父亲。

程威过去曾经去日本参加过图书展销会，也因为思远是个爱赶时髦的孩子，这大街上的东西没有他吃不到的，有几次就是程威来坐陪的。所以吃这种"和食"他还有一点经验。他熟练地把绿芥末用筷子在酱油盅里调匀，把"天妇萝"的萝卜泥倒入配好的料汁里搅拌好。

方钟山看着程威熟练的动作感到很好奇，眼光里透出温和的光，心想莫非他也在日本留过学。

方钟山还特地看了看程威的脚，程威的脚穿了一双非常干净的白袜子，规矩地放在桌子下边的大坑里。看见程威整齐干净的穿着和脚上那双干净的袜子，异常讲究和洁癖的方钟山顿时对他有了好感。

其实这是程威在来之前特地换上的，他为此还特地洗干净了脚。

方钟山就不用说了，他浑身都散发着那种高贵的香水气味，一身贵族的气质，再加上一身的名牌打扮，和这个大饭店的氛围非常地吻合。

程威今天看见的方钟山，和佳佳死时那几天看见的方钟山已经截然相反了，这让程威生出了无限的感叹，感慨时间的强大无人能敌，时间可以淡化仇恨,修复伤痕……时间让方钟山见到程威不再愤怒、不再抱怨。当他从学校学生那里得知程思远为了佳佳烫坏了同学,从王老师嘴中得知思远被学校开除,又从别人那听说思远得了抑郁症的时候,他的仇恨一下子全没有了,代之而来的是对程威的同情。

天下父母的心都是相通的。更何况,他在佳佳死后的第二个星期接到了佳佳死前发给他的信。其实,那封信在佳佳死的第三天邮递员就送进了方家楼下的信箱里,但那个星期,方家夫妻沉浸在失去女儿的悲痛和忙乱之中,没有任何人去打开那个信箱,一个月后,当方钟山打开信箱,从一堆的报纸信件当中看见这封信的时候,方钟山立刻就老泪纵横!对程家的怨恨也就立刻烟消云散了。

方钟山感觉到冥冥之中佳佳已经看见了父母正在逼迫自己喜欢的男孩,佳佳的信很简单,而且不是给方钟山写的,是给自己的母亲写的,她在信上没有提父亲,也许直到死,她也不肯原谅自己的父亲,但她又不想伤害曾经伤害了她的父亲,她的信是这样写的:

妈妈:

对不起,我实在太累了,我走了,谢谢你养育了我。我的死和程思远没有关系,我就是想临死前再看他一眼,所以才约他出来的。

佳　佳
××年×月×日

佳佳在信的结尾所标的日子,就是她撞车的那天,估计是她把这封信投到邮筒以后,就给思远打了电话,可见她是提前就设计好了怎么去死的方法了。

佳佳的母亲把这封信抱在怀里,哭得差点没晕过去!

方钟山痛快地答应了和程威见面,在来之前老婆告诫他说,一定要压住火气,好好和程威谈,咱们已经伤害了人家,现在人家的孩子都因为佳佳得了抑郁症,被学校开除了,不能再给这个孩子施加压力了。

方钟山和程威的谈话都很小心,程威不提佳佳,怕唤起方钟山不愉快的回忆,而方钟山也回避佳佳死的话题,怕程威多心自己又在找茬。

所以谈话一开始他们都感到很累。

谈论了半天双方的工作之后,程威话题一转说他上个周去听了一个讲

座,听了以后很受震动。

方钟山问什么内容的讲座。

程威说:"有关针对心理有问题的孩子的家庭教育问题。"

方钟山嘴巴动了一下,想说什么没说,他低下头开始吃东西。

程威说:"这个周六还有,我希望你也去听听,我想这个讲座对所有的家长都有好处。"

方钟山叹了一口气,放下了手中的筷子:"孩子都没有了,还听什么家庭教育方面的讲座?"

方钟山说完这句话,嘴唇有点哆嗦,眼圈有点发红,但程威看得出来他在用力地控制自己的情绪。

"如果您不介意的话,我吸支烟。"方钟山说。

程威点头。

方钟山从兜里掏出了一个非常精致考究的烟盒,从里边抽出一支雪茄先递给了程威,又自己点上了一支,然后从兜里掏出了一个大卫杜夫牌抽雪茄专用的打火机先帮程威点着了雪茄,然后自己再点上。

两个人半天无话开始烟雾缭绕。

过了一会儿,程威还是谈了自己听讲座之后的感受,他说这些的时候,尽量找些不伤害方钟山、不触及方钟山内心伤痛的言辞。他缓缓地说,他希望方钟山能去,那样能调节方钟山的心情,也能找到佳佳自杀的真正原因。

方钟山说:"那你告诉我讲座的地址吧,我看看明天有没有时间,有时间我就去。"

第二天,当程威走进医院讲座会场的时候,一眼就看见了坐在后排的方钟山,程威微笑地冲方钟山摆了摆手,方钟山冲程威礼貌地点了点头。

第二次听这个重复的讲座,程威仍然很认真,医生的每一句话、每一个词他都深深地记在了心里。

在周医生讲解那三副图以后,程威看见方钟山手拿着白色的手绢一边擦眼睛,一边走出了讲座会场。方钟山的头低得很深,谁也无法看清他的脸,他的表情。

你就是罪魁祸首

几天以后,在程威领思远去医院治疗时才知道,这个周医生就是心理治疗室的大夫。

来到心理治疗室,程威才知道竟然有那么多人得了抑郁症,出入那里边的病人年龄参差不齐,有成年人,也有孩子,这些人各色表情都有,目光躲躲闪闪的、麻木的、忧郁的、冷漠的。几乎每一个在这里出入的人都没有笑容,毫无生气……

程威的目光望向他们的时候,尽量保持着微笑,因为他知道,这些人都是心灵受了伤害的。

思远很老实地坐在候诊室的长条椅子上,木然地瞅着来来往往的病人和病人的家属,以及那些穿着白大褂的医生。

等到招呼思远的名字时,程威也想跟进去,但外边的工作人员阻止了程威。思远没想到是让他自己进去,恐惧地看着程威,虽然他平日在家里不搭理程威,但在这里还是流露出了对程威的依赖之情。

程威拍了拍思远的后背说:"别怕,爸爸等着你,一会儿就好。"

思远一步三回头地进了心理治疗室。

二十分钟后,思远从里边走了出来,医生招呼程威进去,程威从思远的表情里看不出什么东西,他很想立刻就知道医生怎么和思远谈的,但当着这么多人的面他没法问,而且里边也在喊他。

程威一走进去,就认出了这个大夫正是那天搞讲座的,这使他非常地高兴,也对治疗充满了信心。

那个医生很随和、很开朗,可能是为了打消程威局促的心情,还笑着开了一个玩笑,说程威这么年轻,看不出已经有那么大的儿子了,而且身材这么好,不像一般的中年男人,早早就发了福。

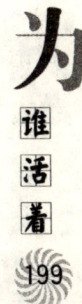

其实程威知道自己是属于很瘦的那种,但绝对谈不上年轻。他体会出这是心理医生为了消除他们之间的陌生感而对他有意的奉承,但他仍然很高兴。

医生和程威聊了二十分钟。

程威从医生的办公室一出来,发现思远还老实地垂着头坐在椅子上等他。候诊厅里好多大人和孩子,可这些孩子好像都很矜持,都自己坐自己的,不跟任何人交流。

夜半,程威把自己深陷在客厅的沙发里喷云吐雾。

屋里没有开灯,但窗外街市里的明亮路灯和城市里那些闪烁的灯火以及他手中忽明忽暗的烟火,映亮了他那焦虑的表情。

在另一间屋里,思远慵懒地横在床上,他眼大如灯,瘦弱不堪,一脸的病容,正迷迷瞪瞪地盯着天花板发呆,一脸的忧郁,好似心中有无数的创痛一样。

抽了一会儿烟,程威站起来走到小屋的门口,他推门向屋里瞅瞅,然后走进去给思远盖一下被子,思远掉转过身子不搭理他。

程威站在他的床前迟疑了一会儿,说了一声:"宝贝,晚安。"

思远没有吭声,而且把眼睛闭上了。

程威轻轻地退了出来,把门关严。

程威走到厅上,站在电话前发一会儿呆,抓起电话向小屋看了一眼,又犹豫着放下。他向自己的卧室走去,走进屋就把门关死了。

然后他脱了衣服钻进被窝里,将身子半靠在床头上,拿起了电话,熟练地拨了一个号码。

他拿起了电话:"周医生,您好,我是程思远的家长,这么晚打扰您,我是想问一下,思远从您那回来,情绪虽然有了一些好转,但是……"

电话那边响起了一个中年女声:"哦,我知道,我也正想找您谈一谈,治疗这个病,我们非常需要家长的配合,也必须了解你的全部家庭生活情况和家庭隐私,我们的目的就是要找到问题的症结和根源,有的放矢地对孩子进行治疗。对这些问题,我们不能从孩子那里直接获得,孩子到了现在这个程度,我们认为跟他的生活环境和他的家庭有直接的关系,我们认为有有问题的孩子,就有问题的家长。可是在我和你谈话的过程中,你一直就回避家庭隐私,闭口不提你的家庭,而且你的孩子也是这样,一直说到家庭问题就沉默不语,这给我们的治疗带来了一定的难度,所以,为了您的孩子,您能不能把您的家庭隐私告诉我?"

程威对着电话筒犹豫。

沉默了有一分钟,那边的声音又传了过来:"你放心,我们对病人的家庭隐私都是保密的。"

程威抓话筒的手有点哆嗦:"周医生,我不是想隐藏自己的家庭隐私,可是,我实在觉得有些事情难于启齿。"

周医生:"我不难为你,你考虑一下吧,考虑好了再告诉我。但是为了我们尽快找出结症,希望你还是快点。需要改变的不仅是孩子,还有家长。面对自己的问题和自己为人父母的失败是需要很大勇气的,但如果你连第一步的暴露自己都迈不开,更别谈面对问题接受失败和为了孩子尽快地康复改善亲子关系及夫妻关系了。找出问题的根源,建立新的家庭交往模式才是孩子获得新生的必经之路。今天我们就谈到这。"

周医生说完就要放电话。

程威着急地喊:"周医生,您别放电话,我这就告诉你。"

周医生说:"好吧。但是今天实在太晚了,明天一早我还有个病人,你想好了,明天晚上我在治疗室等你。"

程威说:"话很长,不知道您有没有时间和耐心。"

周医生说:"我会耐心地倾听的。"

放下电话,程威陷入在深深的回忆之中。

从林叶出走的那天开始,一直到思远得上了抑郁症,过去的生活就像电影一样在程威的脑袋里一幕幕地闪过。

第二天晚上,程威很早就做了饭,侍候思远吃了饭,就嘱咐思远自己要出去一趟,让思远在家里好好看电视等着。他还仔细检查了煤气,把凡是危险的东西都收好,想想还不放心,又给林子打了个电话让他过来陪思远,等林子来了,他才走。

到了医院的心理诊疗室,程威发现周医生的屋里有人,因为门是半开的,程威看见佳佳的父亲方钟山正坐在屋里和周医生谈话。看来方钟山也约了周医生。

程威坐在走廊的椅子上等。

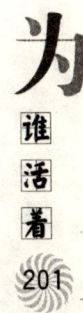

方钟山并不像他外表所表现出来的那样坚强,他坐在周医生的面前正神经质地抖动自己的两只脚,又忽然停下来将自己的双手绞来绞去,当他意识到周医生在盯着自己时,又克制住自己,用手把自己搭在额前的头发拢到后边。

看来,方钟山已经和周医生谈了很长时间。

方钟山那天听了讲座后,回到家就给周医生挂了电话,他说自己想看看心理医生,周医生问他为什么要求助,方钟山说为了寻找孩子的死因。

周医生就答应和他谈谈,他们约了时间,但因为方钟山来的时候赶上了塞车,所以原定的时间就往后推移了一个小时,这就让程威碰上了他们谈话。

因为是晚上,走廊里很肃静,周医生和方钟山的谈话断断续续地传了出来。

周医生问方钟山:"你父亲是不是一向这么霸气?"

方钟山说:"我是说他经常冲我大喊大叫,因为我做什么事情都离他要求的差很远。"

"他打你吗?"

"这个……"

方钟山脸红了,这问题让他很难堪。但他最终还是把真相告诉了医生。

"我的父亲在家里立下了许多规矩,他是个当兵的出身,讲究整洁,什么东西放在什么地方,如果你用完了没放在固定的地方他就会歇斯底里地发脾气。假如我的被子叠不出四个角,他抓起来就会给扔到窗台外,他说当兵的时候首长就是这样严格要求他们这些小兵的。他说养成严谨的习惯对一个人终生都有好处。那时候我和母亲天天小心翼翼、提心吊胆的,生怕自己哪些东西放得地方不对、哪点做得不对招来父亲的责骂声。自己的鞋垫几乎每天换一次,作业本总是干干净净的,上边几乎没有错字和污迹,成绩总是在班级的前几名。但尽管这样,父亲有时候还能找出毛病,几乎每隔两天就会找到打我的理由,比如,对奶奶说话声音过大,吃饭的时候掉了饭粒,客人来的时候没坐好,等等,一些小的事情都会成为他打我的借口。"

方钟山给自己的父亲解释:他对我这样的严格就是想让我更完美一些、更懂事一些。他对我还是很好的,经常给我钱,给我买好东西。

周医生说:"可你怕他,对吗?"

方钟山点点头："很怕。"

周医生沉重地说："朱先生，佳佳也曾经这样怕你，对吗？"

方钟山不言语了，他的眼泪波涛汹涌地流了出来。

周医生又说："你成年后对孩子的行为在很大程度上是自己小时候体验和领悟的重演，你沿袭了父亲的教育方法和行为方式，也把自己儿时积累下的对父亲发泄不出去的一腔愤怒全在你成年以后喷射到了女儿身上，只是你自己意识不到。在你这样家庭长大的孩子往往无法喜欢自己，自尊水平偏低，追求完美，内心永远不会有快乐的感觉，他们活得非常累，而且压力相当地大，不仅自贱自残，还有自杀倾向，严重的还有暴力倾向，这样的孩子选择自杀是不奇怪的……"

过了一会儿，方钟山站起来颤抖地走出了周医生的屋子，程威迎上前去扶住了就要倒下去的方钟山。

方钟山抱着程威像个小孩子一样地哭了，程威的眼泪也流了出来。

方钟山十分痛苦地意识到了，他意识到了杀他女儿的凶手并不是那个司机，更不是思远，自己才是最大的罪魁祸首。

是的，正像医生所分析的那样，他的父亲当年也是这么对待他的。他在父亲的打骂中考上了大学，考上了博士，最后成为科研人员，那时他虽然恨父亲，但考上学以后，他认为如果没有父亲当初的严厉，也就没有他的今天。

从几岁开始，他就隐忍着自己的痛苦和愤怒，而这愤怒他对着自己的父母又无法发泄，所以结婚以后他就向着妻子和孩子发泄……

后来，方钟山又无数次来到医院，因为根据他的情况，医生建议他多来几次医院，调整自己的情绪，使自己尽快地走出痛苦，走出自我的负罪感。因为这样的感觉也能毁掉一个人的心情。当然这都是后话了。

程威目送着方钟山蹒跚地走下了医院的楼梯，然后他转身走进了心理诊疗室。

坐在心理诊疗室里，程威把自己的家庭故事统统都告诉了周医生，林叶的出走，自己寻找；离婚；思远的上网和早恋；佳佳的死；自己同陈子盈的恋情……全部地毫无保留地都告诉了医生，他想只要对思远的治疗有利，自己的自尊又算得了什么！

周医生对程威说："导致你妻子出走的主要问题你认为在哪里？"

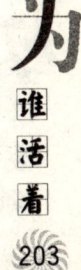

程威沉吟了一下说："她一直反感我是个工作狂,我确实是为了工作很少关注她和孩子。过去的家我是油瓶子倒了也不扶一下,都扔给了妻子,所以她很反感。但是没有办法,我就是对工作有兴趣,一工作我就很快乐,忘记了时间。"

周医生告诉程威,一般家长来求助医生,当然是为了孩子,但为了找到一些导致孩子病情的根本原因,医生就要全面了解他所处的家庭环境,他父母亲的婚姻生活,甚至是父母的父母。

周医生给程威一份表格,那上边有三组问题,他让程威做出肯定或者是否定的回答。

程威看了看,顺手拿过一支笔在那些问题上有的打了勾,有的打了叉。

周医生拿过来看了看。

程威在三组问题上的三个问题上打了勾,这三个问题分别是:第一组的第五个问题:"你曾经因为父母有病而不得不照顾他们吗?"第二组的第九个问题:"你是否很难放松开心一次?"第三组的第七个问题:"你是否觉得自己应当为父母的心情负责?他们不高兴,你觉得是你的错吗?是应当由你负责让他们心情好起来吗?"

周医生放下表格很随意地聊了起来。他问程威小时候父母的病情,问程威是怎么照顾的。

程威说自己8岁那年,父亲就出了事情,母亲也受了牵累,被斗来斗去,身体一下子就坏了下去,不能再干任何活。家里的活都是他这个老大干。他身下一个弟弟一个妹妹,早晨他早早地起床做好了饭,还要把他们送到学校。晚上回家还要做晚饭,周六周日别的孩子都出去玩,他还得在家洗衣服,打扫卫生,照顾生病的母亲。

周医生问:"你父亲到哪里去了?"

"父亲被下放到内蒙劳动改造去了。"

医生说:"其实你的童年不快乐,也可以说很痛苦。"

程威说:"我太忙了,没时间痛苦,只觉得每天忙忙碌碌的,很充实。"

医生说:"你是个孩子的时候,就承担了本应该父母承担的责任和义务,你担当着一个小大人的角色,你习惯了否认自己的需要,一直为别人活着。"

程威说:"那时候父亲总是从内蒙来信叮嘱我,照顾好母亲,照顾好弟弟妹妹,父亲说你要让母亲高兴。为了让母亲高兴,我就非常努力,这样父亲就表扬我,邻居和街道里的那些大爷大娘都夸我。我每天都在干,干,干……"

周医生说:"你小时候在父母期望的驱使下,知道了你的品行是为家里人做多少事情来衡量的,成年后,父母的外部要求转化成为你内心的魔力。这魔力继续在你觉得自己有价值的领域内驱赶着你——这个领域就是你的工作。你认为只要拼命工作就能成为一个人人赞颂的优秀的人。你没有时间也没有合适的角色榜样去学习爱别人——你是在缺乏情感营养的环境中长大的,所以你在妻子的眼睛里就是一个工作狂,你本人也不愿意介入太多的油盐酱醋等家庭事物,结婚以后那一切就成了妻子的事情。工作成为了你唯一的人生乐趣,而妻子偏偏又是一个情感丰富对爱情和家庭充满了理想的人。所以你在无意中伤害了自己最亲的人,当你想开启情感闸门的时候,已经晚了,妻子和孩子已经不信任你了。"

程威听了周医生的话惊呆了!

程威说:"我小时候的事情怎么会影响到成年以后?"

周医生说:"小时候所受的教育能覆盖人的一生。"

程威嘟囔着说:"这些……这些和治疗孩子的病有关系吗?"

周医生说:"表面看起来没有关系,其实关系很大,我是想帮助你找出自己的问题,然后下一步才能制定出改善亲子关系的计划,建立新的家庭交往模式。这对你对孩子都有好处,对将来你再次成家更有好处。"

程威承认自己是个工作狂,承认自己以前对家庭没有尽到应有的责任,但他一直以为自己就是一个对社会负责任的优秀的人,对妻子的出走他承认自己有责任,关注得不够,但他从没觉得工作和家庭竟然有这么紧密的联系,从没觉得孩子得病和自己的工作有什么因果关系,也从不知道自己形成的人格和小时候的家庭有关系。

周医生又进一步说当然你的工作狂性格和不会爱自己亲人的性格对家庭的影响大小要看你遇到一个什么样的爱人,假如你遇到的是一个心灵粗糙,根本没有文化修养的女人那就完全不一样了。那样的女人会原谅你的一切,很现实地跟你过下去的,但偏偏你的妻子和你的儿子都不是这样的人,他们性情敏感,感情丰富,全身心都充满了浪漫的思想,这样的人属于精

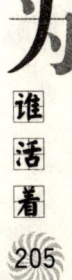

神型气质。他们品位出众,热爱自然与艺术美,但这样气质的人就容易患上一些精神性的疾病。

周医生还给程威推荐了一些书,让他看一看,他认为,思远从小到大的一切都由父母包办,这也是一个问题,他希望程威今后不但要调节自己的工作方式,也应该调节孩子的教育方式,思远已经长大,凡事都让他自己动手,要很好地养成他的自理自立习惯。

最初来到医院,程威和许多家长一样都怀揣着这样的想法:我们已经尽了最大的努力对待孩子,希望医生能够妙手回春,帮助自己改变孩子。随着治疗的深入,随着一天天地培训学习,很多家庭的问题逐渐地浮出水面,大部分家长都感受到前所未有的沉重感,原来需要改变的不仅是孩子,还有他们自己。

弄清了家庭问题之后,周医生才正式给思远进行心理治疗。

治疗的方式是采取团体治疗,周医生说思远适合在群体中接受治疗。

思远被分在了一个小组里,那个小组有六个人,全是12岁到19岁的孩子。给思远这组当治疗师的是一个姓李的年轻大夫。

关于具体的治疗方法程威不知道,医生跟思远怎么谈的,思远回家也从不告诉他。但有一天,思远回家在程威的追问下跟程威说,今天的治疗是向心灵深处挑战。

程威问他:"怎么挑战?"

思远说就是老师说了一个题目:"我是谁?我怎么啦?"

让每个人说出来,是自我分析,也是一种倾诉。老师让他们把自己平时最不愿意讲的心里话全部倾倒出来。

思远把自己心里的东西都说给了医生,当然一开始他还保留了一些,比如对父亲的感觉。但不久,他就在治疗师的感召下,全吐出来了。治疗师鼓励大家把心中的话都倾吐出来,不要憋在心里,不要把苦难都一个人承担,每一个学友都是你的支持者和倾听者。讲出自己的话,治疗效果才能好。

有一天李医生拿着思远画的画给程威看。

画上画了一个大旋涡,在旋涡的中间一只手伸了出来,一看就明白是一个人掉进了旋涡里,向外边伸出了一只求救的手。

李医生说:"这是个内心绝望的孩子。思远失去了母亲的爱,又失去了佳佳,在他的心里唯一的父亲又爱上了别人,也许是这些让他绝望的。"

李医生说,他的乖戾,他的神经质和情绪化,以及变化多端都与这些有关,也和他的母亲从小溺爱他,包办他的一切和母子都不愿意接触陌生人有关系。另外从母亲失踪后,父亲就无条件地服从他,可怜他、宠爱他,一旦达不到要求,他就歇斯底里无理取闹,心理缺陷就会用极端的手段暴露出来。他认为自己即将失去一切,他把父亲看成是自己唯一的财产,他个性的成长带着家庭的深深烙印。

李医生的话让程威大吃一惊,从一个小孩子无意中画出来的画就能知道他的内心世界?

程威深深地反省,是呀,林叶就是一个除了自己的亲人和明静很少接触他人的人,她喜欢安静,她平日除了跟明静来往,几乎就没有朋友。她喜欢三口之家的平静生活,即使是周末也很少出去,就腻在家里和思远两个人呆着。思远从小和他母亲一样,从不带同学来家里串门,也很少到其他同学家里去,生活的环境很封闭,又加上母亲出走、佳佳死亡的打击,他的心理能正常吗?更何况他的母亲过去确实是宠他,自己对他更是溺得不得了,形成了他的以自我为中心的性格。

那以后的几天,思远和病友住进了一个医疗基地,程威回了家。程威每天傍晚的时候开车去看看他。

参加治疗小组之前思远的面部肌肉是僵硬的,不会微笑,对任何事情都不感兴趣,心是灰色的,感到很绝望,现在,他在不知不觉中改变,变得和以前一样爱说爱笑。程威明显感觉到思远在变。

但有一天思远忽然对李医生说:你就和按摩师一样,当离开你的时候该怎么难受还是怎么难受。

李医生说:"业余时间要多和朋友在一起。"

思远说:"朋友的聚会,只能带来片刻的欢欣和麻醉,只能暂时拂去心头上的阴云。"

李医生对程威说:让孩子走出抑郁是一个漫长而痛苦的过程,吃药只能解决生理上的不舒服和痛苦,但解决不了心灵的羁绊,祛表而不能治里;医生的治疗也只是起到外因的作用,真正改变还要靠他自己调整。

结伴出逃

经过治疗，思远的状况明显好转。当然思远还是会常常坐着发呆，程威不知道思远发呆到底在想什么，他很怕思远再沉浸在阴暗的过去里，一看到思远发呆就马上和思远说话，以此来转移他的注意力。

为了让思远的心情尽快地好起来，程威敲开了立明家的门，开门的是立明的妈妈可丽，程威笑着对可丽说，"思远从医院回来了，一个人在家没啥意思，希望立明常过来玩。"

可丽马上把程威迎进家门，但她对立明去程威家好像很为难。

程威看着可丽为难的表情，心里很不舒服，俗话说，好事没人扬，坏事传千里，尽管程威没有告诉邻居思远因为故意伤害同学和想杀老师而被学校开除，但他相信，从可丽不愿意让立明出来的这样的小事情上，可丽一定已经知道了。程威想，她一定是怕自己的孩子跟思远这样被学校开除的孩子学坏了才这样为难的。不管别人怎么看，在程威的心里，就是思远坐了监狱也仍然是他亲爱的儿子，不会因为客观条件和身份的变化而受影响的，但是其他的人肯定就不是这样想的。

程威正这样想着，可丽这边已经把立明招呼出来了。

其实程威是太敏感了，可丽根本不清楚思远被学校开除这件事情。可丽对立明的学习抓得很严，她平日很少放立明出来玩，立明回到家里的任务就是学习，高中二年级，正是学习的最关键时刻，她对孩子看得非常紧。

但邻居头一次开口，可丽不便拒绝，于是就对正在屋里做作业的立明说可以去找思远玩一个小时，立明听了妈妈的话非常兴奋，两只眼睛都放出光来，一看就是平日里没有这个放风的机会，对他来说这一个小时非常的珍贵。

程威很高兴，一个小时的时间，他完全可以带两个孩子到朝阳公园里逛荡一会儿,再说了,晚回去一个半个小时的,可丽也不会说出什么的,今天是星期天,立明就是学习再忙,也不会在乎这点时间。

听程威要带自己和思远上公园,立明的眼睛放出光来,但随即就暗淡了下去,他说恐怕时间太少,程威说,咱们十分钟就能赶到,很快,耽误不了多少时间。

能有人陪思远玩,程威真是太高兴了,他现在希望思远快乐的心情比什么都迫切。

立明答应了,思远也同意了。

三个人来到公园以后,先奔到了游乐园里,那里凡是有的游戏项目,无论贵贱,程威全给两个孩子买了票,两个孩子玩得不亦乐乎。程威坐在一边看着孩子们高兴,自己也非常兴奋。

终于都过去了!程威感到了一种久违了的轻松。

从林叶离开到现在,很多的事情就接踵而来,像商量好了似的,排着队对程威进行着攻击,在去给思远治病前,程威觉得自己快要被打倒了。

好在现在终于熬过去了。

半个小时以后,程威注意到立明开始左右张望,不停地看表,一副心神不定的样子。

还有几张票没用,立明就要走,他走过来对程威说:"叔叔,我得先回去了。"

程威说:"立明,忙什么,等把这几个票玩完了,咱们一起去吃饭,吃了饭咱们一起回家。"

"我得回去了,我和我妈说半个小时肯定回去,算上我坐车的时间,到家已经晚了,我还是回去了。"立明脸上显出很为难的表情。

"嗨,没事的,让我爸给你妈打个电话,就说你和我们一起吃饭不就得了!"思远劝着立明。

"不了,不了,我还是回去吧。我坐公车回去就行,叔叔你带思远玩吧,反正这里离家很近,就两站地!"立明说着就想走的样子。

程威掏出手机来说,"立明,别走,饿着肚子回去怎么成啊!怕你妈妈担心,我这就给你家打个电话就是了!"

"不用,不用,我走了。"立明冲程威鞠了个躬,又冲思远摇了摇手就转身跑掉了,好像怕程威追他一样。

程威很奇怪,问思远:"他这么急,有什么事吗?"

思远"咕咚咕咚"灌了几大口水,"他啊,就是怕他妈,他妈说让他几点回去他就几点回去,晚一点就火烧屁股似的坐不下去!你就让他回去吧,不让他走他更难受,吃也吃不好。"

"那不行,咱们带他出来的,哪能让他自己走回去。思远,咱们也快走,我开车把他送回去。"

程威拉上思远就走,他们追上立明。

在车上,立明羡慕地对思远说:"思远,我真羡慕你。"

思远说:"呵呵……我还头一次听说有人羡慕我,你到底羡慕我什么呀?我把你羡慕的东西都免费送给你好了。"

立明想了一会儿说:"家庭和自由。"

思远眼睛一瞪:"啊,你羡慕我家庭?你神经呀,我还羡慕你呢!"

立明低下头不吭声了。

接下来的那几天,程威一边上班,一边在外边给思远跑学校,思远的病情好转,必须去上学,否则会耽误思远一生的。这回他不准备把思远送到什么重点的学校去了,他想把思远送到一个普通的学校里去,有个和谐一点的环境,然后能踏踏实实地学点东西,和周围的人好好相处。现在对于程威来说,思远能否考上什么名牌大学已经不是最重要的事情了,他只希望思远能没有任何的心理负担快乐地生活。

思远也安定了很多,能坐在家里静心地看书了,而且,每天三次吃药也很积极,不用程威叮嘱,到了吃药时间,自己就倒一杯水,乖乖地把那些各种颜色的药片吞进去。这让程威非常高兴,这说明思远已经有了想让自己好起来的心情和愿望。

程威把一些学校的介绍拿回来,跟思远一起商量。一开始思远对于学校和老师还是有一点抵触的感觉,觉得自己能不上学还是最好的。可是他自己在家里呆了这么长时间也确实觉得很无聊,所以思远也就接受了再上学。

有一天,程威和思远正吃饭,忽然腰上的手机叮铃铃地响起来,程威放下筷子拿起手机,一看是陌生号码,就接了,他问:"谁呀?"

电话那边沉默,正在这个时候,思远上前就把程威手里的手机抢了过来,把听筒放在了自己的耳朵边,那边正好说了一句:"我是陈子盈。"

思远听了这句话没吭声,陈子盈在那边又颤抖着说了一句:"我真的很想见你。"

陈子盈说完这句话就哭了。

思远关上了手机,小脸像水一样地拉了下来。

程威问:"谁呀?"

思远没吭声,推开碗向自己的屋里走去,一边走一边说:"真是,这是何苦,骗我干什么呀,好像我干涉你什么似的,我早就想开了,咱们今后井水不犯河水,医生不是说了吗,那是你的生活,你的自由,你的权利。"

程威丈二和尚摸不着头,不知道自己又犯下了什么不可饶恕的罪行,赶忙拿起手机看那个号码,怎么看怎么陌生,他把号码返拨回去,那边一个男人接的电话,程威问刚才谁给我打的电话,男人说这是公用电话,他也不知道刚才谁打的。

程威想,能让思远脸色这么难看的电话,只有一个可能,就是陈子盈打过来的。

程威叹了一口气,陈子盈和他结束以后,他再也没给陈子盈打过电话,也没有再接过陈子盈的电话。陈子盈虽然是个女人,但骨子里非常的傲气,自尊心也很强,即使自己折磨死自己,也不会在人家宣布结束后,还死缠滥打地打电话。其实在程威的心底,他真想听听陈子盈的声音,想了解陈子盈现在的情况,虽然已经结束,为了思远,他也不可能再和陈子盈恢复关系,但他还是十分惦记陈子盈的。但他自己不想主动打这个电话,他害怕陈子盈误解他的意思,耽误陈子盈今后的选择。

那天以后,思远的情绪又开始低落,程威怎么解释,思远也高兴不起来,程威很着急,害怕思远的病情反复,但他记住了周医生的话:

"让孩子走出抑郁是一个慢长而痛苦的过程,吃药只能解决生理上的不舒服和痛苦,但解决不了心灵的羁绊,祛表而不能治里;医生的心理治疗也只是起到外因的作用,真正改变还要靠他自己调整。"

程威只有慢慢耐心地等待。

有一天,程威下班回家,听见对门可丽的家里有哭声和咒骂声,他站在

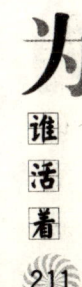

门口犹豫了半天想敲门进去问问,但又怕人家尴尬,就开门进了自己家。

思远听见父亲进屋,"砰"的一声把自己屋的门关上了。

程威只听见思远的屋里唏唏索索的一阵乱响,他奇怪地过去推门,推了半天也没有推开,他敲敲门喊:"思远,你在屋里干什么?"

思远回答:"我在睡觉,这就起来。"

程威摇了摇头,他去门厅脱衣服:"这孩子,这个时间还在睡,可真够懒的。"

等程威换完了鞋,把上衣挂在门厅的钩子上,一回头,思远已经满面笑容地站在了自己的面前,讨好地问候了程威一声:"老爸,你回来了。"

程威感动地点了点头,思远可好久没这么乖过了。

"爸爸,今天晚上我想吃点好的。"思远又说。

程威说:"行,你点吧,只要你说出名儿来,爸爸就保证能给你做出来。"

思远说:"你看着做吧,你做什么我吃什么,不过可要好的,多做点,今天我可饿了。"

有了儿子这句话,程威立刻就跑进厨房,高高兴兴地忙乎起来,做了三菜一汤,全是平日思远最爱吃的东西:水煮鱼片,红薯粉蒸鸡,干烧虾仁,羊肉冬瓜汤,嘿,真是又有营养,又好吃,现在程威炒菜的水平可真是练出来了,可不是原来那个一到厨房就扎手翘脚的程威了。

人的潜能真是太大了,只要你用心,什么难学的手艺都能学到手。

做好了饭,程威就招呼思远出来吃饭。

思远非要自己单独吃,而且还得把自己的那一份拿到屋里去吃,他张张罗罗地把菜分成了两份。

程威奇怪思远为什么要拿到自己的屋里吃,思远说正看一本书,还没看完。

程威说,还真没看见你这么用功过。

程威要帮思远往屋里送菜,但思远不让。

程威看看思远,没再坚持,就随了他,自己一个人在餐厅吃,思远回自己的屋里吃。

思远的这一顿饭吃得很多,不一会儿还跑出来加了一次饭,思远平日最多只吃一碗饭,今天怎么吃了这么多,程威很奇怪。

思远吃完后,自己把菜盘子都端了出来,放在桌子上,就返回屋去了。

程威看看面前的空盘子更纳闷了,菜全吃光了,这孩子今天怎么这么能吃,是不是屋里有别人?

程威站起来去推思远屋里的门,但推不动,程威在外边喊:"思远,你把门锁上做什么?"

思远说:"爸,求求你,我自己想安静地看书,你别吵我好不好?"

程威说:"思远,你把门打开我就看一眼。"

思远说:"你想看什么呀?"

程威说:"你今天怎么吃那么多,有点不正常。"

思远说:"你是不是心疼了?那我给你吐出来好了。"

思远说着就做出了干呕的声音。

程威说:"得了,得了,你跟爸爸说实话,是不是你来客人了,要是有客人就让人家出来好好吃,藏着做什么?你这样对朋友多不好呀。"

思远"咣当"一下把门打开,拉着脸子对程威说:"你神经呀?你看好了,看看我藏没藏人。"

思远这样一说,程威倒不好意思起来,他站在思远的门口,确实没看见屋里有什么人,就给思远关上门说:"爸爸看你吃得太多就很奇怪,那你看书吧,爸爸去洗碗。"

思远嘟囔了一句:"疑神疑鬼。"就把门关上了。

第二天早晨,程威还要出去跑学校,走之前他给没起床的思远从冰箱里拿出了一盒奶,又给他煎了个鸡蛋,切了两片火腿,一片面包,还沏了一杯燕麦片,他给思远放在桌子上,就走出了屋。

等中午回到家,他发现冰箱里原来的面包少了一个,还少了一盒奶,火腿也没了。

这回程威可真觉得有问题了,但他装做没事情一样不吭声,暗中观察思远的动静。

正在这时,对面可丽家又传出了哭声,程威走出门口,看见立明的爸爸红着眼圈从屋里冲了出来,他抬头看看程威点了点头,程威问:"老梦,有

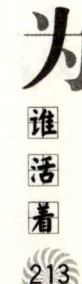

事吗?"

老梦说:"立明已经跑了两天了,不知道去了哪里。"

老梦说着就跑下了楼梯。

程威愣在了门口,过了一会儿他忽然像想起什么似的,转身回到屋里就敲思远的屋门:"思远,你开门!"

思远在里边说:"我一会儿就出去了。"

程威说:"思远,立明是不是在你屋里?"

思远很惊讶:"没有呀!"

程威说:"你别骗爸爸了,立明肯定在咱们家,你快给我开门,不开我就去找立明妈妈了。"

思远"咣当"一声把门打开了,他上前把程威往屋里拉:"爸爸,你可别去找他们。"

程威惊讶地看见,立明就像一个受伤的小猫一样蜷缩在思远的床上,满脸都是眼泪。

立明看见程威,忙爬到床边哀求程威:"叔叔,求您千万不要告诉我的爸爸妈妈,我再也不想回那个家了。"

立明说完就伤心地哭,哭得程威张着嘴巴站在地上不知道说什么好。

愣了一会儿,程威坐在床边上,抚着立明的头说:"好,别哭了,我不让你走,但你得告诉叔叔为什么不回家。"

立明说:"妈妈天天在家里嚷嚷,我真的不想回到那个家,它简直就像地狱一样的可怕……现在我讨厌我的妈妈,又瞧不起我的爸爸,一看见叔叔你,我就胡思乱想,要是你是我的爸爸就好了。"

程威说:"那你妈妈嚷嚷什么?"

立明说:"爸爸酗酒、抽烟,在事业上不求上进,妈妈就瞧不起他,骂他窝囊,爸爸每天回家都醉醺醺的,妈妈看他就像看一堆垃圾一样。"

程威问:"妈妈爸爸之间的问题是他们的问题,你没必要离家出走呀。他们现在肯定非常着急。"

立明说:"怎么和我没关系,妈妈管不了爸爸,就天天控制我。"

程威问:"她怎么控制你了?"

立明说:"我每天吃什么饭、穿什么衣服我都不能自己做决定,她什么活都不让我干,到现在都是她给我洗头发,我干什么她都不放心,我打一个电话她也要站在旁边听,我周末去同学家玩,刚到人家里她的电话就跟过来,她哭着跟我说,你爸爸又死出去喝酒了,你也抛下我走了,这日子可怎么过,没有人体谅我的苦和孤独……你说我怎么还玩得下去,我就是不回家一天也没有好心情,总有负罪感。我上奶奶家去吃饭,她也不让:你去那个猪窝做什么?他们从小管都没管过你,全是我一个人辛辛苦苦地把你一把屎、一把尿地拉扯大的……"

"从奶奶家一回来,妈妈就扒去我身上所有的衣服,把我推到浴室里使劲的搓洗我的身子折磨我,一边恶狠狠地洗一边唠叨。而奶奶呢?我每次去,耳朵里都要灌满了她对妈妈怨恨的咒骂声,在她的眼里,妈妈的每一个汗毛孔都是缺点,妈妈做的每一件事情都有着恶毒的不可告人的目的。奶奶常骂我的一句话就是:你怎么这么长时间不来看爷爷奶奶?你眼睛里还有没有老人?和你那自私的妈一个样……我就这样天天受着这种夹板子气,谁都想控制我,我怎么做都错……"

一直坐在旁边没有吭声的思远忽然长叹了一口气说:"唉,怪不得佳佳说家庭都是屠宰场呢,她说得太对了。"

程威问:"妈妈和奶奶为什么有意见?"

立明说:"妈妈和爸爸结婚的时候,奶奶家的人都不同意,说妈妈的娘家在农村,兄弟姐妹多,家里是个穷坑,以后要永远填不满,但父亲非母亲不娶,在外边偷偷地结了婚,把生米煮成了熟饭。奶奶家的人虽然没有办法,但也只好认了这个媳妇,但妈妈在奶奶家一点都不受欢迎,妈妈第一次去奶奶家就遭到了她的辱骂。除了父亲,奶奶一家人都对妈妈趾高气扬的,妈妈就骂奶奶一家子都是小市民,后来关系一直很僵。妈妈和奶奶打架的时候爸爸从来就是一个旁观者,这也成了妈妈痛恨爸爸的理由。而且,前些年,妈妈的娘家总是来人,不是这个弟弟上大学路过我们家需要住宿和买票,就是那个亲戚需要帮忙找个工作,或者姥姥姥爷生病让妈妈带着上医院,她挣的那点钱难免要贴补娘家,奶奶就非常不高兴,经常在背后拱爸爸回家和妈妈打架,爸爸也非常不高兴,回家就找茬儿和妈妈打仗,不让妈妈娘家的人

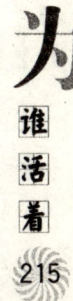

来家里,也限制妈妈回娘家。妈妈为此受了不少窝囊气。后来,奶奶家的那些人一个个都相继下岗,在大街上摆摊的摆摊,拉人力车的拉人力车,爸爸原来在工厂是一个工程师,后来随着工厂的倒闭,自己也丢了工作,现在给一个物业公司打工,而妈妈家的那些兄弟姐妹一个个都考上了大学,后来都分在了一些大城市的政府机关或者一些高等学府、科研机关。妈妈也从一个普通的职员当上了副处级干部,真是风水来回转,那以后奶奶家的人再也不敢骂妈妈是土老冒儿了。妈妈脾气也大了,她把前些年所受的压抑都统统地发泄到了爸爸身上,而爸爸只能用酒来发泄自己的痛苦。于是她就对酗酒的爸爸越来越失望,天天咒骂爸爸,说自己当初瞎了眼睛,嫁给他这样窝囊的人才受了这么多的气,因为对爸爸太失望了,她就把所有的爱和希望都寄托在我的身上了,可我实在是受不了她了。"

程威说:"妈妈对你这样,你爸爸不管吗?"

立明说:"他连自己都挨骂,还管什么,别说妈妈瞧不起他,连我都瞧不起他,他只有在喝醉了酒的时候才敢和妈妈对着嚷两句,但嚷还不如不嚷,妈妈更会歇斯底里。"

立明说完这些,仰起小脸,满脸是泪地恳求程威不要告诉他的父母自己在这里。

程威说:"我可以不告诉你的父母,但是你以后怎么办?你总要回家的。"

立明和思远对视一眼,从他们交流的眼色里,好像下一步已经有了打算。

程威看看立明,又看看思远,想从他们的眼睛里再多知道一点什么,但他看不出来,程威说:"你早晚要面对现实回到家里,你现在正在上学,不能耽误了学业。"

立明说:"叔叔,我只求你让我在你们家里再呆两天,周五我就走。"

程威紧张地问:"你想上哪里?"

思远阻拦爸爸:"得了,得了,查人家户口呀。别太过分了!老爸,人家不就是在这里多留一个晚上吗,看你这个盘问劲儿的,像审罪犯似的。爸爸,你快给我们做饭去吧,我们都饿了。"

思远又开始命令爸爸了,虽然医生已经多次嘱咐程威不要溺爱思远,但思远已经形成了指挥爸爸的习惯,程威也习惯了给儿子当仆人的生活,所以一时半会儿地还改不过来。

程威怕两个孩子饿,就真的去做饭了,两个孩子把门又关上了,又开始在屋里嘀咕起来。

这回两个孩子仍然是在思远屋里吃的饭,程威招呼他们出来吃,但他们拒绝出来,说怕对门的可丽会忽然地推开门进屋,还是藏起来吃安全。

吃完了饭,两个孩子洗了澡就早早地钻进被窝里又嘀咕去了。

程威坐在客厅的沙发里一边抽烟,一边支着耳朵向外听,他听见对门可丽的家始终没断了声音,人来人往的,估计是惊动了所有的亲戚。

不一会儿,对门喊起来,好像是一个老女人在和可丽对着骂。

老女人口不择言,污言秽语的,声音很大,不一会儿又传出了噼里啪啦打人的声音和走廊上噼里啪啦跑步的声音,还夹杂女人的哭声。

程威坐不住了,他真想冲出去告诉他们,让他们别再为孩子互相伤害了,孩子安全地在这里,但站起来几次,他又坐下了,和成年人相比,程威更怕伤害的是立明,既然自己答应了立明让他在这里住到明天,那他就不能食言。

更何况,让这个家庭在丢失孩子之后,人人都做个自我反省也好。但是这样的知情不报会不会让可丽有什么别的想法,这样以后就没法相处了,而且知道人家太多的隐私今后也不好。

程威一个晚上都没有睡好,他决定今天先稳住立明,找可丽好好谈谈。

吃完了早饭,程威说去上班,但走出家属院以后就给可丽家打了电话,电话正好是可丽接的,他对可丽说如果上午您有时间请出来一下,他说我有事情跟您谈。

可丽好像在床上躺着,有气无力地问程威有什么事情,她在用力控制着自己的情绪。

程威说关于您孩子的事情,我儿子知道他在哪里。

可丽一听,声音立刻提高了一个八度:"啊?思远知道立明在哪里呀,那我去找思远。"

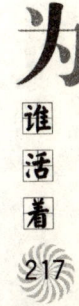

程威立刻着急地说:"别别,你先别找思远,找他也不会告诉你,我们先谈,我告诉你。"

程威和可丽约好了见面地点,然后就直接去了一个很幽静的茶馆。

可丽不一会儿就来了,她的脸色苍白,人也憔悴了好多,一见面就追问立明在哪,程威说你别着急,立明现在还好好地在我家里。

可丽不相信一遍遍地问程威:"真的吗?你说的是真的吗?"

程威给可丽倒了一杯茶说,真的,现在就和思远在一起,正在家里睡觉,他不愿意回家,也不许我当叛徒,我只好把你约出来谈。希望你暂时别惊动孩子,让他平静平静,然后我们再做工作,立明是个懂事的孩子,他消了气会回去的。"

可丽的眼泪立刻就流了出来,一颗心落了下来,但她说:"你说这孩子,他为什么这样呀,我对他就差上天摘一个月亮回来给他了,他要我的肉吃,我都敢用刀子把自己的肉割下来,他有什么不满意的,有啥不高兴的。"

程威说:"立明觉得妈妈的爱太重了,有点妨碍了他。"

可丽很生气,说自己这样做还不是为了他好:"你知道我有多不容易吗?他生病的时候我怕他自己忘记吃药,每天都是拿着水和药跑到学校给他送,把药塞到他的嘴里,看着他喝下去我才放心地走,我为了他……"

可丽唠叨起来没个完,她一件件地数落着自己对立明的好,但她始终没提到自己的家庭和丈夫。

程威笑,为了不伤可丽的自尊,他没揭可丽的隐私,而是采用婉转隐晦的方式谈孩子的教育。

他说本来立明自己能做好的事情你为什么不让他自己做。

可丽就跟程威大倒苦水,说立明是多么地让人操心,她不得不采用各种方式跟踪他的生活。

程威说,这就像追小偷一样,你说警察追小偷,小偷的心情能放松下来吗?

可丽看看他警觉地问:"立明是不是在你们家乱说什么了?"

程威说:"没说什么,就说了妈妈对他管得太严,控制他,他有点受不了。"

可丽生气地说:"这孩子都成皇帝了!还嫌我管他?衣来伸手,饭来张口,你说我这些年还不都是为了他才忍受着他爸爸他们全家吗?我容易吗?"

可丽终于崩溃,两只手捂着脸哭得一塌糊涂,她告诉程威,自己这么多年从来就不知道幸福,她和老梦虽然是因为相爱才结的婚,但因为双方的家庭问题彼此伤害得很深,前些年老梦的家里瞧不起她出身在农村,她倍受歧视,看了婆婆二十多年的脸色。老梦也因为她结婚以后常帮助娘家而跟她吵。娘家来个人老梦就给她脸色看,可她在家里是老大,她不管,谁管?娘家的大小事情都得她去过问,前些年是管弟弟妹妹读书的事情,甚至连入学找个好学校都要她去求人,最近几年好些了,没那么多的事情了,但父母的身体又不行了,生病住院也要她带着跑医院,没办法呀,自己是老大,弟弟妹妹现在虽然都已经大学毕业、分在了重要的机关,但全在外地,远水不解近渴。娘家的事情还是指望着她,为此老梦就对她越来越反感,老梦从不去她的娘家,也反对可丽回去,一到年节可丽自己就孤燕单飞地回娘家,自己家的那些兄妹都偕着爱人双双而回,就可丽自己耍单儿,这让她在娘家很没有面子。

可丽没提自己的丈夫怎么酗酒、怎么不争气的事情,也没说自己瞧不起丈夫的事情,看来,她在外边还是极力地维护着丈夫的形象,说话很有分寸。

程威想,人之所以活得累,就是因为人要维护自己那可怜的面子。

程威谈了这次带思远去治病的感受,他还推荐可丽去读几本书,他告诉可丽多从孩子那方面想一想,找一找自己身上的原因,别净从孩子和老梦的身上找原因。

可丽听程威说让自己在自己身上找原因,忽然仰起脸来很深刻地说:"市民心态和农民文化有着根本上的区别,这就是我和老梦婚姻矛盾的根源。我知道婆婆家的那些小市民这么多年把我已经压抑得变了态,是的,我知道我变态了,现在我动不动就像个泼妇似地跟老梦和孩子发火,我知道,但我忍不住。"

可丽说到这里,好像受了多少委屈似地哭起来。

程威耐心地听着可丽的哭诉,等可丽发泄够了,他才谈了自己的看法,

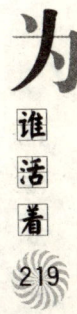

他说:"忍不住也得忍呀,为了孩子,据我看现,在立明也有心理问题。"

程威说:"赶紧改变自己的教育方法吧,也要改变自己做人的态度以及和孩子相处的模式,别让立明的心理创伤越来越深、发展到思远那样的程度。"

他们聊了大约有两个多小时才往家返。

两个人都兴冲冲地回了家,可丽是因为知道了立明的消息而高兴,而程威是因为帮助了别人,思想上很轻松而高兴。

但他们一回到家,这样的心情立刻就烟消云散,代之而来的是巨大的焦虑和恐惧:两个孩子没有在家。

程威打开门一进门就高喊:"思远,立明。"

他和可丽找遍了各个屋子,甚至打开了衣橱的门也没有发现两个孩子。

可丽在思远的办公桌上发现了思远留给程威的一张字条:

爸爸:

对不起,谢谢你这么多年养育了我,我和立明走了,别找我了,我不回来了。

思远

程威看了纸条立刻脸色苍白,手都哆嗦了,他疯了一样推开旁边傻子一样发愣的可丽,噼里啪啦地翻箱倒柜寻找思远的物品,他想看看思远都带走了什么。

让他恐惧和发抖的是,思远并没带走多少生活用品,除了身上穿的,他连一件换洗的衣服都没有带,这就是说,思远有可能会出现自杀的现象。

程威冲到电话旁抓起电话就打:"林子,你立刻到西直门火车站去,思远出走了,我去最近的公交车站,你走之前先给各个火车站打个电话,说说思远的特征,他是和一个比他大一岁的男孩一起走的,让车站注意点,在咱们没到之前,请他们务必给截住。然后咱们电话联系。"

程威放下电话,看见可丽在门口瘫坐在地上,泪水横流,完全傻掉的样子。

程威这才想起身边还有可丽,他上前拉了可丽一把说:"可丽,别哭了,赶紧通知你的家里人去找,你和你丈夫分头去找,我们去的地方,你们就别去了,然后咱们电话联系。"

程威说着还没忘记掏了一张名片递给可丽,他说上边有手机号码。

没有两个小时,林子和程威就押着两个孩子回来了。

原来,林子到了西直门车站,正好赶上一趟向海拉尔方向的火车要开走,旅客们正在检票上车,林子跟列车员商量好,把住了进站口。

程威为什么让林子去西直门火车站?

因为在思远小时候,客厅里有一张大地图,程威常在地图前给思远讲解内蒙古大草原:"你看见了吗?这就是内蒙大草原,就是风吹草低见牛羊的地方。你爷爷在那里呆了12年,我也在那呆了好几年。"

程威把草原描绘得出神入化,让小时候的思远一直很神往,一看见地图就嚷嚷:"爸爸,爸爸我要去大草原,我要去大草原。"

程威那时候就逗思远:"好的,好的,爸爸这就带你去,这就带你去。"

程威抱着思远,指着地图上的西直门火车站说:"咱们先坐火车走,咣当,咣当,走呀,走呀,呜……呜……喀嚓,停车了,快,咱们下车,骑马!"

程威说到这,把思远放下,就趴到地上,双手双脚着地,思远这时候就快乐地骑在程威的身上,然后程威就在家里的地板上到处爬,思远这时候就在程威的后背上颠着小屁股嘴巴里喊着:"驾,驾!"

有时候还用小手打两下"马屁股":"这破马,走得怎么这么慢!"这时"马"就听话地快跑起来,能听见啪嗒啪嗒的蹄子声,思远就摇摇晃晃地乐得颠三倒四的。

这是思远小时候最喜欢的一个游戏了。

从那时候起,西直门火车站和远方的草原就深深地刻在了思远的心里。

所以,在思远的心里,要上远方就得到西直门,要到最美最远的地方还得从西直门走。

思远和立明正持着票往检票口走,没想到一抬头,迎接他们的是林子那张微微笑着的大脸盘。

思远的这次离家出走,让程威破釜沉舟地做了一个决定,他决定给思远换一个环境。

破釜沉舟

为了思远能有个好心情,程威带着思远上杭州、到上海、去大连,转悠了好几个好玩的地方,但思远对这些地方都不太感兴趣,去的时候都很高兴,但到了地方就说无聊、无聊、真无聊,然后就躺在旅馆里睡大觉,任程威怎么拽都不起来。

程威问思远:"你到底喜欢去什么地方,爸爸陪你去玩。"

思远想了几天,有一天忽然对程威说:"爸爸,我就想去你小时候去的那个地方。"

程威说:"那儿你可呆不了,条件太艰苦。"

思远说:"那你为什么天天念叨那里好。"

程威说:"那里的好和城里的好不一样。"

思远说我就喜欢那样的好,城里有什么好,我讨厌城里的人,我要远远地离开这里,我要到草原去生活,爸爸你带我去吧。

思远被自己这个新灵感所激动,两只眼睛放出光来,从床上"扑棱"一下坐了起来,开始描绘自己在农村生活的情景,他说他要盖一个大大的房子,养一只牧羊犬,买一群羊,每天到草地上放羊,他还要有一只马,每天骑着它到处溜达……

思远的表情和思远所描绘的景象让程威的心为之一动:也许那样的环境真能治好思远的病。但程威知道思远是个每天都可能有一百个想法的孩子,他不会贸然去做这个决定的。

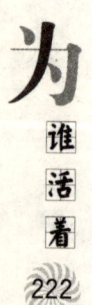

程威就给明静打电话。

明静说:"我看很好,换个环境对思远更有好处,否则他在学校和家里都会触景生情,学校里的一桌一椅可能都会让他想起佳佳,在家里的一衣一枕也都会让他想到妈妈,而这一切都是激发他不好情绪的根源。更何况你也需要好好调节一下了,你的气色很不好,我早就劝你该疗养疗养了,你就领着思远去内蒙一个阶段吧,也圆圆你儿时的梦,看看你当年的那些伙伴。"

其实回内蒙古去看看,是程威早就有的一个心愿,程威想念小时候呆过的青草地,想念那些伴随了他童年的那些淳朴的伙伴……

他小时候曾经呆过的一个地方,在地图上可以查到它的名字,这个离北京并不太远的地方位于内蒙古东部地区一个叫达里诺尔的地方。这个地方跟程威有着很深的联系。

"文化大革命"中父母因为政治上的原因,被发配到内蒙古赤峰市克什克腾的达里诺尔,那里美丽的景象和善良的人民给程威留下了深刻的印象,一直都影响着程威的人生,他在那里度过三年时间,他总是把那地方当成自己的第二故乡。

那里有他童年的伙伴,有他熟悉的老阿妈和老阿爸,那些青草的香味一直萦绕着程威多少年都没有散去,他多想回去再闻一闻呀!

可是从考上大学到参加工作,再到娶妻生子,每天忙忙碌碌的,二十多年一眨眼就过去了,假如不是林叶离开自己,假如不是思远生了病,也许程威的这一个心愿永远都不能实现了。

程威跟明静通完了电话,回来又跟思远长谈了一次,他跟思远说他想到草原上工作一个阶段,思远可以跟着他去在草原住,但那里条件艰苦,不知道思远能否受得了,愿不愿意去。

思远一听,兴奋的样子让程威大吃一惊,好像他马上要去联合国当主席了一样,搂着程威一个劲儿地咬程威的脖子。咬完了脖子就给所有的朋友打电话,他在电话里对别人说他就要上草原生活了,将来你们去草原我请你们骑马吃肉干,他的那些个朋友在电话里也兴奋地一个个发出了刺耳的尖叫声。

思远整整打了三个小时电话,那些早已经被他忘到脑门后的朋友们已经好久没听到他的声音了,现在重新接到他的电话都很兴奋,听说他要去草原更是高兴得要死要活的,思远也乐得忘乎所以的样子。

思远放下电话对程威说:"老爸,大话我可都吹出去了,你要不去,我可

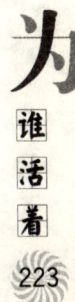

就真得跳楼自杀了。"

有了思远这句话,程威就没有了走的一切后顾之忧,他开始做走的准备。

程威向单位第二次递了辞职手续,第一次递辞职手续是在思远上网吧的那些日子,心神疲惫的程威为了能看住思远,向单位递了辞呈,但社长坚决不允许他辞职,对他又劝又骂,说你如果有事情我可以给你假,搞什么辞职呀?现在这么关键的时刻,你小子真他妈的神经。

赵思开又气又恨,连骂带损地把程威辞职的念头打消了。

那次赵思开不知道程威的家庭出了问题。

那一次程威在赵思开的骂声中打消了辞职的念头,但他仍然没有长休。程威是个非常自觉的人,他平日就很反感那些拿着工资却不到单位上班的中年人和年轻人,现在自己也这么干,群众会怎么说。

赵思开看了看程威,感叹了半天也可惜了半天,唉,真正的知识分子呀!忧国忧民,鞠躬尽瘁。他这么挽留程威,实在是舍不得程威这个能干的助手。所长的退休手续已经报上去了,程威和三个候选正所长的名单也同时报到了上级单位,如果没有什么意外,程威肯定稳坐这把交椅。这当然有赵思开从中周旋的作用,他实在不愿意这么一个优秀的人才被人挤下去,但程威自己却不断地往后退,而且要离开单位,这让赵思开非常伤心和惋惜,也非常地纳闷,不知道程威到底为了什么才出此下策。

那个李琛为了竞争所长的职位动用了所有的人力物力,如果不是赵思开在这给程威顶着,程威的候选名单根本就报不上去。

可是,赵思开如此的努力并没有得到来自程威这里的支持,相反还在这么关键的时刻提出了辞职,这让赵思开说什么也理解不了。

程威在赵思开的追问下,不得不把家里的情况如实地告诉了他。

赵思开听见以后发了半天愣!

是程威的敬业毁了这个家呀!

赵思开忽然有了一种负罪感,这么多年,程威为了这个研究所创造了无法计算的价值,可他付出的却是健康和家庭,而且在妻子离散,孩子有问题的这三年中仍然隐忍着个人的痛苦默默地付出着,自己竟然一点都不知道!

自己竟然还标榜是最了解程威,最知道他的人!

赵思开于是就自我检讨了半天,说自己对程威的关注不够,他只是关心程威的工作,对程威的家庭从来就不过问,根本就不知道程威的生活中会有这么多的麻烦,他还怪程威什么困难也不跟单位提,最后他说:"程威呀,你已经四十九了,从二十多岁就给单位干,我怎么会让你在将近五十岁的年龄上办个辞职手续就走人呢,你办了辞职,你的后半生怎么过?不行,我理解你现在的心情,但你绝不能对自己这样地不负责任,老了老了,办什么辞职呀。这样吧,你如果实在想走,你就想办法办个内退吧。"

办退休,程威不是没有想过,自己现在才49岁,正是年富力强的时候,离退休年龄还有十多年,如果现在就要求办退休,别人会怎么看他,他宁愿自己吃点亏也不愿意让别人在背后说出什么来。年富力强的时候不干活靠国家养自己,程威觉得不自在,虽然前几年下海经商赶时髦的时候单位有好几个年轻人都是这头拿着工资,那头出去挣大钱,挣了几年钱,在年纪一大跑不动的那天又折回单位,重新赖着拿那份工资,安然地等着退休,自己虽然安然了,许多群众却很不满意,背后惹来了许多的骂声。

赵思开说:"你的工龄已经近三十年,还是高级职称,国家正处级干部,按着国家规定,你现在完全可以拿百分之百的退休工资了。"

让程威拿百分之百的工资,程威心里肯定不安分,他想了想就对所长说那就办个病退好了,他的颈椎增生现在已经很严重了,疼起来的时候胳膊抬不起来,脖子转都不敢转,现在左手的三个手指都是麻木的,每年我都去医院治疗,单位的人都知道,我办了病退,按百分之八十开工资,谁也说不出什么。

赵思开答应了程威的要求。

程威的病退手续办得异常顺利,两个星期时间一切都搞定了。

一个有希望再次提升的正处级干部,别说是办退休容易,就是他回家养着去也会乐坏许多人的,因为有多少人在盯着他的那个位置,巴不得他出点什么事下来,给自己腾出这个窝呢。更何况现在国家事业单位人满为患,想让那些闲置着不干活的人办早退,还怕人家有意见告状呢。

李琛在知道程威办病退批准的那天,一反寻常地活跃,由他牵头在最好的大酒店搞了一次欢送会。

酒宴中间,他端着酒杯致辞,把程威夸得是神魂颠倒,把程威鼓吹成了新一代的梁思成、桥梁界的泰斗……他说程威是无可争辩的研究所接班人,可惜是身体不好。这是他第一次在公开场合说程威的好话。

但让程威深受打击的是,因为办理病退需要一个诊断书,所以程威去医院全面地检查了一下身体,这一检查吓了他一大跳,本来他以为自己就有颈椎增生和静脉炎这两个病,但检查过后,他才知道他的身体已经就像一个大破水桶一样,到处都是漏水的地方。

医生在给程威做了普通的检查后,把他叫到了办公室,问他平日是不是常有腹泻的现象,程威说是,都是吃了不卫生的东西,有时候喝某一个牌子的酸奶也拉稀。

医生又问,你的两侧斜肋是不是有疼痛现象。

程威说,是,经常疼。

医生建议他去做个B超。做完了B超又让他做CT扫描、MRL肝穿刺,血生化及免疫检查,还查了甲胎蛋白(AFP)。

一开始程威还生气,这医院怎么这样,没什么大病就让病人转一圈,什么都检查,这不是明摆着勒索钱财吗?

但在后来一个接一个的检查中,在医生严肃的脸色中他感觉情况很不妙,医生说:"请你的家属来一趟。"

程威说:"我得了什么病您就直接告诉我吧,我就一个孩子,没有家属。"

医生"哦"了一声,沉吟了一下,然后说:"我们查出来你有肝癌,已经接近于中后期。"

程威听了医生的话,脑袋"嗡"的一声,头上立刻渗出了汗:"不会吧,我没有感觉啊!每年单位都做普查的,我去年普查身体没有这个病呀!"

医生看了看程威说:"这个病在初期很难查出来的。"

程威镇静地问医生:"这个病怎么得的,我怎么会得这个病呀?"

医生说:"工作紧张、精神压力大的白领人士,长期处于亚健康状态,造成免疫力低下,容易诱发肝癌。最新的研究表明,有很多人的肝癌是吃出来的。首先,长期喝酒是损害肝脏的第一杀手。这是因为酒精进入人体后,主要在肝脏进行分解代谢,酒精对肝细胞的毒性使肝细胞对脂肪酸的分解和代谢发生障碍,引起肝内脂肪沉积而造成脂肪肝。饮酒越多,脂肪肝也就越严重,还可诱发肝纤维化,进而引起肝硬化。其次,吃霉变的花生、玉米以及用劣质油炸出来的油条也可使肝癌的发生率增加33％—66％。"

听了医生的话程威颓丧地坐在了椅子上,医生所说的几个方面自己除了没吃过霉变的产品外,剩下的情况自己都占全了。

医生建议程威马上住院,程威问医生如果治疗能治好吗。

医生说如果效果好能延长两到三年的寿命。

程威问医生,如果治疗大概需要多少费用,医生说的数字吓了程威一大跳。

医生看程威显出很为难的情绪,就说你自己回家考虑一下,越早住院效果越好。

程威说:"好的,我考虑一下。"

医生可能是为了安慰程威,他说你要提高战胜疾病的自信心,他给程威讲了一个故事,他说:"几个人和一名年轻人开玩笑,他们把这个年轻人的双手和双脚捆起来,蒙住双眼,并把他抬到一条已经不用的铁轨上,邻近的铁轨上正好有一列火车呼啸而过。当那几个人上前为他松绑时,发现这个年轻人已经死亡。美国心理学教授指出,他的死因不仅是由于恐惧,而且是死于信念。当人和动物认定自己生还无望时,这种认定自己必死无疑的信念有时也会造成死亡的悲剧。科学研究证明,每个人都有一种超乎寻常的潜能。它一旦被激发出来后,它将使人得到意外的收获,甚至会出现奇迹,信心就可以激发这种潜能。所以患病后要尽快摆脱不良的情绪,下决心不管忍受多大的痛苦,顽强地战胜疾病,相信奇迹会在自己身上发生。"

医生说:"还有一种调整心态的疗法,没事时,你就想象自己的全身通畅。有一点像瑜珈功。身体要放松,杂念应抛弃。另外,吃东西时一定要细嚼慢咽,如果有时间可以试着做一做咽津疗法:平心静气,轻轻吐气三口,再将舌伸出齿外唇内,上下左右搅动。当津液满口时,鼓漱5—10次,然后,用意念分五次把唾液徐徐送入丹田。每次练功重复三次每日3—4次。坚持下去也许会有意想不到的效果。"

从医院回来,程威整整抽了一夜的烟,看着那份诊断书他的手在发抖,心在流泪,他没想到自己无意之中的办病退,竟然真检查出了病。

如果自己住院,就意味着要放弃思远,现在思远这样的状况,自己怎么能进医院,怎么能让思远在痛苦之上再增加新的痛苦,为了延长自己两到三年的寿命就要把家里的积蓄都花光,那思远的身体怎么办?自己死了以后家里没了钱,思远靠谁去养?他还要读书,他今后的路程还很长,将来他还不知道要遇上什么事情……

程威一想到思远,眼泪就无法控制地流了出来,上帝为什么要这样的惩罚自己?他现在没有别得更高要求,只祈祷能多给他几年时间,让他陪伴着思远多走几年,让思远的抑郁症彻底痊愈,顺利地读完中学和大学。

程威没有在思远面前流露出任何情绪。

第二天早上,他拿着这个诊断又找到了给他开这个诊断的医生,让他重新给自己开了一张病症较轻的诊断书。

他不想让单位的人看见他这份诊断,他怕大家议论纷纷地传到自己家里和林叶的家里,那样一闹腾他所有的计划都完不成了。

医生迷惑地看了看他,拒绝开出这样不负责任的诊断,程威没有办法,从医院走出来又给他在卫生局工作的老同学打电话。老同学说这事容易,不就是一个诊断吗。

不一会儿,当局长的同学就给这个医院的院长打了个电话,然后让他到院长室去找院长。等程威穿过医院那长长的迷宫一样的走廊走到院长室的时候,见院长正在等他,院长对他的到来异常地热情,他用电话喊过一个人来,当面给程威开出了一个诊断,那个人让程威自己说病症,然后大笔一挥就给程威开出了一张诊断,而且他亲自跑到楼下盖了戳,又亲自送来。

院长对程威说:按理说,现在医疗界对诊断管理得很严,这样是不允许的,但卫生局的局长给我打了包票,他说让我相信他的老同学,根据你的为人,绝对不会出什么差错的,他非常敬重你。

程威谦虚了一会儿,也说了一些感谢的话就走出了院长室。

程威回到家把原来那份诊断藏了起来,然后打开电脑写了一份病退申请。

接下来的任务就是和思远怎么说了,程威把这个任务看得很重,思远是个想法变化多端的孩子,他昨天答应的事情今天就有可能赖掉,虽然他前几天一说到草原眼睛就发亮,给伙伴们打电话也乐得要死要活的,但没准这一刻就全变了。他愿不愿意出去,还两说着。

程威又跑了一个星期,把房子的物业费、取暖费都提前交了,把家里的电话办了停机,自己的手机号也换成了那种无月租神州行号的,这种号不但没月租,而且在全国各地都可以买卡充值,很方便,不用月月都回来交费,这样的号,省去了许多麻烦。

程威把自己的车也卖了,他决心在思远没有治好自己的心里伤害之前不回城了,这么多年嘈杂的城市生活也确实让程威厌烦了,他也想找个地方宁静地过上几年。所以他不想让这部车子在自己走之后闲置在那里慢慢地变成废铁,被这个日益更新的时代淘汰得一文不值,现在多少还能卖几个钱。等自己从农村回来说不定就卖不出去了。

程威通过当地一个朋友,找到了克什克腾旗委书记,旗委书记听说北京的一个研究所所长要来草原义务当教师非常感动,他说当什么教师呀,这样不是大材小用了吗,他让程威做代理乡长,他说当一个教师你只能为一个学校服务,而当乡长,一个乡的老百姓都受益。但程威拒绝了,他说自己愿意当一个教师,而且是到他父母下乡的那个偏僻的地方去当老师。他觉得培养人才,把他一生所学的东西都传授给后代比当乡长有意义,他说那样可以培养出无数个好乡长,而现在如果当乡长,只能是他一个。旗委书记在电话中被程威逗笑了,他说反正你们知识分子总是有道理的。于是程威在去之前就把一切都安排好了,让程威没想到的是,这几个电话注定了他的人生将永远定格在了草原上。

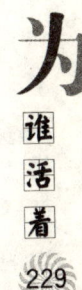

远方的朋友呀,请您留下

程威和思远提着简单的行李,坐了一个晚上的火车到达了赤峰市。让他没有想到的是,旗委书记老张派秘书和当地文联主席老高亲自到赤峰火车站接的他们。在赤峰最豪华的宾馆吃了早餐后,老高问程威是不是领着儿子在赤峰玩两天,因为赤峰这个城市在草原城市中是较有特色的一个地方,喀喇沁旗的王爷府、公爷府,还有马鞍山龙泉寺、宁城的大明塔等景点都值得一游。

程威说算了,还是直接去克旗吧,以后有的是机会。

于是秘书带着程威和思远辞别了热情的老高上了路。

大约走了四个多小时,车子到了克旗的经棚,秘书说书记正在酒店等着程威吃饭,于是车子穿过热闹的经棚大街向酒店驶去。

路上思远被窗外那些穿着各色蒙古服装的人所吸引,非要下车去看看。

程威说吃完了饭再逛也不迟,达里诺尔离这里近,以后有的是时间逛。但思远说什么也不干,那个拗劲儿又上来了,车还在走,他就要打开车门往下跳,秘书只好让司机停下车来。

这是一条老街,老街虽然短,但几乎什么都卖,有小夹子、小皮包等这些让小女生们感觉到温馨、浪漫的小玩意儿,还有羊肉串儿、肉干、奶皮子、奶渣子等小零食。

思远走一路,吃一路,恨不能再多长出个肚皮来把这里的东西统统都装进去。他逛得异常快活,旁边还有个英俊的"骑士"陪着。旗委书记的秘书是个年轻的小伙子,很英俊、很大方,也很会来事,围着思远转来转去,像一个殷勤的仆人,也像一个宽厚的大哥哥,把个思远哄得乐不可支。只要思远的眼睛瞄上哪个小吃摊,小伙子立刻就掏出钱来一袋子一袋子地买,思远不要也不成。

这条街是经棚市最热闹、最充满魅力、最混乱、最奇异、最具个性、最年代久远的一条老街。街上有骑马的、骑驴的,坐洋子车的,搭三码子的,开夏历、奥迪、皇冠、奔驰的。人们的穿戴也是又奇特、又花哨。西装、牛仔、迷你裙、蒙古袍、老羊皮、回族帽……那真是千奇百怪,无所不有。

那些临街的店铺里边不时传出各种语言的叫卖声:"赛狠的翻张子,七毛钱(赛狠——好,蒙语;翻张子——馅饼。土话)。"

"切糕,塞努,塞努。"

汉语中夹着蒙语,蒙语中夹着汉语。

几百年、几十年,蒙、汉、回等民族就这样和睦共处地在这个城市生活着,联姻和共同的生活环境与际遇已将他们的血脉融合了,把他们的语言也融合了。在这个城市的任何一个单位,你既能找到蒙古人,也能找到汉族人和回族人。

等思远逛够了,又和旗委书记吃了中午饭,已经是下午两点多钟,因为还有很长一段的路,程威他们没有耽搁太长的时间,就又上路了。因为和小秘书熟悉了,也因为到处都是新奇的景色,思远一路上打开了话匣子,嘴巴不停地说,小秘书也妙语连珠,又幽默又逗人,把个思远说得一个劲地捧着肚子笑。

程威看看开心的儿子,心里感慨很多,觉得自己做的决定很对,他也非常地欣赏和感谢这个给思远带来快乐的小伙子。他想,也许思远就该需要一个这样的年轻的有活力又懂得照顾人的大哥哥一样的男孩在身边,程威就这样胡思乱想着。

心情很好,开车的师傅打开收音机,一首动听而悠扬的蒙古族歌曲传了出来,是一个长得很善良的叫玛希的蒙古族小伙子唱的,歌名叫《银色的毡房》,听了让人心里涌出一股股暖流。

另外一首叫《草原迎宾曲》,一句"远方的朋友啊,请你留下,草原就是你温馨的家",把个程威唱得眼泪都要流下来了。

轿车在展平展平的草原上行进着。微风温柔而清爽地送进车来,飘送着苦艾和青草的气味,像是在提醒车上的人,现在正在草原上走,已经远离了城市的躁动与纷扰、炎热和嘈杂。草原的路像草原的河流一样,自然流淌出随意而自然的曲线,一如人那自然而临的心情,眼睛里不断地切换着绿色的画面,给人疲劳的视觉以轻松和舒缓,公路两旁的草原,一望无际。车越往草原深处走,窗外的景色就越美丽。大自然中的任何东西都不可能比它们更美丽了。无边无际的草地闪烁着光泽,整个地面形成一片金色带绿的海洋,上面点缀着千万朵各种各样的花,空中千百种各样的鸟儿在叫。秃鹰静止不动地停在天空,展开双翼,把目光呆呆地停留在草上。

今年夏天雨水很多,草原的草就长得很好,苍翠喜人,撩拨着每个人的心,尤其这个至今也没有见过"天苍苍,野茫茫,风吹草低见牛羊"的思远发出一阵阵疯狂的叫喊,司机不得不几次停下车来让这个疯小子跳下车去在碧绿的草地上像驴子一样地打滚,这个时候的思远根本就看不出来是个带着一身创伤的孩子。

思远说:"老爸,我真想变成一只草原的兔子或者是驴子,那样才能每天地亲近草原。"

思远的话把大家都惹笑了。司机开玩笑地说:"这还不容易,要想和草亲近我有一个好办法。"

思远说:"什么好办法?"

司机说:"跟你爸爸商量商量,别回北京了,就在我们这里做个插门女婿得了,你这样的帅小伙子草原上的姑娘肯定会把你当皇帝一样地供着,让你幸福得不得了。"

随行的人都笑了,但思远却马上不吭声了,一个人坐在草地上,把忧伤的眼光投向遥远的地方,司机的话让他想起了佳佳,想起了那个给了他无数温暖也给了他无数伤痛的佳佳。

佳佳死了以后,思远把自己原来的那个网名改了,而且在旁边签上了佳佳网名上曾经写过的话:"我不知道我是谁,我不知道我从哪里来,也不知道我到哪里去。"

他想继承佳佳的那种对生命的迷茫吗?

现在思远坐在这里,幽幽地想,也许他就是从这里来的,否则为什么他来到这里就有一种久违了的回归感觉,这种感觉让他想哭、想流泪。

牧民们用丰盛的晚宴迎接了程威和思远!

那些和程威小时候一起玩耍的小伙伴们都来了,他们挤在一起又唱又跳,把封存了好多年的老酒拿出来一杯一杯地敬给他们远方来的朋友。

手抓肉和奶子酒是一个在马背上的民族淳朴的迎接朋友的最好的礼物,所以这一顿饭当然少不了这些东西。思远最喜欢吃的还是那些奶豆腐和奶酪、奶皮子等,他一手抓羊肉,一手抓奶皮子,吃得不亦乐乎。

吃到一半,一个二十多岁的年轻女孩子走了进来。苏木书记给程威介绍说:"这是咱们初中点的高娃老师,她从师范毕业就回来工作了。"

程威向高娃伸出手去,高娃腼腆地和程威握了握手,程威说以后咱们就是同事了,请多关照。

程威说完就招呼正盯着高娃看的思远:"思远,过来认识认识姐姐。哦,不对,今后就是你的老师了。"

思远看看高娃,这个女孩也就比他大几岁,脸蛋红红的,眼睛大大的,眼睫毛也很长,笑眯眯的,看起来很亲切也很朴实。

思远一见到高娃就觉得很亲切,但思远不想表现出很亲热的样子来,思远对老师天生就有一种排斥感,他想,可惜了,为什么是老师,如果不是老师自己和她肯定能成为朋友。

高娃可没思远那么多的想法,一见到思远就亲热地跑到思远身边挨着思远坐在了一起,还有意地将自己的椅子往思远的身边拉了一下。思远本能地往爸爸的身边靠了靠,和这个女老师拉开了一点距离。高娃一点都不在乎,拉着思远的手问长问短,像见到久违的亲弟弟一样,她还精灵得很,观察了一会看思远喜欢吃什么,就不停地给思远用筷子夹。

苏木书记正在跟程威说高娃:"还是咱们自己的孩子好呀,在城里念完了书就回来教课,一点都不嫌咱们这里苦。那些城市里分来的学生一个个在这工作不到半年就挖门子盗洞地全调走了。我们这里条件差,留不住人,几乎分来一个走一个,人家就是辞职也不想在这里干。你来了就好了,你这个年龄正是干事情的时候,这个初中点光靠一个女孩子撑着怎么着也不是个事,初中的课程十多门,就靠她一个人撑着教,根本就不行。教育局的那些头说要把这个初中点撤掉,牧民们都不同意,到城里读书,费用高,路又

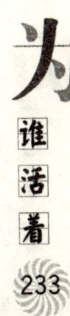

远。大部分牧民都不愿意,许多孩子就面临着失学。连个初中文化都没有,将来的孩子怎么生活?所以这个初中点在牧民们的一再要求下就保留了下来。但就是留不住教师,你来了就好了!"

苏木书记一口一个你来了就好了,好像把所有的希望都寄托在了程威的身上。

程威之所以选择初中教学,是因为思远在休学前读的就是初三,按说今年应该考高中了,但初三这一年思远几乎没好好上几天课,他想让思远再完整地读一年初三的课程,一年后再找一所好高中,反正思远本来就比同龄的孩子早上了一年,留一级再充实一下也好。原来的程威就不是一个望子成龙心切的人,林叶过去对思远的学习很紧张,思远考不好试,林叶就着急上火,程威总是劝林叶,他一直主张一切顺其自然。后来遭遇了林叶出走和思远生病,程威更看淡了思远的成绩,他总是想,只要思远能够健康快乐地活着,就是没有文化程威心也无憾。他现在的心情是只求思远能够像健康人一样就可以了。

吃完了晚饭,程威和思远就跟着高娃到了学校。

尽管来之前程威有充分的思想准备,但仍没想到一个苏木初中历经了近四十年还涛声依旧!房子还是那几间房,院子还是那个院子,变的只是房前屋后的那些树,已经是高高大大,遮天蔽日了。

程威对思远说:"小时候我经常上这里来玩,这是这一地区最好也是最早的固定房子。这里白天有小学生上课,晚上就是这一带的牧民上夜校学习的地方。那时候夜校的教师就是下放到这里来劳动改造的你的爷爷。那时侯,这一代的牧民没有一处固定的给孩子上课的地方,牧民住的全是蒙古包,那个教课的老师要到五个游牧点去上课,骑着马跑到这跑到那,每天要往返一百多里地。游牧点走到哪,教师就追到哪,不管风天、雪天、雨天,支个帐篷把孩子召集到一起就上课,有一天这个老师上完课回来被草原的一群狼包围,被狼群活活地撕了吃了。后来,在你爷爷的奔走下,上级才拨下钱来盖了这六间在当时非常气派漂亮的学校。"

高娃说:"这六间房子让多少牧民的孩子学到了知识,走出了草原。思远,你爷爷在我们这一地方可有名气了,他可是我们牧民心中最好最好的人。"

思远说:"看来,爸爸是想来接爷爷的班了!"

高娃说着拉着思远去最东边自己住的那个屋了,程威则走进了西边男教师宿舍。

屋门连锁都没有,程威一推,门就开了。

屋里只有椅子、桌子和一个东西向的大土炕,土炕上放了一张很干净的席子,席子上铺着一张大大的紫色牛毛毡子,毡子上还有一套很干净的褥子,一床叠得很整齐的被子。

靠后墙放着一个洗脸盆架,上边一个红花脸盆里边盛满了清水,一条白毛巾搭在上边。一个紫色的大木箱子和一张写字台并排靠墙放在一起,大木箱子上有两排用木板搭起来的书架,上边有几本杂志和几本教学用书。宿舍的墙上糊着报纸,报纸不知道糊了多少层了,有的地方鼓起来,厚厚地翘着。土炕前支了个铁皮炉子,烟筒直接通到炕里。

屋子虽然很破旧,东西很土气,但让程威感到很亲切,仿佛又回到了小时候,这间房子他太熟悉了,仿佛能嗅到当年的气味。

程威将自己的行李放在炕上。他伸手摸摸土炕,热的,低头看看铁皮炉子,旁边放着一堆木柴和干牛粪。炉子里边有刚刚烧过的牛粪的灰,看来已经有人替他烧过炕了。屋子也有人收拾干净,地面扫得很洁净。

程威心头一热,他猜想这肯定是高娃给收拾的。

程威看完了自己的房间,就到高娃的宿舍去看思远。

思远正把两条腿耷拉在炕沿上,眼睛好奇而兴奋地观察着高娃的小屋,耳朵也没闲着,正听高娃给他讲草原上都有什么好玩的之类的。刚才在饭桌上对高娃的排斥感已经不知道飞到什么地方去了,也不知道高娃用了什么方法,竟然让思远那么开心,他安静地坐在这个宿舍里。

高娃看见程威进屋转身迎过来笑着对程威说:"我已经给你们烧好了洗澡水。"

程威说:"这里还能洗澡呀?"

高娃说:"能呀,老师们自己自造了个太阳能,就在教室旁边的那个屋里,你和思远去先洗吧,洗时别忘了插上门,因为那里不分男女间。"

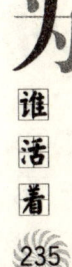

程威一边和高娃说话,一边打量高娃的小屋。这屋虽然小,但比男宿舍可要温馨多了,地上铺着淡绿色的地板革,炕上也铺着牛毛毡和淡绿色的地板革,白白的蚊帐围裹着四方型的小炕。墙后边还有一排书柜,里边排满了各种书籍。让程威惊讶的是高娃的写字台上竟然放着一台联想牌的台式电脑,主机和显示屏都是淡兰色的,很新,一看就是新买的。这是程威在这个学校里看见的唯一一件现代化的东西,这让程威一下子从五十年代又回到了现实中来。在炕的右侧还有一张铺着淡绿色台布的圆桌,桌上有一个纸巾盒,纸巾盒是竹子编的。这东西一看就是在城市的大超市里买的,样式很讲究,做工很精致,像工艺品一样。外边还罩了一层很漂亮的布罩,里边装着质地很好的白纸巾。旁边还有一个玻璃花瓶,花瓶里插着一大把漂亮的野花。

这精致而温馨的小屋让程威的心为之一动,程威想,住在这个小屋里的人是一个经历了城市文明熏染的、很有品位和格调的人,绝对不是一个心灵粗糙的人。

程威走到高娃的电脑前,摸了一下电脑问高娃:"你用电脑?"

高娃端着一盆水正往外走,听见程威的话转过头来说:"是呀,到这学校来了以后,我就买了一台,我自己不但用,还教给那些学生用。让他们通过网络了解外部世界。"

程威很惊讶:"这里还能上网?"

高娃说:"只能通过电话线拨号上,很贵的,我每天给自己规定上一个小时,否则我就破产了。"

程威走了出去。夜已经很深了,一轮圆月照着夜晚的草原,万籁俱寂,空气中弥漫着青草的香气,树影、房屋等所有的一切都不像白天那样现实了,都覆盖上了一层模糊、迷幻的色彩,再加上偶尔传来的虫鸣,使程威有一种如梦如幻的感觉。一种莫名的感动升上了程威的心中:哦,草原真好,这里真让人安静。程威有一种回归自然的感觉。

"您看,那就是咱们的太阳能!"

高娃指着房顶上的一个大圆桶说。

程威听了高娃的话往房顶上看,他看见在房顶上有一个用汽油桶做的简易太阳能热水器,程威很高兴,这是他来之前很担心的事情。

"你们真聪明。"程威表扬高娃说。

高娃说:"不是我聪明,是前几届的老师做的。"

程威笑:"老师还像政治家一样的换届呀?"

高娃说:"这个学校是铁打的校门,流水的教师,大家都嫌这儿离城市远,不愿意在这里呆,所以就马不停蹄地换人。"

高娃说到这转过头来盯着程威像挑战一样地问程威:"我觉得您更呆不长。"

程威笑,他问高娃:"为什么这样说?"

高娃低下头,扭捏了一下,试探地说:"感觉!"

程威说:"你们这些小女孩呀,都爱用感觉来判断事情。好了,我们不谈这个,你回去睡觉吧,我洗个澡就睡。"

程威说着就向自己的宿舍走去,走到半路忽然又转过身来叫住了正要回屋的高娃,走到她的身边叮嘱她说:"思远是个很任性的好惹麻烦的孩子,如果他惹你不高兴了,请你担待着点。另外,别太宠着他,凡事让他自己动手,我希望你和他能成为好朋友,也更希望你是他的良师。"

高娃说:"当然了,这个你不用嘱咐,我一定会和他能成为好朋友的。"

程威张张嘴巴还要说什么,但停顿了一下好像把想说的话又咽了下去,他说:"算了,你睡去吧,我们以后慢慢谈。"

走出心牢

第二天早上程威整整衣服领很庄重地走进了教室,开始了他的教学生涯。思远也被插入到初三。这学校说是初中,其实只有二十多个学生,而且这二十多个学生还分别是三个年级的,每个年级平均十多个孩子。为了节省人力和物力,遇到体育、音乐等副科课程的时候,程威就采取了复试教学的方式,把各个年级的孩子都归拢到一起上大课。后来,干脆就把这二十多个孩子放进一个班级里,给三年级讲课的时候,其他两个年级的学生就写作业,这样下来,不仅程威和高娃的课程轻松了,各年级的孩子还可以互相影响、互相学习。

另外,程威把学校的几间空房子打扫出来,修理修理,在他那些好朋友家里七拼八凑地弄了二十多张床就成了学生的宿舍,那些离家远的学生就可以在这住宿了。程威小时候的好朋友木人的老婆过来负责给老师和学生做饭。全体学生中午可以在学校吃一顿饭。

在这中间,程威还专程回了一趟北京,回到研究所,跟正所长商量把单位更新换代下来的二十多台电脑,捐赠给了初中点。

程威来的时候校园里杂草丛生,操场靠校墙的地方还堆些破烂的木头等杂物,在课间休息的时候,程威就领着学生们收拾这个破烂的院子。他们把院子里的垃圾清理出去,把还能利用的杂物重新整齐地堆好。程威还把那个已经向一边歪斜的篮球架子修理好,自己去经棚买了只篮球,有时间就教学生们打篮球。

校门前的沙地被学生们铲平了,竖了个旗杆,每周一早上8点全体学生站在旗杆下庄重地唱着国歌将国旗升上杆顶。鲜艳的国旗在阳光下飘动,给草原增添了神韵、增添了激情。

学校各方面的工作都走向了正轨。

下了课,前后左右到处是少男少女们活泼跳跃的身影,程威偶尔也参与到他们的谈话和游戏中来,草原的上空飘荡着他们生气勃勃的欢歌笑语。苏木领导额尔敦大叔将学校的情况汇报到旗里,马上就有人到学校来参观了,他们都非常惊讶这个小小的初中点的变化。程威很快就成了新闻人物,在电台有了小名声,在电视上露了面。领导让他去旗里和市里开先进人物事迹报告会,程威都拒绝了。

半年下来,这个小初中点名声渐渐大起来,牧民们纷纷转告说苏木有个好老师。于是周围不少游牧民纷纷把自己的孩子转到这里来上学,学生由二十多名很快增到五十多名,与此同时,在程威的申请和苏木领导的努力下,上边还分来了一位年轻的男老师,这位老师叫布和。

程威做这些都不是为了图名声,更何况他来的最初目的还是为了儿子思远。

思远一开始来的时候,除了和高娃及程威说几句话外,对其他的人几乎不搭理,他每天在班级里独来独往,有时候孤芳自赏,瞧不起别人,有时候又忽然的自卑,觉得自己不行,看着别的同学三个一堆、五个一伙地站在那里说话,就认为人家在议论自己:"看,他是没妈的孩子,他的女朋友因为他自杀了。"

这些乱七八糟的想法总是像影子一样地跟踪着他,使他离同学们越来越远。

思远平日里很少出校门,即使是出去也让程威或者高娃跟着,一看就是一个孤傲的孩子,闹得其他的同学都不敢接近他。

程威和高娃都鼓励思远放学以后出去和同学们玩,上牧民家里去玩,但他总是不敢。

高娃对程威说,这孩子看起来很孤僻。

程威一直想找机会和高娃好好谈谈思远,他看高娃看出思远有性格上的毛病以后,就把思远的情况和高娃详细地做了交代,他希望高娃和他配合起来,一起对思远进行有计划的教育,让思远走出抑郁。

高娃听了程威的话并不惊讶,她说自己早就看出思远的情绪不对头,但她一直不好意思问程威。

有一天吃饭的时候高娃忽然说:"思远,你说朋友好不好?"

思远说:"我没有朋友。"

高娃说:"你把自己封闭起来,也不跟谁接近,当然不会有朋友了。"

思远说:"交朋友有什么用。"

高娃开始哼歌曲:"千里难寻是朋友,朋友多了路好走……"

高娃哼了两句说:"现代社会和过去还不一样,社会分工越来越细,人和人之间的合作显得非常重要,你要是一个朋友没有,你不仅干不出成就来,连生存都很难,所以朋友很重要呀,你要从小就学会和别人相处的能力。"

思远说:"爸爸也常这样对我说。"

高娃说:"那你为什么不听。"

思远说:"我觉得我跟谁都处不好。"

高娃说:"胡说,你跟我怎么能处好呀。人和人之间的关系好不好,关键看你怎么去相处,你对大家好,大家自然会对你好。"

高娃这边做着思远的工作,暗地里又开始做思远同学的工作,她悄悄找他们谈话,让他们主动接近思远,那些学生一口答应,下了课以后,都主动围拢到思远的身边来说话,还把家里的什么牛肉干、奶豆腐之类的东西给思远带来,塞到他的位子里。思远几乎每天都在自己的位子里发现一个惊喜。

到了周六,高娃还带思远去自己父母家玩。高娃家的后院有一棵高大的杏树,那曾是高娃童年时的乐园,一到春天,杏花绽放,微风吹拂,满院子都是淡淡的芳香。到了盛夏,上面的杏熟了,一个个红彤彤的,异常好看。现在这棵杏树也成了思远的乐园,他只要到高娃家去玩,都要爬上去,骑在树叉子上,边摘边吃,美极了。

高娃的爸爸妈妈就站在树下看着思远笑,他们老两口很喜欢思远,把他当成小孙子。要是周六周日高娃不往家里带思远,他们就自己挎着一大堆好吃的东西给思远带来。

高娃还带他上学校附近的牧民家里去转。

这样不到一个月,程威就高兴地发现,思远逐渐地变得开朗了,他和一群蒙古族孩子混得已经很熟了。每天放了学程威就看不见他的身影,不是上这个同学家去喝奶茶吃奶酪,就是跟着那个同学去大草甸子上去采野花,他成了这学校孩子们的中心。善良的牧民子弟们把自己最好玩的东西、最好吃的东西都抖落给了他,用他们那颗善良而火热的心接纳了这个不太合群的傲慢的和自闭的孩子,使他渐渐地变得温和和快乐。他和他们一起追逐游戏,在草地上打闹,在沙地上爬滚,越来越像一个大咧咧的乡野孩子了,而不是原来那个小心眼的挑剔而多变的人。他几乎每天脸上都挂着笑,他好像再也没有时间和程威腻在一起斗嘴和吵架了。他的精力分散给了那些小伙伴,分散给了开阔的大草原,分散给了草原上那些弯弯曲曲、亮晶晶的小河,分散给了那些藏在草地各处的小虫和小鸟。

他的心胸似乎一下子变得开阔了。

程威想,也许草原就是这样的养心养肺养人的,他让狭义的人变得心胸开阔,让自私的人变得大方,让狠毒的人变得善良。从来到这里程威见到的每一个人,都是那么的单纯。

程威感叹:真是一方水土养一方人,草原的开阔造就了草原人心胸的坦荡和博大,这是不是有一定科学的道理?

每天找思远回来吃饭的都是高娃!

高娃在思远面前不但承担了一个教师的角色,还承担了一个母亲的角色和一个心理调节师。在思远的情绪有所好转的时候,她开始一边认真地给思远补习文化课,还一边在生活上无微不至地照顾思远。每天早晨思远起床的时候,奶茶已经煮好了,奶豆腐切成了条儿,泡在了滚烫的奶茶里,屋里飘荡着奶茶的香气,还有一个煎鸡蛋,两片馒头。在程威跟她说了自己的家庭状况后,她在心里就非常同情这父子两个人的遭遇,也非常可怜小小的思远这么早就失去了母亲,还历经了女朋友残酷自杀的现实。这些事情别说是发生在一个孩子身上,就是发生在成年人身上也难以承受。

程威不让思远麻烦老师,让他早晨起来上伙房吃,但思远不干,说老师的奶茶煮得香。思远现在是越来越依恋高娃了。

后来,不但思远跟着高娃老师吃,连程威也成了高娃照顾的对象了。高娃经常把煮好的奶茶给程威送过来,逢着节日高娃很少回家过,而是留在学校里陪程威和思远,亲自下厨房给程威和思远包饺子吃。饺子是汉人爱吃

的东西,蒙古族人很少吃,但高娃在呼市上过大学,跟汉族学生们住在一起,也经常和汉族学生一起上饭店里买饺子吃,那时候放假离家远,她经常到学校老师家里玩,所以就学会了包饺子。现在她这手艺派上了用场。

高娃还经常过来给程威收拾宿舍,洗衣服。程威和思远的衣服都是高娃给洗的,如果不是程威坚决拒绝,高娃连他的内裤都要拿去。

程威把自己的内裤藏起来,红着脸对高娃说:"我自己洗,自己洗,脏了你的手。"

高娃说:"我不嫌你脏。"

程威说:"不行,你还是个小姑娘,怎么可以洗别人的内衣。"

入冬后的毛衣毛裤也是高娃给织的,她甚至在入冬前还拆洗了程威和思远的被褥。

程威就感叹,高娃比思远大不了几岁,但高娃的懂事和成熟以及生活能力真是思远无法相比的,真是穷人的孩子早当家呀!如果自己的儿子和她一样,自己就可以放心知足了。

程威非常感谢命运把自己和思远带到了高娃的身边,他相信高娃和思远能成为那种终身的朋友。

思远后来经常不着家,一到吃饭的时候,程威或者是高娃就要到处去找去喊,有时候喊不回来就不找了,因为知道他饿不着,可能又钻到哪个蒙古包里去吃了。这里的每个蒙古包都是思远的家,吃饭时间赶在哪儿,就吃在哪儿,思远不吃都不行。

思远的情绪好转了,但一到上课学习的时候就像霜打的茄子一样,蔫蔫的。到草原以后程威本以为他已经留了一级,许多课程他已经学过一年了,更何况他是大城市来的,不说他原来学校的硬件设施是全北京最好的,单说师资队伍那也是没比的。名牌大学毕业生,不说百分之百,至少也有百分之九十。所以这样的首都重点学校出来的学生,即便是差等生在这个小小的初中点学习成绩也应该遥遥领先。程威想得很好,成绩上去了,自信心也能上去,自信心一高,人才能够更快地战胜抑郁。

但他没想到,第一次考试,思远在二十多名学生当中是倒数第三。

这个第三让程威深受打击,也让高娃大吃一惊。

程威和高娃又认真地谈了一次话,和她一起制订了给思远补习知识的计划。

当然,要想让思远的学习成绩提高,首先必须改变思远的生活习惯、思想意识,一个思想上懒惰的孩子、一个意志力软弱的孩子,肯定畏惧学习。

程威分析说,思远的成绩差,不是差在智力上,而是差在毅力上,以英语为例,初一的时候几门课程还数英语最好,那是因为单词简单,思远又爱时髦的东西,喜欢显摆自己会几句英语,所以他就肯学,而且老师教学的方法也灵活,什么猜谜了、游戏了、演唱了,这样连玩带学的教学方法正适合了思远这样坐不住的孩子,所以他学得很高兴,成绩不错。但到了初三,单词量越来越大,还进入到语法学习,思远就不喜欢学了,开始逃避,作业也拖着不写。思远没有毅力还表现在没有坚持性,有时候心血来潮制定的学习计划,三天新鲜,第四天就夭折了。

为了培养思远的毅力,程威要求住宿的所有学生早晨都起床去跑步。如果单让思远自己去跑,他肯定会百般不愿意的,所以程威给儿子制订的锻炼计划,都放在了集体环境里实行。这样就一举两得,不,应该说一举三得,程威自己也得锻炼呀。

每天早晨,程威早早就起床了,等操场上的学生集合好,把思远从被窝里拖起来了,督促着他穿衣服,然后再把老大不情愿的思远送进队伍里。然后程威前头带队,高娃最后压镇,带着这支小队到大草垫子上跑步。一开始他们就跑两里地,慢慢地增加到5里。回到学校以后还要做一些仰卧起坐和俯卧撑。

一开始从床上往下拖思远也很难,思远说,我将来也不当长跑冠军,你们这样折腾我干什么呀?

程威和高娃说,将来体育不过关,连大学你都没资格进。

思远懒洋洋地说,我将来考不上大学,我就去摆地摊儿还不行吗?

高娃说,摆地摊也得好身体好毅力呀,就你这小身板儿,在地摊上站一天就把你累瘫了。

思远不起来,高娃就把手伸进他的被窝往死胳肢他,闹得他不起来也睡不着了,他只好嘟嘟囔囔着起来。

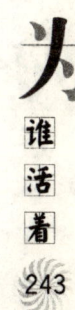

后来思远再发懒，在被窝里不起来，就有几个同学破门而入，一起笑话他。

思远当然也不愿意留下个懒蛋的名声，只好每天按时起床去跑步。

程威给所有的学生制订了早自习和晚自习的计划，而且规定了很多制度。程威说订了计划贵在坚持，贵在执行，他说"无志之人常立志，有志之人立志长。"他说看谁能坚持下来。

在学习内容上程威的计划出炉后，高娃看了提出了不同意见。她对程威说，对思远这样的孩子，开头的计划要留有余地，不要过高，力求从小事做起，不停地做，如每天就要求他背10个单词，回到宿舍后，自我学习就四十分钟，日久了，习惯形成了，意志和学习习惯也就磨练出来了。

程威同意了高娃的方法，他觉得高娃不愧是师范大学毕业，虽然年轻，但就是比自己懂教育，他开始反思过去给思远请家教的事情。那时候恨不能让思远一口吃成一个胖子，所以闹得思远逆反心理越来越重，总是处处和他作对，和老师做对。

于是程威一开始不让他做那些很难的题，而是从思远的实际出发，引导他一点点地学习课堂知识，在习题的难度上也是循序渐进着来。没有一个月，思远就和其他同学一样，当堂就完成了程威所布置的任务，而且还每天和其他同学一样按着程威的要求写日记了。

这一边，高娃把初三课本的单词都写下来做成词卡，挂在思远睡觉的头顶，让思远一睁开眼睛就看见这些词卡。早晨高娃起得早，只要醒来，就故意鼓捣出一些声音来把思远闹醒，思远睁开眼穿上衣服，她就走进屋，让他回顾昨天学习的单词。后来发展到和他进行简单的英语交流，一起收听英语广播教学。一开始思远抵制，他对高娃说："你就别跟我爸爸似的，在我身上下工夫了，我是个很笨的人。让我干什么都行，就是别跟我提什么学习，一提学习我头就疼。我就这块料了，你就是费多大劲也教不好我。你呀，别教了，省得将来伤心。再说，咱们两个挺对脾气的，因为学习的事咱们再翻了脸，你说多不好呀。"

高娃说："谁说你笨呀，你是最聪明的孩子了，你为什么成绩低，就是不肯下力气。"

思远说:"我就是把吃奶的劲儿都用上,也赶不上其他同学。"

高娃说:"谁说的,只要你用劲,你的成绩就能提高,学生阶段是人生机会最公平的阶段,不管穷孩子还是富孩子,不管是残疾孩子还是正常孩子,只要他用心学习,他就能收获成绩,不劳动只想收获,当然就永远赶不上别人了。"

布和老师是教数学的。布和是个男老师,年轻活泼,思远和他相处起来比较容易,所以三个老师给思远补习,应该说布和老师费的劲是最少的。没用多长时间思远的数学就跨越到中等生的行列,在初三毕业的时候还得了个第二名。

到了草原后,思远除了接触牧民,就是接触学生,而身边的学生在程威和其他两个老师的管理下,个个都文明守纪、学习刻苦。身边有了这些榜样,再加上两个老师和程威的影响,思远懒散的生活习惯和学习习惯都有了改善,早晨开始按时起床,上课也一节课都不落,再加上三个老师分别都给他吃偏饭,轮流给他单独补课,思远的成绩就进步得很快,成绩很快就在班级里遥遥领先。

那个八月节,由高娃出头组织,全校的学生还在大草甸子上开了一次篝火晚会。

虽然已到深秋,但草甸子上仍稀稀拉拉开着不少野花,在这个明净的夜晚散发着淡淡的香气。月亮圆圆地挂在天空,很有诗意。同学们燃了一堆火,手拉着手围着一堆篝火又笑又跳:

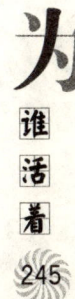

"马儿羊儿青草地,
圆圆的月亮和碧水。
好兄弟,好妹妹,
五湖四海来相聚。
让我们一起手拉手,
高高兴兴歌一曲。
草原美丽情更浓,

友谊之花开满地。

塞喽喂登——赛,哎!塞喽喂登塞。"

程威被同学们的歌声所感染,也站起来加入到唱歌跳舞的行列里,一边唱,一边跳起来,玩得非常的快乐和尽兴。尤其是看到儿子思远那么快乐的轻盈的舞步他就更快乐。

后来学生们又玩起了猫叼耗子的游戏。十几个学生手拉手将思远围在当中,思远低头想钻出去,学生们又灵活地站起来像堵墙。

一个女生在圈外"喵喵"两声便喊:"猫叼耗子一月一。"

男生们手拉手转着圈喊:"耗子耗子不在家。"

"猫叼耗子二月二。"

"耗子耗子不在家。"

他们玩得非常尽兴,玩够了便坐在火堆边吃同学们从家里带来的奶酪、奶豆腐、牛肉干。

草原上飘荡着一股诱人的香气和少男少女们的歌声。

蒙古族男孩子就是精力旺盛,猫捉老鼠的游戏过后,他们很快在草地上围成了一个圆圈,嗷嗷叫着摔起跤来。摔了一会儿,旁边的学生们就嗷嗷叫着起哄,说要和老师比一比。

布和老师第一个被推了上去。

一个男生光着膀子,健壮的肌肉在月光下闪闪发光,连袜子也没穿的乌黑的大脚丫子深深地抠进草地里,瘦弱的布和一看就不是他的对手。

布和老师和那个男生扭在了一起。男生将布和摔倒,傲慢地大笑:"哈哈哈,老师不行,老师不行!"

程威朝前跨一步,淡淡一笑说:"我!"

男生没想到程威会站出来,他愣了,但只有几秒钟他又洋洋自得起来:"老师,拜托了,您这一身老骨头我还真怕给您摔散了!"程威拍拍胸脯说:"来吧!"

男生向后退了一步说:"那我不客气了。"说完就展开了猛烈的攻势,只两个回合就将程威摔到在地。高娃心疼地蹲下来搀扶程威,说:"哎呀!别摔了,他们个个都像个牛犊子似的,您哪能摔得过他呀!"

程威甩开高娃,又站起来拍拍手上的沙子,"嗨嗨"两声,拉开继续摔的动作。

男生立即应战。这回程威没费什么劲就击败了男生,同学们兴奋地鼓起掌来。程威感觉男生第二次没用真劲儿,心里很不悦,可他现在浑身像散了架一样难受极了。刚才一块石头咯了他的胳膊,这时也剧烈地疼痛起来。他挽起袖子,胳膊上渗出了血。高娃看见了就夸张地惊叫起来,然后说宿舍里有红药水儿要跑回去拿,程威说算了我那儿也有。

高娃僵在那儿,不知道是该回宿舍,还是继续在这里开晚会。布和老师和那两个学生的眼光齐刷刷地瞅着她,她脸很红,慢慢地低下头。

高娃在程威的面前那种谦卑的样子让布和很难受,布和来到学校以后就一直追求高娃,但高娃对他一直保持着距离。

程威嘱咐学生接着玩,自己先回了学校。但他刚进屋就发现高娃也跟回来了。

高娃一到程威的宿舍就忙乎着捅炉子、烧奶茶。程威看着高娃飘来飘去的身影,心里充满一种说不出的温情。

高娃对程威的情义,程威不是看不出来,而且从一开始就感觉到了。高娃对他有好感,言语举止,话里话外,越来越明显。但程威深知自己的情况,于是一直躲闪着这位善良的好姑娘。

程威对高娃说:"你快去看学生吧。"

高娃的眼圈红了:"你的心里难道就只有学生吗?"说完头也没回,迅速离去。

思远这时也从外边走进屋来,正好看见高娃红着眼圈往外走,小眼睛一闪一闪地盯着程威问:"高老师怎么了?"

程威平静地说:"没怎么。"

思远在程威的脸上瞄来瞄去的,看样子想找出点什么东西来。程威端坐着,一脸的安然。

没等思远在程威的脸上瞄出什么来,他就被几个学生招呼走了,他们的晚会还没开完。

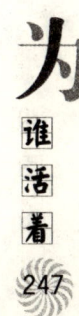

秋天过去了,冬天很快就来到了,草原上到处是厚厚的积雪。积雪把草儿都埋住了,只露出枯黄的草稍和一丛丛沙柳棵子。狂风将雪花掀起,在天空中飞舞着、扑打的,教室的墙壁挂上了厚厚的霜。教室很大,只有一个火炉,屋子里不太暖和,但学生们仍在紧张的学习。教室里静悄悄的,只有笔尖在纸上的沙沙声,程威站在讲台上,对着台下的学生们发愣,牧区的孩子比城里的孩子知道珍惜时光。他们的学习劲头全是自觉自愿的,每天早起晚归,一个比着一个学,想想城里的孩子,再看看眼前这些朴实厚道的学生,程威常常处于感动之中。

炉子里的火啪啪地燃烧着,程威铲了几块牛粪填进去,对同学们说:"出去活动一下吧!"

学生听了像鸟一样扑棱棱地飞到门外。月光下,沙柳树和沙枣树上挂满了厚厚的积雪,有如团团簇簇的白花。同学们快快乐乐地有说有笑,把校园里的积雪踩得咯咯吱吱地响。

一开始,程威和思远都很不适应草原冬天的寒冷,思远穿得就像一个大熊猫似的。但慢慢地,他们就开始适应了这种生活。睡在暖暖的火炕上,炕边是熊熊燃烧的火炉,每天吃着伙房里煮出来的饭菜,这样的生活让程威倍感温馨,省去了自己做饭的麻烦。程威想,这样的集体生活也满好的。

冬天的草原银装素裹,分外的妖娆,对于一个在城市里长大的人,这里简直是充满了异国风情和童话的色彩。思远每天一点时间不愿意浪费,和蒙族孩子们上山滑雪、捉野鸡、套野兔,玩得不亦乐乎,同时也吃得是脑满肠肥。程威一分钱都不用掏,附近牧民都抢着让思远去家里吃,有的连班儿都排不上。程威跟思远说,将来思远要是当了干部是个很合格的贪官。思远学蒙语学得不亦乐乎,发誓将来在草原做个苏木长(乡长)。

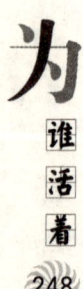

隐情大揭秘

就在思远的病情有所好转,和当地孩子玩得又投机又快乐,学校也渐渐地走上正轨以后,程威忽然接到明静的电话。明静在电话里带着哭音说:"程威,你回北京看看林叶吧。"

程威的心咯噔一下子沉了下去。怎么?林叶回北京了?

他急忙追问明静:"林叶怎么了,她不是在海南吗?她的丈夫和家在海南呀!"

明静吞吞吐吐地不正面告诉程威,她只说去年林子就把林叶从海南接回来了,但林子不让明静将林叶的情况告诉程威,说他为了思远的事情已经是心神疲惫了,不想让姐姐的事情再给程威添乱了。

明静说:"程威,你回来看看林叶吧,毕竟你们是十几年的夫妻,她的状况很不好。"

关于怎么不好,明静不肯说。

程威在接到明静电话的当天就把学校的工作交代给了高娃和布和,并把思远一并托给了高娃。他对思远说自己要去北京开一次会,可能要走很长时间。

对于思远来说,他有那么多的小伙伴、有那么多的好朋友,每天有奶酪和牛肉干陪伴着他,还能在大草甸子上骑马撒欢儿,程威在不在对他来说已经是无所谓了。即使是程威在的日子他每天和伙伴们滚在一起,快快乐乐地玩,也很少像过去在城市里那样和父亲总是腻在一起,时刻盯着父亲的一举一动。

这让程威非常感慨,怪不得草原上的人都比城市小胡同里的人来得豪爽,就是因为天地宽阔,而城市单元楼里长大的孩子,每天回到家里面对的就是自己的家长和那几十平米的小地方,当然就分外地注意某些小节问题。

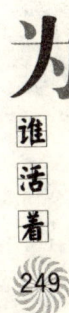

但思远在程威收拾东西就要走的时候还是将狐疑的目光投给了程威，他酸溜溜地说："是不是想你的那个子盈了？想回城市里看看她。要是想她了就说实话，可别撒谎说开什么会。挺大个人了，说谎可没劲儿。"

程威正在收拾提包，听思远这样说，苦笑了一下说："行了，思远，我有那贼心也没那贼胆呀，况且我就是去找人家，人家也肯定拿着棍子把我打出来，谁不知道程威的身边有个七十二变的小猴子呀！"

思远"嘿嘿嘿"地冷笑："小猴子哪是那些老白骨精的对手呀，我还差得远呢！再修炼几十年吧！"

程威这时候已经拉好了提包的拉锁，他转过头来说："再修炼几十年你还不得成了大闹天宫的孙悟空呀！"

思远幸灾乐祸地笑起来，好像自己真成了三打白骨精的孙猴子了。

思远一边往外走，一边说给自己听似的小声嘟囔："我看你就是惦记着那个家伙，要不怎么不搭理人家高娃老师呢，那家伙有什么好？身上天天满是法国香水的味道。"

程威的脑袋"嗡"地一声，这个小东西的眼睛怎么会这么地厉害，他怎么会发现高娃老师对自己的情感？

程威站下，回过身来摸着思远的头发说："思远，别瞎猜了，这话可不许乱说，人家高娃老师还是小姑娘。"

思远说："爸，你把我当三岁孩子了？这个你不用嘱咐我，我分得清轻重。"

程威知道思远对高娃老师印象好，但如果说程威真要接受了高娃老师的感情，思远这七十二变的小东西还不知道会说出什么尖酸刻薄的话来呢。

学生们和高娃老师都站在校门外给程威送行。程威走出来和同学们招招手，就翻身上了马。他两条腿一夹马肚子，很熟练地抖了抖缰绳，潇洒地调头而去。

小时候练就的骑马本领让程威受益终生。

高娃关切的目光跟踪着程威的身影，一直到程威和大白马在地平线上缩为一个黑点。

程威骑马赶到乡里，把马托给苏木的领导，又坐一个小时车到经棚，然后倒车去了赤峰。到赤峰时天已经快黑了，为了尽快回到北京，程威没有坐火车,而是下了车就直接打车奔飞机场而去,坐晚上的飞机直接飞到了北京。

一直到坐上飞机,他才喝了一杯空姐送过来的果汁,嚼了几片饼干。对林叶的巨大担心使他一天都没感觉到累和饿,他的神经始终处于高度的紧张状态中。

程威一下飞机,就给明静挂了电话,他告诉明静自己已经到了北京。

明静说:"你先回家休息一天,我们明天见。"

程威说:"不行,就今天见,我心里有事情惦记着也睡不好。"

明静嗔怪地说:"你这个人呀,怎么做什么事情都像拼命三郎似的。那好吧,你还是先回家休息,我们晚上见面。"

程威说:"什么地方?几点钟?"

明静说:"离你家近点吧,省得你坐车浪费时间,就到白家庄去吃韩国菜,咱们上次见面的那家咖啡厅旁边。"

程威说:"好的,不见不散。"

程威放下电话以后,打车回到家里。

因为半年多没有住人了,打开门一进屋,一股霉味儿就冲进鼻子,到处是尘土。程威按了一下开关,还好,电还有,屋里立刻亮了。

程威又进厕所,拧开热水龙头,红红的水流了出来,是管道里生了锈。程威放了一会儿热水,然后脱掉衣服,把自己整个地埋到了浴缸里。

晚上,程威早早就到了指定的地点。明静还没到,程威就一根接一根地抽烟等着,这时候,一对男女走进了餐馆,程威一眼就看见是陈子盈。是的,挽着那个潇洒的男人胳膊的就是他曾经深深爱着的陈子盈。

陈子盈也看见了程威,她的嘴唇哆嗦了一下,把手从男人的胳膊上拿了出来。

程威把头转到了一边,他尽量地控制自己的情绪,他不想让陈子盈看见自己,从而影响陈子盈的情绪。不管怎么说都是自己对不起子盈,分手是他提出来的。但看见子盈和别人在一起,他仍然很痛苦、很嫉妒,这样的痛苦和嫉妒他也无法解释。

程威没想到陈子盈会走过来。陈子盈坐在了程威的身边,她盯着程威关切地说:"你好。"

程威立刻站起来："哦，好，是不是打扰你了？"

陈子盈说："哦，不，那是我哥哥，刚从美国回来。"

程威立刻释然。

陈子盈又说："我陪他来吃韩国料理。"

陈子盈又盯着程威看看说："这么瘦，脸色不好，怎么搞的。"

程威说："刚从内蒙回来。"

陈子盈说："听说你为了思远去了草原。"

程威说："是的，你还好吧，还一个人？"

陈子盈说："是，习惯了，接受不了别人。"

程威说："别这样，找一个人还是比自己过要好。"

陈子盈说："随缘分吧。思远好吗？"

程威说："好，我打算就让他在那里读完高中了，那里很适合他。"

这时候，明静进来了，她照直向程威走来，看见陈子盈怔了一下。陈子盈看见明静向程威走来，好像明白了什么，立刻站起来说："哦，你有朋友，那我走了。"

陈子盈说着就走了，走的时候还没忘记和明静有礼貌地点点头。

陈子盈走到哥哥身边，和他说了一句什么，哥哥就和服务员交代了两句，两个人站起来就离开了菜馆。

程威想，也许陈子盈误解了自己和明静的关系，那也好，这样对子盈也有好处。

明静坐下来，解开自己的大衣，并放在一边："你看看你，在草原呆的，还真像个老牧民。"

程威笑，弹了弹烟灰："我还真愿意入乡随俗。"

明静坐下来，喝了一口茶说："思远好吗？"

程威说："很好，他可真是入乡随俗了，跟那一片山水亲得不行。"

明静说："那就好，这样大家也都放心了。"

两个人又聊了一会儿草原的事情就把谈话切入到正题上来。

明静告诉程威林叶被林子接回到北京，但她的忧郁症已经很厉害了，普通的医院已经无法治疗，最后没有办法把她送进了精神病院。

程威一听林叶进了精神病院，浑身一震："什么？怎么会进了精神病院，上次我见她的时候,精神并没有很异常呀?她的爱人呢?为什么她的爱人就没有管她?她为什么不在海南住院?林子为什么不告诉我?"

程威说着就掏出手机给林子打电话,他的手一直在哆嗦。

明静伸过手来按住了程威的手机:"你别打了,他们根本就不让我告诉你,怕影响思远和你的心情。"

程威很激动:"明静,你告诉我,林叶为什么会得精神病,她的爱人到底是谁?"

明静说:"程威,你别激动,我今天全告诉你好不好?"

程威安静下来,他又抽出一根烟给自己点上,他的手仍然哆嗦不停。

明静说:"林叶根本没和什么男人结婚,她一直独身!"

程威说:"啊?她为什么骗我?"

程威的心颤抖起来。

明静说:"是的,你和林叶离婚以后,她离开了北京,在海南的一家公司工作。公司里也有人追求她,真心诚意地想和她结婚,但林叶就是不同意。"

程威问:"为什么?"

明静说:"为什么?这是一个很不好寻找的答案。有一天林叶给我打电话,边说边哭。她说:'我无论走到哪也走不出前十几年婚姻带给我的东西。'"

程威问:"她指的是什么东西。"

明静说:"她在和你生活的岁月中,尽管有太多的不满意,但毕竟有了非常深的亲情和感情,你让她这个年龄去接受别人,她能接受吗?她的心里满装的都是你,对你的爱、对你的怨、对你的恨。她做了很多的努力想走出的感情怪圈,但始终都没有走出去。林叶是抱着美好婚姻的理想走进家庭的,但她没有在你那里找到那种她所期望的感觉。林叶一直尝试着改变你对家庭的态度,改变你的生活习惯,做了很多努力,可是她每天收获的都是失望。"

程威说:"改什么改,根本改不了。你们女人千万要记住,一个男人的年龄越大,他的生活习惯和癖好就越是难以改变,男人不可能为了结婚去改变自己已经形成多年的生活习惯。别想去改变一个人,要想改变,就先改变自己,让自己学会适应。"

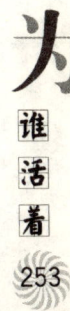

明静说:"可惜林叶是个很单纯的女人,她以为你能改变,但几经努力都彻底地失望了。"

程威说:"她总是改变不了小孩子性格,这些都是小事情,鸡毛蒜皮,这根本影响不了感情。"

明静说:"程威,你到现在也不明白,生活就是由这些小问题构成的。我就反感你们男人,说什么都是鸡毛蒜皮。难道生活都像那些假得不能再假的电视剧演的那样,需要有波澜起伏、流血、杀人、陷阱和埋伏来构成吗?你们男人总是重视重大的问题,可是老百姓过日子,有几家出现重大原则问题就影响感情的,还不都是这些小问题日积月累地成了大问题吗?我告诉你,女人更在乎细节。"

程威猛吸了一口烟。

明静说:"林叶走之前对我说,她一直在很耐心地'伺候'着你和这个家,可你呢?为了工作,她想让你陪她上街买一点家里需要的东西,你都没有时间。林叶说,17年,我不知道别人怎么经营生活和爱情的,我觉得我真的很用心了,而且很努力了。可我怎么就没有收获一粒果实呢?难道要我带着心碎离开。这就是林叶离开你走之前的原话。"

"你一直都不理解她的哭、她的闹。离开家以后,她的抑郁症越来越严重,到最后都无法坚持工作了,就干脆辞掉了工作,一个人闭门锁户地生活,不和任何人来往。"

程威狠劲地吸烟。

明静盯着程威看了半天,忽然话锋一转:"程威,难道到现在我都等不来你一句真心的话语吗?"

程威愣了一下:"什么?"

明静的眼睛像刀子一样向程威扎来:"你不想说你最伤害林叶的是什么事情吗?"

程威沉默。

明静说:"程威,对于这件事情,我其实是一直想保持沉默的,因为我想让你亲口告诉我,我不问你是想给你留面子,但直到现在你也没有说出实情。但是今天我实在忍不住了,你不要怪我揭你的家庭隐私。几年前的一天,林叶因为工作出差一个月,孩子住在姥姥家。因为任务完成,就提前回到家,但她回来的那天,忽然发现自己家进来过人,她的五张照片虽然还挂在墙上,但眼睛全都被扎出两个大窟窿,她和你的合影照片也被摔碎,双人床单被人洗过还挂在阳台的晒衣架上没来得及拿下来,家里的厨房碗筷曾经用过,而你是从来不做饭不干活的。林叶一出差你就吃食堂,是谁用了你们的厨房?是谁扎了林叶的照片?那一刻,林叶看着自己照片上那两只黑洞洞的眼睛,立刻毛骨悚然,不寒而栗,全身发抖。是谁对她仇恨到了这种地步,以至于要挖掉她的眼睛?对一个人能有多深的仇恨而去采用这样极端的手段!那一天,林叶一夜无眠。"

"林叶真的不愿意相信眼前见到的这些残酷事实。跟了你那么多年,她苦口婆心的关心和劝说以及哭闹都是始于良好的愿望,想让你善待自己,珍惜自己的身体,想起你来就是心疼的感觉,是爱之深、责之切的感觉,是失望的感觉。"

"可是无论在感情上怎么为你开脱,理智都告诉她这件事情无论是谁干的,你当时都在场,都与你有直接的关系,是有人在痛恨她,是爱的嫉妒。她再愚蠢也愚蠢不到分析不了这件事情的地步。"

"飞溅的碎玻璃,洗好的床单和拖鞋(多少年来你第一次为林叶洗拖鞋)……

"那么不是你又是谁?"

明静犀利的眼睛向程威投了过来。

程威低下了头。

明静叹了一口气:"就是从那天起,林叶受了刺激,她开始注意你的行动,她在你的抽屉里发现了一个女人写给你的情书。先是回顾了你们激情的夜晚,接着说她生了你的气,然后就是说她要见你,要相互依靠着走下去。林叶用你的身份证调出了你的手机详细通话的单子,知道了你和一个陌生号在一个月内竟然有六十多次的短信来往,三十多次的通话。林叶震惊了,傻了。从那天开始,她每天查看你的手机,她发现了你的秘密,你和一个女人竟然保持了多年的关系。你们传递短信的时间都是在晚上,在你一个人坐在书房里工作的时间。那女人来的短信不但有表达感情的诗,还有夫妻之间才有的关心话语。以前林叶从来没有检查过你的手机,她对你太相信了,从来就没有怀疑过你。"

"于是林叶就给这个女人打电话,知道了事情真相。这个女人在二十年前就爱你,这么多年你们一直就没断了联系。林叶愤怒了,她给女人的丈夫打电话。由此造成了那女人丈夫的愤怒。他们的家里也起了战争。那女人也愤怒了,不断地变换手机号码用短信骚扰你们,只要你一回到家里那短信就冲进来。把你和她做爱很爽的详细情节都通过信息告诉林叶。"

"在你的口口声声辩解中,林叶相信了你、原谅了你,但是从那后,你见到林叶就关机,或者把手机设置成无声。在林叶痛苦到极点中,你和那个女人仍然以工作为借口不断联系着。这件事情对林叶的身心健康造成了巨大的伤害。可你一直在林叶面前不承认你和那女人有感情,你铁嘴钢牙地一口咬定就是普通的关系,根本没有什么不正常的事情,完全是林叶狂想出来的,是她更年期在作怪。关于陌生号码问题你也不跟林叶做任何解释,说自己也不知道怎么回事。有一天林叶查看你的电脑邮件,发现你和那女人还在联系,于是大怒,你们吵起来,你恼羞成怒将她推倒在地,造成了她腰部受伤,然后你在妻子的呻吟声中扬长而去,林叶一个人在风雪中艰难地向医院走。"

"为了化解自己的痛苦,在朋友的建议下,林叶开了一个博客,每天躺在病床上和博友们倾诉一些心里的东西,但有一天,林叶打开笔记本忽然看见了自己的博客里有谩骂的帖子,帖子里把她说成了一个勾引别人爱人的无耻之人,夺走了一个女人二十多年爱情的第三者。无辜的林叶反成了第三者,语言污秽下流。"

"林叶知道这个人就是那个女人。"

"林叶悲愤交加,知道这个女人已经爱你爱到了疯狂的程度。"

"病床上的林叶失声痛哭,从医院出来后她选择了沉默,她知道自己的婚姻生活已经走到尽头了,她没有想到,从她开始跟你恋爱那天开始,你就没有完整地属于过她一天,你一直是属于那个女人的,林叶现在才明白,是自己夺走了那女人的爱。你为什么让林叶充当了第三者,而且一当就是十六年,你为什么要这样欺骗无辜的林叶?"

"不,林叶想错了,我真的不爱那女人,真的不爱,我爱的是林叶。"

程威脸色苍白地申辩着。

"那么,照片是怎么回事?情书是怎么回事?短信是怎么回事,你为什么一直不和林叶解释?"明静在怒吼。

程威低下了头,眼泪流了出来。

"我过去在一个大学教过一段时间的书,每个寒暑假我都要给一些年龄大的老师做函授辅导,这个女人是我的函授学生。那时我还没和林叶结婚,还是一个年轻小伙子,那女人比我大几岁。她还是一个姑娘的时候就爱上了自己的中学老师,老师是一个有五个孩子的、死了妻子的中年人。中年人娶了她,但过了不久,由于年龄的差别他们在各方面都不和谐,于是他们整日地吵架。在我们之间的关系上一直是她主动,我很被动。我们不是经常来往,只是偶尔。"

明静看了程威一眼,眼神里充满了蔑视:"一句被动就可以化解一切吗?就可以医治林叶心灵的创伤吗?你对林叶犯了罪你知道吗?可是你到现在也不承认,林叶为了保护你的名誉,隐忍着巨大的伤痛,以至最后得了严重的抑郁症,即便是现在,到了精神病院,除了我,她也没跟任何人说过这件事情。"

程威的眼泪流了出来,他呻吟着说:"我真的爱林叶,我和那女人不是爱,是双方的需要,是需要和同情。你明白吗?你们女人明白男人吗?需要不是爱,真的不是,林叶不理解我……"

明静冷冷地哼了一声:"是吗?你的意思是男人跟一个女人上床和保持关系可以没有爱是吗?灵魂和肉体可以分离是吗?程威,你害了两个女人,你知道吗?你看着两个女人为你痛苦地厮杀你是不是还觉得很自豪呀?"

程威羞愧得脑袋都快扎到地上了。

接下来就是沉默,一直到最后,程威也没有把照片被扎和陌生号码骚扰的真正实情告诉明静,留给明静的是一个永远也解不开的谜。

明静拿上包,站起来冷冷地走了。

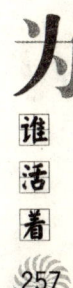

迟到的人生关怀

第二天,程威去了西郊的一个精神病医院。

尽管程威在这之前有了充分的思想准备,但他还是没有想到,不到两年的时间,林叶竟然变成了这个模样:呆滞的目光,枯井一样毫无生气的眼光,偶尔像傻子一样的痴笑……

程威走进病房的时候,林叶正蜷缩在床角里看一本画册,看见程威进来,她淡淡地像见到医生一样跟程威伸手要药片:"药,药。"

程威看见林叶一阵阵地落泪,而感到辛酸,他伸出手去抚林叶的头发。林叶的头发很乱,程威顺手拿起一把梳子给林叶梳理头发,林叶好像完全忘记了程威,完全把他当成了医生,安静地毫不反抗地顺从着程威。

林叶伸手跟医生又要药:"药,药。"

陪程威进来的医生把药片递给林叶,看医生一转身林叶就把药片扔在了床底下。

医生对程威说:"她比别的病人安静,她每天就是看画册,但是她不配合治疗,总是先把药跟医生要过来,然后再扔掉。好像这样她才心里踏实一点。"

程威从林叶的病房出来,就找到了林叶的主治医生,和他在办公室里谈了很久。

接下来的几天,程威就一边跑精神病医院,一边跑房产公司。他把研究所家属院的那处房子托付给了一家房地产公司,要求他们尽快地把这房子卖出去,他说自己等着急用钱。房产的人不错,当天就把他房子的信息上传到了网络,第二天就有三家来看房子的,由于程威的要价很低,房子的地理位置又非常优越,房子出手得很快,一个周之内房地产公司就把这处房子帮助程威卖利索了,钱打入到程威的账户中。

程威把五十五万房钱分成三份，一份二十万存在了林叶的名下，一份三十万存在了思远的名下。另外五万的现金他存在了林叶母亲的名下，林叶的母亲养育一回女儿，但现在老了，不但得不到女儿和女婿的照顾，相反还天天替他们担惊受怕，让程威想起来就觉得对不起老人家。自己的父母早已经过世，程威一直把林叶的母亲当成自己的老人来奉养的，尽管林叶走以后，丈母娘曾经指责过自己，但程威是非常理解老人心的。然后他拿着给林叶和林叶母亲的存折去了丈母娘家。

丈母娘见到程威就辛酸地哭了，说程威瘦得怎么不像样子了，说看看你们两个吧，一个进了精神病院，一个去了乡下，思远又得了抑郁症，你们年轻轻看看这日子过的！

程威没想到林子把林叶的情况告诉了老人，程威责备地看着林子。林子不吭气。过后，林子给程威解释说，一开始接回姐姐的时候，并不想把她送进医院，想在家里养病的，想用家庭和亲人的亲情唤回姐姐那颗迷失了的心，所以就不得不告诉母亲。但后来姐姐的情况越来越重，自杀情绪根本无法控制，最后连家里的人都不认识了，连续伤害家里的人。有一次林子和爱人上班，林叶竟然在家里放火，母亲和熟睡在床上一岁的孩子差一点被烧死！

程威听了林子的话，心都抽在了一起。

丈母娘做了一顿丰盛的晚饭招待程威，但程威夹了几口就放下了。程威走出餐厅一个人坐在林子家的沙发上，点了一支烟。但他似乎并没想吸，呆呆地看着烟头上的那点蓝烟，又抬头看着对面墙上林叶年轻时候的那张大照片。照片上的林叶青春漂亮可爱，两个小翘辫可爱地翘着，一双泉水般纯净的眼睛闪烁着黑亮的光。看着看着程威忽然眼泪一串串地流了下来，想着当初那么漂亮活泼的林叶怎么跟他过了十几年就忽然走进了精神病院，巨大的愧疚感冲击着程威的心。

等林子一家吃完了饭，程威把两个折子交给了丈母娘和林子，他拍着林子的肩膀说："老弟，我在乡下期间你姐姐就托付给你了，我会常回来看她的，让你受累了。"

这边林子和老太太坚决不收程威的钱，说给林叶治病的钱家里有，何况现在程威也没有这个责任，这些钱应该给思远留下，思远将来要上大学，程

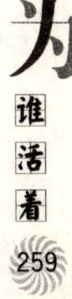

威的身体不好,将来有个病、有个灾怎么办。那边的程威坚决地给,说思远读书的那一份自己已经都留下了,更何况给孩子留太多的钱也没有好处。

那一天晚上,程威一个人住在自己朝阳区的房子里,但他怎么也睡不着,起来把自己一年前办病退时候在医院开的那个诊断证明拿了出来,他一遍遍不停地阅读上边的那几个字:"肝癌中晚期。"

程威是个坚强的人,他是个历来行动多于语言、思考多于眼泪的人,他在最痛苦的时候当然也有眼泪,但他排遣痛苦的方式最多的时候还是用一根香烟来代替,用自己巨大的意志力来控制。但最近,尤其是在见到林叶,在触摸到林叶那双苍白的手的时候,心中就暗潮汹涌,有时候是愧疚,有时候是生气,有时候复杂得自己也无法分析是什么滋味……

他愧疚自己没有好好地保护林叶、保护好家庭。十几年的婚姻就像水一样无声无息地在身边溜走了,醉醺醺地打过架,劈哩啪啦地生过气,而正当自己省悟过来想要好好爱她的时候林叶就那么无情地离开了自己……也许林叶在潜意识里知道自己陪伴不了她多久才这样去做的吗?

程威站起来推窗而望,虽已是深夜,但大街上还是人来人往,各色各样的灯光把城市照得如白昼一般,街上那些匆匆忙忙行走的人,一如他以前一样,人们都在忙些什么?人生当中什么是最重要的?什么是应该留下的,什么是应该放弃的,程威到了这个年龄才稍微地明白一点点。但是明白得已经是太晚了……他现在没有别的要求,只期望上苍能多给他几年时间,让他陪伴着自己还未成年的儿子多走几年。

想到思远,程威的眼泪很快地又流了出来。最近,当自己独处的时候总是这样,在思远的面前他要做一个坚强的父亲、做一个健康的父亲,要为他撑出一片绿荫,但一旦自己面对自己,这种心灵的暗潮就冲击得他无法自控,但每次都要尽自己全部的毅力才能控制住。

程威环视一下自己的房子,当时为了给思远换一个环境,房子装修得很漂亮。装修房子的时候,他还想过,自己要在这个房子里度过整个后半生的人生的,他要在这里陪伴思远长大,将来还要在这个阳台上抱着思远的孩子,自己的孙子、孙女看月亮和星星,所以他跟装修的工人是叮嘱了又叮嘱,希望他们把活干得仔细一点、再仔细一点。漂亮的装修能给人带来世俗意义上的幸福和快乐,他程威也不是不食人间烟火的人,他也有一颗世俗的心,希望朋友们在来到他的家之后,能够感受到一些居住环境的高档品位,希望思远的那些同学来到自己家的时候,能夸赞思远的父亲如何能干,思远生活在一个多么好的家庭里,但他没想到就在不久之后,医生就给他判了刑!

程威想,不知道这是不是自己最后一次住在这里了,是不是最后一次站在这个阳台上吸烟了,因为离医生给他的那个时间越来越近,自己的身体也越来越差,疼痛占有了他每个晚上和白天,白天在人前装扮笑脸,晚上躺在床上留给自己的是呻吟不断。

这个时刻程威真的很留恋生命,他不太明白那些抑郁症患者的心,他们为什么一次次地去选择死亡和自杀,而他程威总觉得自己还有很多事情没有做,很多责任没有尽,程威不是一个贪生怕死的人,当死亡无法避开,死亡真算不了什么,但是程威却正巧没有活够、活好欢畅,所以他不愿意死。

上帝只给了他五十年不到的光阴,只给他别人的一半,人生的画卷还没有向他完全地展开,如果生命的列车允许,他还来得及从容欣赏;上帝把美丽的林叶给他,把可爱的思远给他,而过了不久,上帝又要把这两个最爱从自己的身边收走,让程威体会得而复失的痛楚。

在半年前,医生做完检查劝他住院的时候,曾经跟他说,如果你现在及时治疗进行化疗出现奇迹的话,可以多存活几年,那时候,程威也想治,但那个时候思远的抑郁症已经相当的严重,如果程威选择了医院,势必就得放弃思远,况且在说到费用的时候,医生说出了一个惊人的数字,对这个数字程威不是凑不到手,卖了研究所家属院的房子,再加上自己现有的积蓄,完全能够让程威换来几年的生命。但是就为了自己多活几年,让他选择放弃思远,几年之后仍然是人财两空,那个时候思远的情况又如何呢,没有了父亲、没有了钱、没有了健康,就算思远是个健康的孩子,也会无法生存下去。

所以,从知道自己病情的那一刻开始,他就没有去选择治病,他知道自己已经是晚期,即使是治疗也不会有什么奇迹出现,只能是人财两空,他想给思远多留下一点钱,而且也不想让儿子天天跑医院去遭受侍奉病人的痛苦。

程威就这样想了整整一个晚上,第二天他悄悄地又拿着朝阳区这处房子的房产证和户口本,把这一处的房产转到了思远的名下。

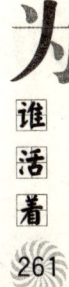

肝肠寸断看留言

八月中旬,程威从北京又回到了草原。

程威选择的是坐火车,然后是坐汽车。到了乡里,思远和高娃已经在等他了。思远一见到程威高兴得要命,活泼的样子恢复到他得病前。他窜上来就抱住程威说:"这学校离开老爸还真不行,你一离开呀,美国就开始进攻南联盟,老爸要是不上课,国际会制裁伊拉克,最近初三的那些淘小子没人管,一个个都变成了陈水扁。"

程威就笑:"都是些什么呀,乱七八糟的。"

思远眼睛又开始搜索:"怎么啦,没给我带点战利品回来?"

程威说:"这大草原什么绿色产品没有,还要什么?"

思远瞥了正看着程威思远笑的高娃说:"老爸,没想到你这么抠门,不想着我也好了,连高老师你也给忘了。"

程威笑:"我当然不会忘记高老师的。"

程威说着就变戏法一样地从兜里掏出了一个小盒子递给高娃,高娃接过来一看,是一个"迷你王"牌的U盘。

高娃高兴得像个小女孩一样地跳起来。

思远嫉妒地瞪大了眼睛喊:"我靠!给自己的GF买这么贵重的东东呀。"

思远的网络语言又顺口溜达出来了,高娃一听立刻脸色绯红。

程威也很尴尬:"思远,又说网络语!以后别再说了,影响你的正常发音。"

思远说:"铜子(同志),偶(我)这不是很high(兴奋)吗?"

程威没听明白问:"你说什么?"

高娃这时候从随身带来的包里拿出了一瓶矿泉水,连同一个湿毛巾递给程威,程威接过来擦了一把脸,然后打开瓶喝了几口水。

程威问思远:"思远,想北京了吗?"

思远说:"不想,现在我奋斗的革命纲领是:农夫——山泉——有点儿甜。"

程威就笑,高娃也笑。

思远终于在程威的口袋里掏出了东西,一些衣服、一些零嘴,还有一包药。程威看思远解那个药包,忙拦住思远说:"思远,别动,那是给别人捎的。"

思远停住了手狐疑地问爸爸:"谁让你在北京捎药呀?"

程威说:"一个朋友。"

说了一会儿话,三个人上马。思远和父亲一匹马,高娃一个人一匹马,他们骑在马上,慢慢地往学校的方向走。

当程威飞身上马的那一刻,高娃不经意地瞄了一眼,心有些乱。因为有思远在,高娃于是假装没有感觉。

骑在马上从侧面望去——程威骑在马上那端庄严肃的样子,那气质高贵的面孔,使高娃的血糖迅速降低。

高娃心里想,没事、没事、没啥事,她双腿用力一夹马的肚子,马便迅速地向前飞奔起来,将她长长的秀发飘动起来。她觉得自己的身后有一双眼睛在跟随着自己,这使她浑身的血液迅速地流动,全身的每一个汗毛孔都膨胀起来。

程威不在家的这些日子,高娃盼望他回来真是望眼欲穿,她知道自己可能是喜欢上这个中年男人了。

当程威的马再次越过高娃,她用眼角的余光瞥见程威没有再看她一眼,并没有像自己想象的那样程威的眼睛在跟随着自己。程威笑眯眯地正跟思远说话,思远搂着他的腰,脸孔贴着他的后背,满脸都写着幸福。他的全部注意力好像都在儿子思远的身上,根本就无视她的存在。

高娃又嫉妒又委屈,她的马慢了下来。

这时候,思远将随身携带的 MP3 打开,优美的音乐飘荡在草原的上空。

这是个晴朗的日子,天上明净无云,太阳照得明亮而温暖,虽然才是五月中旬,但原野、树木、山已是浓绿绿的。鸟的歌声和万千昆虫的嘤嘤声充满在空中,路边挤满了各种各样又丰满又美丽的花,弯曲的河水像一条银色的大带子缠绕在草原上。

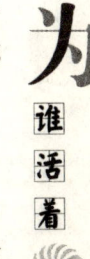

马儿在绿绿的草原上地走着，MP3里正播放着电影《黑骏马》里边的腾格尔的歌曲：

"蒙古包里的缕缕炊烟，

轻轻的升上蓝天

茫茫的绿草地，

是我生长的摇篮……"

粗犷、浑厚的歌声伴着马儿脖子上的响铃回荡在草原的上空。

思远很高兴，他搂着程威的腰，在马上跟着唱起来：

"我是蒙古人，热爱草原……"

思远的情绪也感染了高娃，她在马上也跟着唱，思远颠着屁股在马上起哄："再唱一个，再唱一个。"

思远鼓动程威说："爸爸，你和高老师合唱一首《敖包相会》怎么样？"

程威看了一眼骑在马上的那个朝气蓬勃青春得逼人的高娃说："思远，别瞎扯，让高老师听见。"

思远撇撇嘴说："老爸，你真是幼稚园程度的高中生，先天蒙古症的青蛙头，古墓里挖出来的大瓷瓶，都啥时代了，还害羞呀。"

程威看着思远，心里想，这高娃用什么奇丹妙药治好了思远这个天生就会嫉妒人的小害人虫。

程威回到草原以后，身体的状况每况愈下，一天不如一天，经常一个人躲在屋里抗拒着来自肉体上的巨大痛苦。实在疼极了，就把从北京带回来的药拿出来吃一点，吃完后就立刻把药包藏起来，防止思远和高娃看见。

这中间他又回北京两次去看林叶，并且每周都给林子打一次电话询问林叶的病情。他还用各种方式给思远讲述生与死的关系，开导思远……

一转眼，又一个春天来到了，这时候思远已经在克旗旗里的一所中学读高一，每周回到父亲这里度周末。思远的状况也一直很稳定，成绩在班级里一直是前几名，已经得了一次三好学生奖状。这让程威非常欣慰，觉得自己到草原来的路选择对了，思远不仅学习上有了进步，自立能力、交往能力都有了很大的飞跃。

程威打算把这一届学生送走后就离开这个初中点到经棚工作和思远在一起。现在初中点又分来了两个老师，程威可以放心地走了。

草原上开始转暖，有一天程威带思远去草原上散步。

程威牵着思远的手。

草原上还有积雪,天地无边无际,显得很冷清、很空旷。

思远一脸的担心,因为昨天晚上程威忽然晕倒,吓坏了思远。

积雪在两个人的脚下发出"嘎吱嘎吱"的声音。

程威用脚踢开脚下的一片积雪,绿绿的几棵草芽露了出来。

程威怔怔地看着那几棵草芽和旁边的几棵枯黄的草。

他瞥了一眼思远说:"你看,雪地里的小草已经返绿了。大自然就是这样呀,不断地交替更新,旧的逝去,新的萌生。植物是这样,生命也是这样。比如你最爱的爸爸,也在一天天地老,终有一天会离开你归入尘土。世上的一切,即使是你的最爱,你也不会永远地拥有它。"

思远站起来,重新挽住了爸爸的手,两个人向远处走去。他眼中的意思告诉程威:"爸爸不会离开我的。"

思远这样的依赖眼神让程威的心好痛好痛。

程威特地在网上找了一首动听的歌曲下载下来,改编了歌词,录制成自唱自吟的磁带放给思远听。

爸爸决定出一次远门,

不过这一次,爸爸出门的时间很长很长。

你不要着急。

等你长成大人的时候。

你就知道爸爸就在离你并不远的地方。

在你的心里、梦里

在你床头柜上的相框里,

当你看爸爸的时候,

爸爸也在笑眯眯地看你……

记住,无论你到哪里,爸爸都一直陪着你。

这首歌在程威活着的时候,思远听的时候没有什么感觉,但程威死后,思远每次听,每次都哭得要晕过去,他这才知道爸爸当初要他听这首歌的意思,才理解了爸爸听着歌曲时那眼含泪水的样子。

程威以惊人的毅力一直在家里坚持,到他死前的两个星期,才因为晕倒在地被高娃和老师们看见送进医院。

程威先被就近送进了克旗的医院,在思远和林子的坚持下又到了赤峰市医院,然后又转到了北京的一家大医院接受了手术。这期间,程威多数处于昏迷的状态,一直被动地接受着医生和千里迢迢赶来的林子的安排。

程威被送进医院后,林子因为要找程威的身份证办转院手续,就打开了程威的钱夹,发现了那张早已经开出来的诊断。

思远看见那个诊断后,哭得惊天动地,抱着程威喊:"你为什么不告诉我,你为什么不告诉我,我怎么不知道你有病……"

思远恨自己马虎,恨自己竟然连爸爸得了什么病都不知道,而且爸爸的病得了这么长时间,自己为什么就不细心一点呢!

林子的眼泪刷刷地无声地流。看不出来他在想什么。

高娃也哭得悲悲切切的,这些日子她一直就跟随着程威,走到哪个医院她就跟到哪个医院。

程威在昏迷中一次次地听见思远和高娃的哭泣声,那声音碎心钻腑,让程威五内俱焚,但他无法开口说话,医生已经给他做了插管引流,把管子从他的鼻孔穿到了胃里,不堪折磨的他无数次地用眼神和手势告诉医生放弃。他清楚现在的自己,无论怎么治疗、怎么花钱,到最后都得人财两空。但这样清醒的意识几乎很少,坚持不了几分钟他就昏迷过去。

这一周,程威的朋友和研究所里的同事都在医院里穿梭来去的,有流泪的,有惋惜的,闹得思远非常反感。他把门插上,电话掐断,拒绝所有的来访。单位要给程威配陪护,思远也拒绝了,他寸步不离地守着父亲,给父亲洗脸、擦身、接屎接尿。

在医生断断续续的言谈中,思远知道自己的父亲已经没有几天了,他想一个人占有父亲这最后的几天。

但父亲一直处于昏迷之中。

程威真正长时间的醒来,已经是一周后的五月一日了,弥漫着来苏水气味的屋里一切都是白色的。

思远坐在一个小板凳上,身子半伏在病床上已经睡着,他脸上挂着泪痕。

今天是五月一日,节日的北京夜晚被点缀得如白天一样的光灿。

透过病房里的落地窗,程威能清晰地看见北京的夜空,能感觉到节日的气氛。程威这才清醒地意识到他又回到了人间。

这一周的时间里,他在梦中一直没有离开内蒙,没有离开自己小时候玩耍的草地。他和一群小伙伴正光着屁股在一条清水冽冽的小河里洗澡。哦,好像还有思远,思远在岸上一直喊他,让他上来,但程威怎么舍得上来呢?这些是他久违了的草地和河水。那倒映着碧蓝晴空的、装满了各色小石头的河道,尽管水流十分清浅,但还可以见到河对岸那些吃草的牛和马。碧绿的河水和宽宽的草地以及成群的牛羊,构成了一幅绚丽的草原风俗画。

思远醒来了,他喊:"爸爸,爸爸。"声音凄惨而悲切。

程威看儿子,他的目光温柔得让人心碎,他用一只手艰难地抚摸了一下思远的头发,喘息着说:"思远,爸爸对不起你,爸爸坚持不下去了。"

思远抱着程威,把程威抱得紧紧的,声嘶力竭地哭起来:"爸爸,爸爸,我不让你离开我,我不让你离开我。"

程威的嘴唇痉挛地哆嗦起来,眼泪顺着他已经塌陷下去的眼窝流了出来:"思远,去看你的妈妈。"

思远停止了哭泣,愣在了那里:"妈妈,他在哪里?"

程威说:"让你的舅舅带你去,在医院。"

思远突然说:"爸爸,我不去看她,她抛弃了我和你,我不去看,我永远也不离开你。"

程威说:"儿子,要爱你的妈妈,要照顾她,她是因为精神上有疾病才离开家庭的,这不能全怪她,是爸爸没有照顾好你们。我对不起你们。"

程威说到这,剧烈地咳嗽了一声,他跟思远说的最后两个字是:"电……脑……"然后就晕了过去,思远拼命地摇着程威大声地喊:"爸爸,爸爸……"

几个医生跑了进来……

一直守候在走廊上的的林子和高娃跟着医生跑进了病房,这时候程威的手已经凉了,心电图上已经没有跳动的符号显示,几个医生忙乱了一会儿就跟林子摇了摇头。

大家乱做一团,哭声喊声一片。思远趴在程威开始变得僵硬的身体上哭得死去活来,一边哭一边喃喃地诉说:"爸爸,爸爸,你别离开我呀,你别死呀,你死了思远怎么办呀……"

思远悲痛欲绝的话比刀子扎在心上还令人难受,在场的人都哭出了声,高娃抱着思远,用手梳了梳他纷乱的头发说:"思远,别怕,别怕,不是还有老师吗,不是还有老师吗?"

高娃说完这句话,也痛哭失声。其实高娃的悲痛并不比思远少多少,两年来她一直依恋着程威,这些日子过度的悲伤劳累,和那种无法言说的情感使她的面容憔悴不堪,像一朵盛开的花顿时凋谢了一般。

那一天,思远被林子派人从医院强行送回了家。

姥姥家的人除了保姆和小侄子,都去了医院,家里显得很冷清。

思远在姥姥家昏昏沉沉不吃不喝整整躺了一天,第二天他坚决要求回家,他说他要回家看电脑,父亲死前告诉他的。

程威的笔记本是随身携带的,这次住院,林子就把程威和思远的东西简单收拾了一下,全部带回了北京,其实也没有多少东西,也就是几件衣服,最值钱的还就是这个IBM笔记本了。林子的意思是不想让思远再回草原了,他想让思远跟自己过。

当然,他还没跟思远谈这个问题,他打算料理完程威的后事然后再跟思远谈。

林子还在医院里处理程威的后事,就派人把高娃先送到程威家,高娃收拾干净屋子,做好了饭菜,思远才从姥姥家被人送回。

思远一回到家,就打开了父亲的电脑,发现了一封程威写给他的信:

思远:

我亲爱的儿子,为了你,我一直在坚持,想等到你长大一点,再长大一点,但最近我越来越感觉到自己的情况不好……我知道,你的一生会经历很多的快乐和挫折,爸爸本想陪伴你经历所有的成长过程,分享你成长中的每一分幸福,帮助你擦拭成长中的每一滴眼泪。但爸爸没有这个福分了。现在爸爸把你一生可能遇到的问题一一地写下来,等你遇到这些问题的时候,可以参考爸爸的意见……

程威从思远现在在乡下读书,到将来考学,读中学到大学,到工作以后以及爱情、生育等方面,事无巨细都写到了。他还写了在遇到什么困难的时候思远应该去寻找的具体的人。

孩子,写完这些文字,我感觉像陪伴你经历了整个成长的过程,爸爸非常的欣慰和快乐。

说完了这些程威又写道:

孩子,无论我怎样的叮嘱你,你要记住,即便是我和你的母亲都陪伴在你的身边,也不可能在所有的事情上都能够帮助你解决,没有人在你痛苦之时能给予你完全的帮助,一切一切的忧郁和哀愁只能靠你自己去将它征服。

泰戈尔在一首诗当中说"我不祈祷在险恶中得到庇护,但祈祷能无畏地面对它们;我不企求我的痛苦会静止,但求我的心能够将它征服;我在生命的战场上不盼望同盟,而使用我自己的力量,让我不在忧虑的恐怖中渴望被救,但希望用坚韧来获得我的自由!"孩子,他说得多好呀,亲人的陪伴和帮助在一个人一生当中所起的力量虽然也很重要,但起不了决定的作用,重要的是自己要有一颗坚强的心。

程威还教给了思远几个克服忧郁的方法,他说,将来无论是做学生,还是走上工作岗位都要多做事情,他说人在没有事情干的时候,才会产生烦恼和忧郁。

你想想,为什么你到了草原以后你的忧郁就好转了,因为你每天忙于学习,忙于和小朋友们在一起玩闹,你在取得了一个个好成绩之后有了成就感、快乐感。这些成就和快乐感就促发你对学习投入更大的积极性,使你每天都在进步中找到乐趣。其次,要多交朋友,与人为善。与人为善,你就会有好多的朋友,朋友多了,你的快乐才能多;与人为善,你的心里才不留垃圾,一个人伤害别人,他肯定会得到更大的伤害。再其次,要善于寻找生活中的快乐,你的快乐应该很多,你有林子那么好的舅舅,有高娃那么好的老师,有草原上那么多的好伙伴。你长得还那么帅,走到哪里都有人羡慕,几乎是人见人爱。还有,草那么绿,天那么蓝,都是应该快乐的。如果你不愿意在草原读完高中,你还可以让林子舅舅把你再转回北京来,到了北京你的朋友就更多了,你的亲人也更多了,明静和可丽阿姨,顺畅和立明以及爸爸和妈妈的那些朋友同事都会是你的亲人。舅舅一家和姥姥更会无微不至地照顾你的。你还自己拥有一处大大的房子,到了周六日,你还可以请同学回来开party。大学毕业后,你也不用为了买房子去拼命地攒钱了,嗨,你看,好事和高兴的事情真是说也说不完,你还有什么不快乐的呢……"

程威告诉思远,家里的房子已经过户到他的名下,银行的存折密码全部是他的生日日期,一部分在舅舅林子的手里,那是他读书的费用,在每年上学交费的时候,林子会知道怎么办的,另外一个存折就是给他自己支配用的零花钱。

程威说:"这些钱虽然很少,但已经足够你读完大学和研究生的了。"

最后,程威告诉了思远林叶现在的身体状况,他希望思远经常到医院去看望照顾一下自己的母亲,他叮嘱思远要爱自己的母亲,他说自己过去之所以没有告诉思远关于母亲的情况,是怕思远担心,他说他已经给林叶留下了足够治疗的一切费用,并已经把这些钱都交给了林子,让思远放心。

但程威仍然没有提林叶离家出走的原因,因为他不知道该怎样的去和儿子叙述林叶因为对他失望从而离开家庭的事实。他只对思远说,关于母亲的事情,如果还有什么疑问就去找明静阿姨。程威这样做的目的就是想让思远更客观地了解事实真相,思远已经长大,他相信思远会对事情有一个客观的分析。他害怕自己对林叶的评价会在思远的心中带来任何偏颇的印象,那就把思远了解事实的真相交给旁观者和思远自己好了。程威不想自己给自己做一个评判,也不想给林叶做一个是非对错的评判,但他相信这一点:就是无论是林叶还是自己都是一个好人,都是尽职尽责的父母,他们在思远的身上都尽了全力了。

思远看了爸爸的留言,哭得肝肠寸断,瘫倒在床边……

高娃把他拉起来,劝了几句,拧开收音机想找首歌分散一下思远的注意力,但收音机里传出了程威的歌声,高娃愣在了那里:

爸爸决定出一次远门,

不过这一次,爸爸出门的时间很长很长。

你不要着急,

等你长成大人的时候,

你就知道爸爸就在离你并不远的地方。

在你的心里、梦里,

在你床头柜上的相框里,

当你看爸爸的时候,

爸爸也在笑眯眯地看你……

记住,无论你到哪里,爸爸都一直陪着你。

……

一周后,思远在明静的陪伴下,在精神病院看见了他日思夜想的母亲。

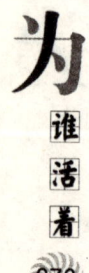